JAN EIK

Kurisches Gold

Ein Hansekrimi

Die Hanse

Die Deutsche Bibliothek – CIP-Einheitsaufnahme

Ein Titeldatensatz für diese Publikation ist bei
Der Deutschen Bibliothek erhältlich

Umschlaggestaltung: atelier freilinger & feldmann
Motiv: Detail aus Quentin Massys, *Der Bankier und seine Frau*, Louvre/Paris, Öl auf Holz

Herstellung: Das Herstellungsbüro, Hamburg
Satz: Greiner & Reichel, Köln
Druck und Bindung: Clausen & Bosse, Leck
Printed in Germany

ISBN 3-434-52803-2

Informationen zu unserem Verlagsprogramm finden Sie
im Internet unter www.die-hanse.de

Für Lilly, die immer die besten Ideen hat

1. DER TOTE IM EIS

Mit der Kälte aus den Wäldern Schamaiens und des fernen Rus hatte der schneidende Ostwind nur wenig Schnee gebracht, sonst wäre der Tote erst mit der Schneeschmelze im späten Frühjahr entdeckt worden. So jedoch fiel an jenem trüben Herbstmorgen des 12. November 1524 der noch vom Wein getrübte Blick des Ritterbruders Martin auf vier dicht beieinander aus der Eisfläche aufragende Aststümpfe. Nichts anderes als der blanke Übermut seiner neunzehn Jahre und die gebotene Kühlung seines schmerzenden Schädels hatten Martin von Barnhusen-Asseberg auf die gefährlich knisternde Eisdecke des Wallgrabens getrieben, auf der es sich trefflich rutschen ließ. Martin kannte die Stelle unterhalb der Wallmauer hinter der Kapelle gut. Sie ließ sich von den schmalen Fenstern des Hohen Schlosses nur schlecht einsehen. Schon im Winter zuvor hatte er sich dort gelegentlich auf dem Eis vergnügt, solange der Schnee noch nicht zu hoch lag, und im Sommer traf ihn der Priesterbruder Simon gar in der Zeit des vorgeschriebenen Stundengebets schlafend auf dem schmalen Rasenstreifen am Graben an, den Oberkörper schamlos entblößt! In der warmen Sonne hatte Martin Lust zum Baden empfunden. Nur der üble Geruch des dunklen Gewässers hielt ihn zurück. Immerhin flossen die stinkenden Abwässer des Danzkers, des Turmaborts der Burg, in diesen Graben.

Simon meldete die unerhörte Begebenheit spornstreichs dem Statthalter, wie er es als seine Pflicht empfand, doch war für Martin der Vorfall mit dem üblichen Ableiern mehrerer Paternoster abgetan. Schon lange waren die höheren Herren im Konvent mit anderem beschäftigt, als sich um derlei läßliche Verstöße gegen die strengen Regeln und Gesetze des Ordens der Brüder vom Spital St. Marien des deutschen Hauses zu Jerusalem zu scheren, den die Einheimischen einfach nur *Der Orden* oder *Die Kreuzherren* nannten. Jerusalem und die heiligen Stätten lagen von der Festung Memel hier im Nordosten der bewohnten Welt in schier unendlicher Ferne, so weit entfernt etwa wie die Gründung des Ordens vor mehr als dreihundert Jahren.

Mancherlei hatte sich seit den Kreuzzügen der Ritter ins Heilige Land verändert. Deshalb empfand Martin an diesem kalten Wintermorgen keine wahre Furcht davor, bei seinem kindischen Tun entdeckt zu werden. Gestern, am Martinstag, dem Tag seiner Geburt, und noch dazu einem Fastenfreitag, hatten alle Brüder mehr als üblich dem gewürzten Wein zugesprochen, der ihnen nicht erlaubt war, und dazu ein Festmahl genossen, das lag ihm noch jetzt schwer im Magen.

Sein Schädel brummte. Die eisige Luft tat ihm gut. Mit den weichen Lederstiefeln schlitterte er auf eine kleine Schneewehe zu. Er griff mit beiden Händen hinein, um sein Gesicht zu erfrischen, als er jene aufgequollenen, zwei Zoll langen Stümpfe aufragen sah, die sich bei näherer Betrachtung als die verkrümmten Finger einer Hand erwiesen. Von deren Besitzer ließ sich unter dem rasch freigescharrten, kaum eine Handspanne dicken Eis immerhin die bleiche Farbe eines Gesichts und ein im schmutzigen Wasser wallendes Gewand erahnen. Wie eine Mahnung reckte der Tote dem jungen Ritter Arm und Hand entgegen. Der, nach einem vergeblichen Versuch, mehr von der Gestalt freizulegen, entschloß sich schnell, Hilfe herbeizuholen.

Er lief den weiten Weg um die Wehrmauer herum zum Tor und überquerte hastig den gepflasterten Schloßhof. In der Kirche betete nicht einmal ein halbes Dutzend fröstelnder Priesterbrüder, obwohl es die Zeit um Sext war, wo jeder im Konvent im Stundengebet anzutreffen sein sollte. Von den Ritterbrüdern sah er nur Siewert von Wolkenburg, der sich anscheinend von seinen astrologischen Berechnungen gelöst hatte, über denen er gewöhnlich hockte, und zwei oder drei andere. Sie bekannten sich deutlich zur Partei des Komturs. Der Konvent, so geschlossen er sich nach außen gebärdete, war tief gespalten zwischen den Anhängern des jungen Herzogs Erich, der die Herrschaft über seine Komturei Memel mit Klauen und Zähnen zu verteidigen gedachte, und seine offenen und heimlichen Widersacher, denen die weltlichen Bestrebungen des Ordenshochmeisters Albrecht von Tag zu Tag besser gefielen.

Martins heller Ausruf: »Im Graben liegt ein Toter unter dem Eis!«, ließ die Anwesenden nur kurz aufblicken, ohne daß sich jemand erhob. Selbst Siewert murmelte ungerührt seine Sprüche. Martin blieb nichts anderes übrig, als am Remter vorbei, dem gemeinsamen Speiseraum aller Brüder, in die Konventsstube zu eilen, wo er tatsächlich ein um den Tisch versammeltes Grüppchen vorfand. Von denen wollte vorerst keiner ein übertriebenes Interesse an der Leiche im Burggraben zeigen. Die Ritterbrüder würfelten, was ihnen nicht ausdrücklich untersagt war, während der Zeit der Stundengebete jedoch unschicklich erschien.

»Noch zwei, drei Frostnächte wie die letzte«, sagte der Unterkompan und Stallmeister des Konvents, Cuntz von Hawkenstein, gleichgültig, »und der Tote wird sich im Graben frisch halten bis zum Karfreitag.«

Das war ein höchst unpassender Hinweis auf den Todestag des Herrn, aber wer erwartete anderes von einem wüsten Haudegen wie Cuntz, der in seinem vorigen Leben nach eigenem Geständnis mehr Menschen den Hals umgedreht hatte als der Küchenbruder jemals Gänsen. Martin mochte den großsprecherischen Halsabschneider nicht sonderlich. Doch mitunter lauschte er ihm offenen Mundes, wenn er von den Fährnissen des freien Ritterlebens und von seinen Siegen über die reichen Pfeffersäcke schwadronierte. Hatte sein Oheim im fernen Westfalen nicht gelehrt, daß solche wie Cuntz mit ihrem räuberischen Unwesen Schuld daran trugen, den Ruf des edlen Rittertums auf ewig zu verderben? Hatte nicht andererseits der Papst dem Orden das ausdrückliche Privilegium erteilt, in Preußen selbst Räuber und Brandstifter in seine Reihen aufzunehmen, so sie nur Reue zeigten und sich als bußfertig erwiesen? Und zahlten. Das jedenfalls vergaß der Graumäntler Wilk, kam darauf die Rede, niemals hinzuzufügen.

Wilk von Nauroth war als Laienbruder nur würdig, das schwarze Kreuz der Ritter als Halbkreuz wie ein T und nicht auf weißem, sondern auf grauem Leinen zu tragen. Er fehlte eben jetzt mit seiner Weisheit, die sich nicht allein in klugen Reden erging, nein, auch in Tatkraft, an der es den übrigen Ritterbrüdern oft genug gebrach. Vor drei Tagen war Wilk, der Schäffer und damit Speicherverwalter und Wirtschafter des Memeler Konvents, nach einer lauten Auseinandersetzung mit dem starrsinnigen Feuerkopf von Komtur davongeritten, gen Ragnit am Memelfluß, wie es später hieß, wohin ihn die Geschäfte riefen. Verwundert hatte es Martin vernommen. Zu ihm hatte Wilk von anderen Vorhaben gesprochen.

»Wir können die Leiche nicht unter dem Eis belassen«, sagte Martin mit ungewohnter Festigkeit. Als dem Jüngsten im Konvent stand es ihm nicht zu, Ratschläge oder gar Befehle zu erteilen. Ob dem Komtur von dem Fund zu berichten sei, dessen Statthalter oder nur dem Hauskomtur Georg, überließ er besser den Älteren.

Einhard von Raben, ein hagerer Mann mit einer Adlernase, und der untrennbar mit ihm verbundene Stotterer Quirin von Huldt blickten nicht einmal auf von ihrem Spiel.

»Vielleicht handelt es sich ja um ein Frauenzimmer?« merkte der rotbärtige Rüstmeister Wigamur von Tresten mit seiner scharfen Stimme an und rieb sich harmlos die fröstelnden Hände. Seine treuen Paladine Einhard und Quirin grinsten pflichtbewußt. Niemand nahm dem Rüstmeister die schlecht gespielte Arglosigkeit ab, verstand der listige Wigamur es doch, jedes Gespräch früher oder später auf den verbotenen Gegenstand zu lenken, der seine Augen funkeln ließ und anscheinend nicht nur ihn bewegte. Würde er der nächste Abtrünnige sein, der den Orden in Unehren verließ, um sich nicht nur ein Weib für eine Maien- oder Sommerehe zu nehmen wie manch anderer, sondern christlich zu heiraten, wie es des Doktor Martinus Luther gedruckte Ermahnung »An die Herren Deutsch Ordens, daß sie falsche Keuschheit meiden und zur rechten ehelichen Keuschheit greifen« den Rittern empfahl? Von den einst sechzig stolzen Rittern des Memeler Konvents waren in den letzten Jahren durch Krankheit und Tod, Unfall und Kriegsverluste und nun auch noch durch Abwanderung und Eheschließung kaum mehr ein gutes Dutzend geblieben, oder besser, ein schlechtes Dutzend, denn mit der Stärke und Kampfkraft der Verbliebenen mochte es nicht weit her sein. Kaum waren der Komtur Erich und sein Statthalter Schönberg in der Lage, alle notwendigen Ämter gewissenhaft versehen zu lassen. Selbst etliche der Pfaffen, von den Graumäntlern niederer oder prussisch-litauischer Abkunft ganz zu schweigen, hielten sich an die Schrift des Wittenbergers: »Darum welcher Geistlicher will ehelich werden, der soll Gottes Wort für sich nehmen, daselbst sich drauf verlassen und in desselben Namen freien ...«

Martin fühlte sich nicht gänzlich unschuldig in dieser heiklen Frage, war er es doch gewesen, der den Rittern auf ihren ausdrücklichen Wunsch eben jene Druckschrift vorgelesen hatte, wobei ihm deren ketzerischer Gehalt erst nach und nach aufgegangen war. Getadelt hatte ihn dafür nur Siewert von Wolkenburg. Über den war die Nachricht rasch zum Komtur gelangt, der Martin und alle, die ihm zugehört hatten, der schweren Schuld des heimlichen Briefverkehrs zieh. Sie war gleichzusetzen der Verleumdung oder des Schlagens eines Bruders und nach

Verhandlung vor dem Ordenskapitel nur durch starkes Fasten, zusätzliche Geißelung und Kasteiung wiedergutzumachen.

Noch galt der Brauch, daß jeder Bruder am Freitag seine wöchentliche *disciplina* empfing und mit der Geißel geschlagen wurde, wenn er sich nicht selbst genügend züchtigte. Den Ritterbrüdern allerdings stand nach den monatelangen Entbehrungen des Reiterfeldzugs der Sinn nicht nach zusätzlichem Schmerz, und so beschränkten sich die Bußübungen zu Martins stiller Genugtuung auf eher symbolische Hiebe mit der neunschwänzigen Geißel. Selbst der Komtur beließ es dabei.

Auch Martin dachte in letzter Zeit viel öfter, als es die Ordensregel erlaubte, an das weibliche Geschlecht, und dabei insbesondere an eine bestimmte Person. Obwohl es ihm sicher schien, daß die Fingerstümpfe, auf die er sich schaudernd besann, keinem weiblichen Wesen gehören konnten, widersprach er Wigamur nicht. Vielleicht brachte ja dessen Einwand die Brüder dazu, den Ertrunkenen endlich aus seinem eisigen Grab zu befreien.

Immerhin verging die Zeit bis Non, dem letzten Gebet vor der Vesper, ehe sie sich recht widerwillig dem von Martin angegebenen Ort mittels Leitern und Brettern genähert hatten, denn unter Cuntz' schwerem Tritt ächzte die frische Eisfläche auf das gefährlichste. Während die herbeigerufenen Knechte das Eis über dem Körper mit spitzem Werkzeug zerschlugen, drohte der Leichnam im schwärzlichen Wasser zu versinken. Gerade noch rechtzeitig schlang Cuntz einen Strick um das hochgereckte Handgelenk. So gelang es schließlich mit einiger Mühe, den Toten aufs Ufer zu zerren.

Indes hatte sich auf dem Wall und dem jüngst mit großem Aufwand erneuerten Schanzwerk jenseits des Grabens das niedere Volk von Memel versammelt und beglotzte das wenig ritterliche Tun unter allerlei Spottreden. »Wen habt ihr da wieder hineinjestoßen?« schrien sie in ihrem breiten Dialekt. »Was hat der Lurbis euch jetan?«

Das war wieder so ein Wort aus ihrer seltsamen Sprache. Keinem aus der Ritterschar kam der Gedanke, das Gesindel mit einer Antwort auszuzeichnen. Zwischen dem gemeinen Volk und den Rittern des Heiligen Kreuzes herrschte, wenn es denn überhaupt zu einer Wechselrede kam, seit langem ein unguter Ton. Immer häufiger wagten es aufrührerische Subjekte, Angehörige des Ordens öffentlich zu schmähen oder gar einzeln anzugreifen. Nur die wirklichen Memeler Bürger, die Kaufleute und Handwerker, wußten den Schutz zu würdigen, den ihnen der Orden bot. Oder wenigstens bieten sollte. Beim letzten Angriff der Danziger am Pfingstmorgen des unheilvollen Jahres 1520 hatten sie vergeblich auf die Kampfkraft der Ordensleute vertraut. Keiner der auf der Burg verbliebenen Ritter hatte auch nur die Hand gehoben, um die auf drei Kriegsschiffen versammelten Verbündeten des feindlichen polnischen Königs in die Schranken zu weisen und von ihren Untaten abzuhalten. Die verräterischen Danziger nahmen alle im Hafen liegenden Schiffe und legten Feuer. Die halbe Stadt und die beiden Dörfer am Strand sanken in Schutt und Asche. Dann ging auch noch Schiffsladung für Schiffslandung über Bord: Rundlinge und geschlagene Steinblökke, die fortan die ohnehin enge Hafeneinfahrt am Dangefluß noch mehr einschränkten. Weil euer Herr und Meister unserem König den Lehnseid verweigert, hatten die Danziger ihren dreisten Überfall begründet. In Wahrheit war es ihnen nur darum gegangen, die unliebsame Nebenbuhlerschaft der stolzen preußischen See- und Handelsstadt zu treffen – wie schon anno 1457 und 1464.

Nein, von den Rittern war wenig zu erwarten außer Willkür und Hochmut, dessen war man sich inzwischen in Memel gewiß. Und seit der junge Hochmeister einen gerade achtzehnjährigen fürstlichen Komtur samt seinem Kompan aus dem verhaßten Schönberg-Geschlecht ins Schloß gesetzt hatte, war mit Besserung nicht zu rechnen. Mochte dieser mit der hochfahrenden Unduldsamkeit der Jugend und dem Starrsinn eines Siebzigjährigen begnadete Komtur Erich zehnmal der jüngere Bruder des regierenden Herzogs von Braunschweig sein – Braunschweig lag fern irgendwo im Deutschen Reich, in dem der spanische Kaiser Karl herrschte, und von dem hatte man hier im Nordosten nichts Gutes vernommen. Hier war man mit den eigenen Händeln beschäftigt. Ringsum lebten die angriffslustigen Schamaiten, die Semgallen und die kurischen Ureinwohner der Landschaft Pilsaten. Die Hälfte des Volkes sprach deren Sprache oder das Prussisch der eingeborenen Schalauer, das noch nicht vergessen war. Von Süden drohten jederzeit die Polen und hinter den allzeit kriegerischen Litauern die Rus, mit deren Herrscher man seit jüngstem nicht mehr verbündet war. Und dahinter lauerten die Tataren.

Auf der dünnen Schneedecke zwischen der aufragenden Wallmauer und dem Graben umstanden die Ritter das nasse Bündel, das die Knechte und Laienbrüder mit vereinten Kräften herausgefischt und über das Eis gezerrt hatten. Der tote Korpus lag vor ihnen auf dem Bauch, bedeckt von einem weiten, ehemals braunen Mantel oder Umhang, der Kopf von einer Kapuze verhüllt, das unkenntliche Gesicht in den Schnee gepreßt.

Selbst Siewert von Wolkenburg, der das Haus nur noch selten verließ, war inzwischen herbeigehinkt. »Hüllt ihn ein, und laßt ihn morgen abholen«, ordnete er herrisch an, während die anderen nur auf den Leichnam starrten.

Wieder war es Cuntz, der sich zuerst aufraffte und der Gestalt am Boden mit einem nachdrücklichen Stoß seines Stiefels zu einer anderen Lage verhalf. Schwer rollte der Körper zur Seite. Ein zerschundenes Antlitz, aus dem die leeren, blutigen Augenhöhlen in das verblassende Grau des Himmels starrten.

Als Cuntz den Umhang am Hals löste, kam auf der Brust des Toten ein zerbrochenes Kruzifix aus weißem Stein zum Vorschein, das an einem ledernen Band hing. Unwillkürlich entrang sich Martins Kehle ein Aufschrei. Nur zu gut wußte er, wer dieses Bernsteinkreuz niemals abgelegt hatte. Jetzt erkannte er auch die vom Wasser aufgedunsenen Züge. Vor ihm lag, was an Wilk von Nauroth sterblich gewesen war.

2. WER NICHT ZULANGT, KRIEGT NICHTS

Die hochbordige Kogge lag fest vertäut an den hölzernen Uferbohlen. Auf dem Vordeck scheuchte der alte Reymer die Bootsknechte herum, als gelte es noch an diesem Abend auszulaufen, während achterwärts in der schmalen Kajüte der Schiffsherr Johann Tigges über den Büchern saß. Die Zahlen sahen nicht schlecht aus, befand er aufatmend. Aber Zahlen waren nicht alles. Im Augenblick vertrieb sich Johann Tigges nur die Zeit damit, die Bilanz zu überprüfen. Er wartete. Einmal mußte der Mann erscheinen und die bestellte Ware abholen. Erst dann war Zeit für die wahren Geschäfte.

Seufzend goß er zwei Daumenbreit Branntwein in einen zierlichen Zinnbecher und trank. Ein Kaufmann hatte sich notfalls in Geduld zu üben.

Tigges, schwergewichtig und mit silbrigen Fäden im struppigen Bart, wußte, worauf es in der Welt ankam. Auf den soliden Handel nämlich. Deshalb hatte es ihn mit der »Möwe« ausgerechnet zum Winter in die nördlichste Stadt des kriegerischen Ordenslandes Preußen verschlagen. Andere Kaufleute der wendischen Hansestädte mieden Memel und die preußischen Städte, seit der höchste Gebietiger des Ordens, der Hochmeister Albrecht, Krieg gegen den König von Polen führte und die dem Polen hörigen Danziger den Seeweg nach Kräften blockierten. Die Memeler, aber auch die Kreuzherren benötigten das eine oder andere, was sich in Kriegszeiten schwer heranschaffen ließ. Nicht einmal durch das Kapern hansischer Schiffe, wie es schon wieder Brauch war hier oben. Nichts traf einen ehrlichen Hansekaufmann mehr als diese blindwütige Kaperei.

Der Waffenstillstand zwischen dem Hochmeister Markgraf Albrecht von Brandenburg-Ansbach und seinem Oheim, dem Polenkönig Sigismund, ging ins letzte Halbjahr. Vier Jahre waren vereinbart worden, bis Ostern 1525. Vergeblich reiste der Hochmeister noch immer im Reich herum, auf der Suche nach Geld und Verbündeten. Beide waren gleich rar in deutschen Landen. Früher, so hieß es, hatten die Ritter selber gekämpft – und verloren, wie seinerzeit bei Tannenberg. Ein Reizwort noch heute für jeden Ordensmann. Inzwischen schlugen sich auf beiden Seiten längst Söldnerscharen, die nach Beute und klingender Münze gierten und ihre Auftraggeber unter Druck setzten, zahlten die nicht pünktlich. Auf diese Weise hatte der Orden die verpfändete Marienburg verloren. Man stelle sich das vor: das stolze Schloß des Hochmeisters von den Söldnern einfach an den Polenkönig verkauft. Welch eine Schande.

Der Krieg war zum Geschäft herabgesunken, und zu keinem guten, wenn man ihn fragte, Johann Tigges, privilegierter Kaufherr der Hanse und Bürger von Lübeck, gebürtig aus der westfälischen Hansestadt Soest. Das war ein Glück, denn wegen seiner Kapergeschäfte mit dem Norweger Severin stand der Orden mit Lübeck auf Kriegsfuß. Man hatte Tigges gewarnt, einen preußischen Hafen anzulaufen. Noch dazu einen, der den Schweden Severins wegen im Visier lag. Wie immer in den letzten Jahren war es schwierig gewesen herauszufinden, wer gerade wieder gegen wen rüstete, und Tigges mußte sich einmal mehr auf sein gutes Gespür verlassen, das ihn auch diesmal nicht getrogen hatte.

Im Grunde fochten ihn die dänisch-schwedischen Streitigkeiten und der Händel zwischen dem fernen Hochmeister und seinem polnischen Oheim nicht an. Seine Geschäfte blieben hoffentlich unberührt davon. Von Gotland her war er mit der »Möwe« gerade noch rechtzeitig durch das Memeler Tief ins Haff hinter der

Kurischen Nehrung und in die Dangemündung eingelaufen, bevor der Schiffsverkehr zwischen Martini und Petri Stuhlfeier wie in jedem Winter zur Ruhe kam, während der Frost das wilde, weglose Land nur wenig begehbar machte. Zu seiner unangenehmen Überraschung lagen neben der Ordensjacht »Sperber« und allerlei kleineren Schuten zwei größere Schiffe am Kai, ein Holländer, der das dringend benötigte Salz von der Loire-Mündung billiger lieferte als die Hanse und nun hier festlag, und ein protziger Hamburger Holk, der ihm Sorgen bereitete. In den nächsten Tagen mußte er herausfinden, was es mit diesem Nebenbuhler auf sich hatte.

Die flügellahme »Möwe« war alles andere als ein prächtiger Hansesegler. Eine altmodische Dreimast-Kogge nur, der man die Jahre ansah, in der Breite ein wenig plump geraten und insgesamt nicht im besten Zustand. Die Schiffsknechte und die hiesigen Schiffszimmerleute würden allerhand Arbeit haben in den langen Wintermonaten. Hier im Norden waren die Tage noch kürzer als in Lübeck, aber dafür die Löhne geringer und das Eichenholz billig. Obwohl es Tigges nicht an Geld mangelte. Dafür war er schließlich Kaufmann. Im Handel mit England hatte er manches Pfund Gulden verdient, bis man seinem besten Nebenverdienst auf die Schliche gekommen war. Die gesalzene Buße, mit der ihn die Lübecker belegten, konnte er verschmerzen, auch wenn er einen Teil seiner Schiffsparten verkaufen mußte. Hauptsache, der Bürgerbrief und das Kaufmannsrecht blieben ihm erhalten, so sehr auch die Steinmollers und Mulichs und andere Hanseherren in den zehn Kompanien gegen ihn hetzten. Ihm gehörten immer noch fünf Achtel der »Möwe«. Ein Viertel hielt der alte Reymer, das letzte Achtel wollte der Londoner Kompagnon nicht hergeben. Dennoch: Damit ließ es sich von neuem klein anfangen.

Lange hatte es ihn nicht in dem dumpfen Kontor an der Trave gehalten, wo er die scheelen Blicke der mißgünstigen Widersacher durch die Fenster spürte. Da fuhr er lieber mit der »Möwe« und dem alten Reymer hinaus und bahnte neue Geschäfte an, wie es einem wahren Kaufmann anstand, der sich nicht auf andere verließ.

Ins abseits gelegene Städtchen Memel, das die Aus- und Einfahrt ins Kurische Haff beherrschte, war er eher durch Zufall geraten. Lange vor Albrechts Reiterkrieg anno 20/21 war er auf dem Törn mit livländischem Flachs und Pelzen von Reval und Riga im vorzeitig eingebrochenen Winter hier hängengeblieben. Die preußische Stadt erwies sich als gastfreundlich und überaus günstig gelegen für den Wachshandel aus der Rus über den Memelfluß. Das Städtchen selbst, dem Ritterorden untertan, der in seinen goldenen Zeiten die schützende Hand über die Hanse gehalten und dabei mit eigenen Geschäften kräftig verdient hatte, war keine Hansestadt wie Braunsberg oder Königsberg. Schon einmal hatten die Memeler die Schiffe der Lübecker und Hamburger aufgebracht und gekapert, bis der Orden die Stadt und die eigene Burg zurückeroberte.

Die Memeler waren nicht wenig stolz auf ihre Kaperkünste und ihre Widersetzlichkeit, wie Johann Tigges bald erfuhr. Lang zogen sich die Abende in der Herberge »Zum Elch« hin, und es wurde viel geredet. Erstaunlich viel, zog man die ererbte Maulfaulheit und Gemächlichkeit des eingeborenen Menschenschlags in Betracht. Zu dem waren in den letzten Jahren allerlei prussische und litauische *Läuflinge*, Überläufer aus Schamaiten, gestoßen. Zwar stammten die Deutschen – und auf die kam es im Ordensland in erster Linie an – aus allen Teilen des Reiches, aber auch aus Masowien und aus Böhmen. Manchen, insbesondere den Schwaben und den Sachsen, haftete noch lange das heimisch geschwinde Geschäftsgebaren an, bevor sie sich dem zähen Zeitfluß der nördlichen Wildnis anpaßten.

Auch Tigges, je älter er wurde, und unaufhaltsam näherte er sich der Fünfzig, neigte von Natur aus zu körperlicher Breite und

Behäbigkeit. Er galt als starker Esser und ausdauernder Zecher und wußte sich überdies notfalls mit seinen Händen wie Ruderblättern allseitigen Respekt zu verschaffen. Dabei blitzte hinter seiner vorgeblichen Trägheit ein stets überwacher Geist auf, der es ihm gestattete, noch nach dem zwölften Humpen Bier jedes Wort klar aufzunehmen, unter seinem dicken Haarwust zu speichern und gegebenenfalls zum eigenen Vorteil und Gewinn zu verwenden.

Das Leben war nicht eben leicht mit ihm umgesprungen. Der Vater sandte den Elfjährigen, den die junge Stiefmutter ob seiner stummen Widersetzlichkeit haßte, zu einem befreundeten Kaufmann nach Lübeck. Mit Schläue und ausdauernder Duckmäuserei gewann Johann das Vertrauen seines Lehrherrn, fuhr als Geselle bis Porto, London und Bergen und mehrte mühsam die eigenen Einkünfte. Wer nicht zulangt, der kriegt nichts, lautete nicht von ungefähr ein unter den Hansen verbreiteter Spruch, den er sich zu eigen machte.

Johann, zu einem jungen Mann von großer Körperkraft und Findigkeit herangewachsen, überstand alle blutigen Rituale der Aufnahme in die Kaufmannschaft und schreckte vor der letzten Prüfung nicht zurück. Ein echter Hanseherr mußte die Tochter eines wohlhabenden Lübecker Patriziers ehelichen. Der Lehrherr hatte vier, sämtlich älter als Johann und wahre Blüten ihres Geschlechts: Auch Disteln blühen einmal im Jahr. Er heiratete die vierte. Deren Ehegemahl war gerade im fernen Spanien einer Krankheit erlegen, die als *die Franzosen* eben ihren unheimlichen Todesmarsch durch Europa antrat.

Die Witwe erwies sich wider Erwarten als treusorgende Hausfrau. Sie gebar im Verlauf von acht Ehejahren sechs Kinder, von denen nur eine Tochter überlebte, während sie selbst bei der Geburt des letzten im Wochenbett verschied. Da stand Johann längst mit wohlgefüllter Kasse auf eigenen Füßen, besaß Parten an drei Schiffen und das Kontorhaus mit dem Blick auf die Trave. Für Jahre blieb er in England, nicht allein aus Furcht, einer der noch immer unverheirateten Schwägerinnen angetraut zu werden; nein, es gefiel ihm unter dem strengen Regiment des Oldermans im Londoner Stalhof, wo die privilegierten Herren Faktoren der deutschen Hanse unter sich blieben, von gelegentlichen Gastbesuchen der englischen Gesellschaft abgesehen.

Das Hamburger Bier oder der begehrte Rheinwein lockerten die Zungen mitunter auf gefährliche Weise. Tigges war sich der eigenen Verschwiegenheit sicher. Für seinen Kompagnon hingegen wollte er die Hand in keine Kerzenflamme halten. Der schwor tausend heilige Eide, ihm sei kein verräterischer Laut entschlüpft, doch im stickigen Raum stand das häßliche Wort von der *Butenhanse*. Von da war es nur ein Schritt, bis die Engländer Klage erhoben gegen ihn, der die Zollfreiheit des Stalhofs für den widerrechtlichen Fremdhandel genutzt habe. Tigges, schon einmal wegen der verbotenen Ausfuhr von Glockenguß aufgefallen und mit einem Strafzoll belegt, wußte, wie die Hansen solchen Verstoß ahndeten. Hals über Kopf begab er sich nach Lübeck, um wenigstens das Ärgste zu verhindern.

Tigges war kein Mann, der vergangenen Zeiten lange nachtrauerte. Gelassen sah er dem Winterquartier in Memel entgegen. Kälte und Schnee, und davon gab es hier im Norden reichlich, machten ihm nichts aus, solange des Abends ein wärmendes Feuer und ein guter Trunk auf ihn warteten. Und vielleicht eine reizende Hausfrau ...

Aber das war wohl zu weit gedacht. Immerhin waren ihm schon in vergangenen Wintern die blonden Töchter des Landes nicht unangenehm aufgefallen, was ihn selbst verwunderte. Im Stalhof blieb Frauen der Zutritt streng untersagt, und was er sonst von der Londoner Weiblichkeit sah, hatte ihn selten länger als ein gut bezahltes Stündchen gefesselt.

Immerhin, er war ein ansehnlicher Mann im besten Alter. Die herangewachsene Tochter hatte er in Lübeck dank eines ordentlichen Brautgeldes gut verheiratet zurückgelassen – weshalb sollte er nicht an seinen nahenden Lebensabend denken. Zwar waren die aufdringlichen Kaufherren aus Augsburg längst dabei, auch den hiesigen Pelzhandel endgültig zu ruinieren, aber er hatte eine goldene Nische entdeckt. Noch zwei, drei erfolgreiche Winterfahrten nach Memel, und er konnte aller weiteren Sorgen ledig an den wohlverdienten Ruhestand denken. Manchmal schmerzte es ihn, daß er keinen Sohn und Erben sein eigen nannte. Aber selbst dafür war es noch nicht zu spät.

In der Kajüte war es empfindlich kalt geworden. Tigges schlug das dicke Buch zu, das den vorweisbaren Teil seiner Geschäfte enthielt, löschte die blakende Öllampe und zog den Pelz um seine mächtigen Schultern. Weder waren der Schäffer noch ein anderer Ordensbruder erschienen. Das wunderte ihn. Unmöglich konnte den Kreuzherren die Ankunft der »Möwe« entgangen sein. Der Winterhafen auf dem Holm in der Dange lag im Blickfeld der Burg, oder des Schlosses, wie sie ihren groben Backsteinbau auf dem Hügel zwischen Dange und Haff gerne nannten. Tigges hatte freilich andere Schlösser gesehen in seinem Leben.

Ächzend erhob er sich aus seinem Stuhl und reckte die kurzen Arme. Wohl oder übel würde er im Städtchen herumfragen müssen, was er nicht gerne tat. Aus fremden Geschäften hielt sich Johann Tigges heraus. Und daß er an das Burgtor klopfte, kam erst recht nicht in Frage. Er war Kaufmann, kein fahrender Händler, der seine Waren vor Toren und auf Plätzen feilbot.

Der alte Reymer murmelte Unverständliches, als der Schiffsherr grüßend die Hand hob, über die Bordwand stieg und sich am Tau zum Kai hinunterließ. Es mochte auf die vierte Nachmittagsstunde zugehen. Grau glomm ein Rest von Tageslicht über der nahen Nehrungsspitze. Etwas Helligkeit kam allenfalls von den dünn dahinwehenden Schneeschwaden zu Tigges Füßen. Die steckten in derben Stiefeln. Verfluchter Norden, dachte er für einen Augenblick. Aber auch daheim in Westfalen, im feuchten

Lübeck oder gar im nebligen London war der November ein unwirtlicher Monat, und auf eine Stunde Licht kam es nicht an, wenn man Geld genug für Kerzen besaß oder gar selber mit Wachs handelte. Man mußte höllisch achtgeben, daß es die Händler aus der Rus nicht mit billigem Unschlitt aus Rindertalg verschnitten. Aber so weit hatten diese aus fernen Gegenden anreisenden Gestalten ihn schon kennen und fürchten gelernt, daß sie derlei üble Späße nicht mehr an ihm erprobten. Stampfte er mit seinen säulenartigen Beinen zornig auf die Planken der »Möwe«, so wagte keiner, Tigges' Kenntnisse allerfeinster Wachssorten einschließlich seiner persönlichen Beziehungen zum obersten Kerzenzieher des Heiligen Vaters in Rom anzuzweifeln. Dabei glaubten diese Orthodoxen nicht an den Papst.

Auch Tigges waren der Heilige Vater und alle seine römischen und deutschen Kerzengießer herzlich gleichgültig. Die fromme Stiefmutter hatte das letzte Quentchen Glauben aus ihm herausgeprügelt, und er hatte die Kirche nur noch unter Zwang aufgesucht. Seit neuestem war er nicht mehr allein mit seiner geheimen Häresie. Im sächsischen Wittenberg hatte der Doktor Martinus Luther seine Zweifel an der gottgewollten päpstlichen Ordnung und ihren irdischen Vertretern offen ausgesprochen und schriftlich in die Welt posaunt. Wie Feuerbrand breitete sich die ketzerische Lehre aus. Drüben in Gotland predigten sie in der Kirche nichts anderes mehr, ja, selbst der Bischof von Samland bekannte sich neuerdings zu den Reformierern und entweihte Königsbergs Domkirche mit Luthers Wort. Und die Domherren, sämtlich Deutschritter, schwiegen dazu.

Auch Tigges hatte nie an die Wirksamkeit eines erkauften Ablasses geglaubt, und Luthers Wort von der unersättlichen Basilika in Rom gefiel ihm ebenso wie die Frage, weshalb der Papst das Fegefeuer nicht einfach abschaffte, wenn er die Macht darüber besaß.

Ein schlauer Fuchs, dieser Wittenberger. Die Erlösung ist ein

Geschenk Gottes. Geschäfte machte man hier auf der Erde, nicht im Himmel. Seinen Gott trug Tigges, wie jeder gute Kaufmann, im Beutel am Gurt mit sich, soweit er nicht an sicherem Ort Aufbewahrung fand.

Zielstrebig schritt Tigges über die hölzerne Brücke auf die Stadt zu. Einer der Torposten an der Palisade erkannte ihn und winkte ihn gnädig durch. Solcher Vorzug ließ sich leicht mit einem Silberstück ausländischer Münze erkaufen, seit das preußische Geld mehr und mehr an Wert verloren hatte.

Zwischen den eng stehenden Hausgiebeln war es schon fast dunkel. Umsichtig bewegte der Kaufmann seinen massigen Leib durch den Kot der unbeleuchteten Gassen. Ein wahres Glück, daß der Frost eingesetzt hatte und dem Boden ein wenig Festigkeit verlieh. Gegen die stolze Hansestadt Lübeck war Memel mit seinen vom Krieg gezeichneten Holz- und Lehmbauten und den schlammigen Gassen nur ein öder Marktflecken, kaum mehr als eine Lischke, wie sie das hier nannten.

In der bescheidenen Herberge »Zum Elch« fand Tigges die Damrauerin mit von Tränen geröteten Augen vor. Auf seine mitleidigen Fragen wich sie aus und bot ihm heißen Würzwein an, den er dankbar annahm. Er wohnte jetzt den vierten Winter in einer der Kammern über der großen Diele, die gleichzeitig als Schankstube diente, und fühlte sich beinahe zur Familie gehörig. Frau Ruta war trotz ihres Alters um die Vierzig eine ansehnliche Person, auf der Tigges' Blick oft lange ruhte, wenn er des Abends hier saß und den Gesprächen zuhörte, soweit er sie verstand. Sie war schlank geblieben und hielt sich aufrecht, wie es den Frauen hierzulande eigen schien. Dabei trug sie die ganze Last der Wirtschaft und des kleinen Handels, den sie geschickt betrieb. Ihr kränklich aussehender Mann kümmerte sich vornehmlich um die Bierbrauerei im Hof und das Vieh im Stall. Nur selten und immer schweigend tauchte er in dem düsteren Raum mit dem Lehmfußboden auf, stand ein Weilchen gebeugt und wie verloren herum und verschwand wieder. So auch heute. Begütigend legte er zuvor seiner Frau die Hand auf die Schulter, eine vertrauliche Geste, wie sie Tigges zwischen den Eheleuten noch nie beobachtet hatte.

Mit einem Schaff Wasser in der Hand trat vom Hof her die Tochter Anke ein und grüßte mit einem zurückhaltenden Nikken. Sie war ein hübsches Kind gewesen, als er im März davongesegelt war, ein heranwachsendes Mädchen, das ihn wohlgefällig an die eigene Tochter erinnerte. Nun schien sie über den Sommer aufgeblüht zu einer blonden Schönheit mit der Anmut einer jungen Frau. Und sie war der Mutter wie aus dem Gesicht geschnitten.

Unwillkürlich verspürte Tigges ein Ziehen an jener Stelle, wo unter dem Rock und all den Muskeln das Herz versteckt sein mußte. Auch bei Rutas Anblick war ihm das schon widerfahren. Eine wie Ruta hätte er genommen, wenn er noch mal an die Ehe dachte. Hatte er im stillen gehofft, der sauertöpfische Gemahl würde es nicht mehr lange machen, so elend, wie er aussah? Oder mußte er warten, bis auch Ruta alt und grau geworden war? Hatte er nichts Jüngeres verdient?

Und wenn schon ein junges Weib, dann eins wie Anke.

Warum nicht sie? Weil sie jünger war als die eigene Tochter? Wen ging das etwas an? Hatte sein Vater ihn gefragt, bevor er die fromme Stiefmutter ins Haus brachte, die erst siebzehn Jahre zählte und sich als ein garstiger Drachen erwies?

Das Mädchen schien seine Gedanken zu erraten. Sie wich seinem Blick aus, als sie ihm den frisch gefüllten Humpen hinschob. Von Ruta und ihrem Mann war nichts zu sehen. Drei kurische Fischersleute aus der Vitte saßen jetzt im halbdunklen Eck. Statt wie sonst die Würfel auf den Tisch zu schlagen, erregten sie sich in unterdrücktem Ton, wobei sie ein ums andere Mal verstohlen zu ihm herüberschauten. Ihre Sprache klang für ihn so unverständlich wie all die einheimischen Dialekte der Balten: Kurisch,

Prussisch oder Litauisch. Und in Reval gar Estnisch, das dem Finnischen ähnlich sein sollte. Welcher Christenmensch mochte das unterscheiden. Selbst in den Kirchen predigten sie neuerdings in diesen fremden Zungen, wie Tigges wußte. Das war alles dem Doktor Luther zu verdanken. Ihm konnte es gleichgültig sein.

Er winkte Anke zu sich. Sie stützte sich auf die grobe Tischplatte und sah ihn nicht an. »Das Abendessen?« fragte sie.

Vertraulich legte er seine schwere Pranke auf ihre schlanken Finger und schüttelte den Kopf. »Was ist heute bei euch los?« erkundigte er sich eindringlich.

Sie entzog ihm die Hand und richtete sich auf. »Nichts«, sagte sie nicht einmal unfreundlich und blickte über ihn hinweg.

3. TOTENWACHE

Wilk von Nauroths Tod stürzte Martins Gemüt klaftertief ins Schwarze. Der Graumäntler war ihm so etwas wie ein Lehrer und ein Leitbild gewesen, und wenn Martin es gewagt hätte, ihn einen Freund zu nennen, so hätte er es gerne getan. Jetzt war es zu spät dafür. Wilks entstellter Körper lag aufgebahrt in der düsteren Kapelle unter dem weißen Kreuzbanner des Ordens. Um ihn herum hielten Graumäntler Totenwache; die Pfaffen murmelten ihre Gebete. Mit schroffen Worten hatte der Komtur es abgelehnt, dem Schäffer die letzte Ehre einer Totenwache durch die Ritter zu erweisen und ihn hinter dem Altar der Kapelle beizusetzen.

»Er war kein Krieger wie wir. Wer weiß, ob er nicht freiwillig aus dem Leben geschieden ist.«

Martin schwieg dazu, obwohl er es besser wußte. Wilk war ein mutiger Mann gewesen, tapferer als die meisten Ritterbrüder im Konvent, und zu meinen, er habe sich selbst entleibt, war angesichts der ausgestochenen Augen eine ungerechtfertigte Mutmaßung. Des Komturs abschließende Feststellung: »Außerdem war er ein Prusse«, klang noch abwegiger. Hatte ihm Wilk nicht gerade deswegen als unbestechlicher Schäffer und nimmermüder Tolke, als sprachkundiger Dolmetsch also, die besten Dienste geleistet?

Nicht einmal der rauhe Cuntz hätte jemals zu Lebzeiten Wilk von Nauroths ein Wort über dessen Abstammung verloren. Wilks Familie gehörte zum einheimischen Adel, zu den Großen

Freien oder Witingen, die dem Orden bei der Eroberung des Landes Beistand geleistet und seither treu gedient hatten. Gewiß, kein Prusse, Kure oder Litauer konnte ohne weiteres ein vollwertiger Ritter des Deutschen Ordens sein, und die Festlegung im Thorner Frieden, auch polnische Ritter in den Orden aufzunehmen, war niemals Wirklichkeit geworden. Nur Michael Werner von Skloden, der Vertrauensmann des Hochmeisters, den sie seiner Herkunft wegen »Preuß« nannten, war im Orden zu einigen Ehren aufgestiegen, argwöhnisch beäugt vom Herzog Erich und seinen Anhängern. Auf Befehl des Hochmeisters sollte Preuß sogar nach Gotland reisen, um mit den Schweden gegen Severin Nörby über einen Frieden für Preußen und Memel zu unterhandeln. Dem waren die Lübecker zuvorgekommen, denen der Schwedenkönig einräumte, bis Michaelis keine Angriffe gegen die Preußen zu führen. Und die Lübecker ließen sich diesen Dienst gut bezahlen. Severin, gestern noch Freund und Verbündeter in Memel, galt nun als Feind.

Für jeden, auch für Martin, war es schwierig zu durchschauen, wer mit wem verbündet war und wer gegen wen antrat. Wilk von Nauroth war ihm da von Anfang an ein zuverlässiger Führer gewesen. Gleich nach Martins Eintritt in den Orden, bei der monatelangen Belagerung von Heilsberg, war ihm der Graumäntler zugeteilt worden. Die Kreuzherren hatten ihr ringförmiges Lager abseits von den anderen aufgebaut. In der Mitte war der notdürftig überdachte Feldaltar aufgeschlagen, zu dem sich die Ritter nicht sonderlich hingezogen fühlten. Sie vertrieben sich die Zeit mit Kampfspielen und hungrigen Ausritten in die Umgebung, wo es schon lange nichts mehr zu holen gab, so sehr man die Dörfler auch bedrängte und peinigte. Martin tat kräftig mit, war jedoch nicht mit dem Herzen dabei. Die geschundenen Bauern sahen elend genug aus und waren keine Heiden, sondern Christen.

Wilk ahnte wohl etwas von Martins Beklommenheit. Im Zelt,

wo sie zu viert auf dem blanken Boden nächtigten, sprach er bis in die Nacht mit ihm. Dabei galten nach dem Komplet, dem letzten Gebet nach Sonnenuntergang, für alle Ordensbrüder Schweigegebot und Nachtruhe. Mochten die wüsten Landsknechte draußen bis gegen Morgen noch so lärmen, wenn der Kaplan die Ritterbrüder zu Matutin weckte, dem ersten Gebet, das die meisten von ihnen verfluchten, war die Nacht zu Ende.

Es war alles ganz anders, als Martin es sich vorgestellt hatte. Tagsüber vermochte er in dem Wirrwarr von Bewaffneten und Pferden, Geschützen und hunderten Troßwagen, von wüsten Reden und schaurigen Gerüchten weder Sinn noch Plan zu erkennen. Wilk hingegen teilte mit steinerner Miene die kriegerische Brandung ringsum wie ein Fels. Von ihm erfuhr Martin, was vor sich ging. Daß der Hochmeister Albrecht gemeinsam mit seinem Bruder, dem argen Markgrafen Kasimir, gegen den polnischen König, den Bruder der eigenen Mutter, stand. Albrecht verweigerte ihm den Treueid, zu dem ihn der Vertrag von Thorn verpflichtete. Mehr als fünfzig Jahre lag die Schmach von Thorn zurück. Doch Ehre blieb Ehre, und Albrecht, selber gerade dreißig geworden, wollte nicht auf Danzig und das reiche Thorner Land verzichten. Sein Vetter Joachim herrschte als Kurfürst in Brandenburg, und dessen Bruder wiederum, noch ein Markgraf Albrecht aus dem Geschlecht der Hohenzollern, hatte sich mit dem Geld der Familie zum jüngsten Erzbischof von Magdeburg und Kurfürst von Mainz aufgeschwungen. Die reichen Augsburger Fugger liehen ihm Geld, der Papst privilegierte ihn zum Ablaßhandel, wenn die Hälfte der Einnahmen für den Bau des Petersdoms nach Rom flossen. Erzbischof Albrecht holte den wegen Ehebruchs zum Tode durch Ersäufen verurteilten und vom Sachsenherzog zu ewiger Haft begnadigten Dominikaner Tetzel aus dem Grimmaischen Turm zu Leipzig und ernannte ihn zum »Untersuchungsrichter der ketzerischen Entstellungen« und zu seinem obersten Ablaßkrämer. War es ein Wunder, daß sich der

Doktor Luther in Wittenberg gegen Tetzels freches Gebaren empörte und die halbe Christenheit aufschrie?

Martin hörte all das staunend. Von Luther war auch in Lemgo, woher er stammte, und in Lübeck die Rede gewesen. Allein, daß ein Markgraf sich gegen den eigenen Oheim erhob, erschien ihm unbegreiflich, war er doch selbst auf der Burg des Bruders seiner Mutter zum Knappen herangewachsen.

Düster starrte Martin auf den schrecklichen Leichnam vor seinen Augen. Wer sollte ihm künftig derlei Angelegenheiten erklären? Da lag der treue Lehrmeister kalt und fremd, nur von fröstelnden Graumäntlern und herunterbrennenden Kerzen umgeben, auf dem Katafalk. Schon morgen würde man ihn auf dem winzigen Burgfriedhof zu Grabe tragen.

Der herrische junge Komtur, dem man kaum Betroffenheit über den unerwarteten Tod seines gewissenhaften Schäffers anmerkte, hatte angesichts des Zustandes der Leiche eine schnelle Beisetzung angeordnet, nicht ohne starke Worte gegen das lutherisch verseuchte, aufständische Bauern- und Bürgerpack zu finden, das diesen braven Diener des Ordens wie manch anderen auf dem Gewissen habe. Die Ritter hatten Vergeltung gelobt, verfiel doch jeder, der gegen einen Angehörigen des Ordens die Hand erhob, nach altem Recht unweigerlich der Todesstrafe.

In Wahrheit schien sich niemand dafür zu interessieren, auf welche Weise Wilk zu Tode gekommen sein mochte, ein kräftiger Mann in den besten Jahren, der sich seiner Haut wohl zu wehren wußte. Bruder Mauritius, der dunkelhäutige Spittler, hatte ihn untersucht und mehrfach den Kopf geschüttelt, auf Martins Fragen jedoch nicht geantwortet.

Martin war ein aufmerksamer Beobachter. Wilk hatte ihn gelehrt, ausschließlich den Tatsachen und nicht den Worten allein zu glauben, solange sie nicht in der Heiligen Schrift standen. Martins Glaubenszweifel mehrten sich dennoch, und nicht nur dank der Schriften des Martinus Luther. Im Orden herrschten Zwietracht, Neid und Willkür. Wilks Lehre getreu hielt sich Martin an das, was er sah. Erst ganz allmählich ging es ihm in Fleisch und Blut über, nach dem Vorbild des Graumäntlers jede Sache gewissenhaft in Augenschein zu nehmen, alle Begleitumstände zu bedenken und kein voreiliges Urteil zu sprechen.

Daran dachte er, sobald er den ersten Schreck über den Tod des Bruders Wilk überwunden hatte. Der konnte nicht einfach auf dem Eis eingebrochen und ertrunken sein. Die Eisfläche ringsum lag glatt und eben und ohne Brüche. Wilks Körper mußte vor dem Zufrieren des Wallgrabens ins Wasser geraten sein. Also noch am Abend des letzten frostfreien Tages, an dem er angeblich gen Ragnit ausgeritten war, ohne sich zu verabschieden. Auch das wunderte und schmerzte Martin.

Wilk hatte ihn nur gelegentlich in seine Pläne und Vorhaben eingeweiht. Es war nicht die Art des Ordens und seines Schäffers, viele Worte zu machen. »Bald muß der Tigges kommen«, hatte Wilk gesagt. »Diesmal entgeht er mir nicht!« Er hatte also auf das Schiff des Hanseherrn gewartet. Andererseits hatte er beiläufig davon gesprochen, in nächster Zeit über die Nehrung nach Königsberg zum Großschäffer zu reiten, aber auch davon, zuerst beim Minjekrug von Prekoll nach dem Rechten sehen zu müssen.

Wie hing das alles zusammen? Wohin war Wilk wirklich unterwegs gewesen, und wo mochte sein Pferd geblieben sein, der graue Schimmel mit dem sonderbaren Namen *Gerwe*, was im Prussischen Kranich bedeutete?

Niemand wandte etwas dagegen ein, daß Martin sich an der Aufbahrung in der Kapelle beteiligte. Jeder wußte, wie nahe er und Wilk sich standen. Gestanden hatten. Das war vorbei. Martin fühlte sich sehr verlassen. Es hatte genug Gerede gegeben über sie. Vom Alter her hätte Wilk sein Vater sein können, und allzu vertraute Freundschaft war zwischen Ritterbrüdern, und gar erst zwischen einem Ritter und einem prussischen Laienbruder, ebenso fremd wie unwillkommen. Argwöhnte jemand einen verboten engen Umgang von zwei Brüdern, so galt das als *gravissima culpa*, als schwerste Schuld, schlimmer noch als Verrat, Diebstahl oder der Beischlaf mit einer Frau, gleichzusetzen nur dem Abfall vom Glauben oder dem Ämterschacher – Tatbestände, denen Martin im Orden täglich begegnete, obwohl sie nach den Gesetzen mit lebenslangem Kerker bestraft werden sollten.

Nein, Martin hatte allen Grund, Wilk von Nauroth dankbar zu sein. Der hatte ihm im Krieg anno 21 das Leben gerettet: sein erster und einziger Kriegszug, an den sich Martin höchst ungern erinnerte. Um den bei der vergeblichen Belagerung von Heilsberg meuternden Knechten endlich Kriegsbeute zukommen zu lassen, hatte sich das Ordensheer den bischöflichen Städten im Ermland zugewandt. Natürlich wollte Martin sich in seinem ersten Kampf besonders hervortun, doch gleich beim ersten Ansturm auf Guttstadt traf ihn ein Pfeil an der Stirn, bevor ihn die Kugel einer Hakenbüchse vom Pferd warf. Aus einer blutigen Wunde am linken Arm stach der gesplitterte Knochen hervor. Wilk versorgte und verband ihn. Er richtete den Arm, und er kannte Mittel gegen den Wundbrand. Martin war sicher, daß er ohne Wilks aufopferungsvolle Pflege die alte Ordensburg Memel nie gesehen hätte.

Den Namen Memel hatte Martin bis dahin nie vernommen. Erst Wilk klärte ihn auf, daß es sich um die nördlichste Burg des Ordens handle, nahe der Grenze zum litauischen Kurland gelegen, von den Livländischen Schwertbrüdern an der Stelle einer Burg der Kuren namens Cleupeda gegründet und später dem Deutschen Orden überlassen. Über Memel führte der Weg von Preußen nach Livland, den es zu schützen galt. Im Frieden vom Melnosee jedoch hatten die Litauer hundert Jahre zuvor ein Stück der Küste bis zur Heiligen Aa an sich gerissen und Memels Bedeutung damit erheblich gemindert. Fortan führte der Landweg nach Wenden, Mitau und Riga über litauisches Gebiet.

In Memel herrschte der jüngste und, wie sich herausstellte, unbeliebteste Komtur des Ordens. Erich der Jüngere, Herzog von Braunschweig und Enkel des Pommernherzogs, war ein rechthaberischer Jüngling mit strohigem Haarschopf, dünnem roten Bart und stechendem Blick aus wimperlosen Augen. Den blaßlippigen Welfenabkömmling, der sich bereits durch allerlei Ungehorsam und Unbotmäßigkeit selbst gegenüber dem Hochmeister unbeliebt gemacht hatte, umgab im Reiterkrieg ein Troß von Begleitern und Bediensteten mit sieben reich ausgestatteten Rüst-, Gepäck- und Fouragewagen. Die Kriegsknechte überschütteten den hochnäsigen Herzog und sein Gesinde mit Hohn.

Bei seinem Eintritt in den Orden war dem Herzog Erich die reiche Ordensballei Koblenz weit im Westen des Reiches versprochen worden. Zu seinem Ärger mußte er einstweilen mit der abgelegenen Komturei Memel vorliebnehmen, die er gerne samt seiner Pferdezucht dem Statthalter Wolfgang von Holdau überließ, wenn er sich mit Wilhelm, dem Bruder des Hochmeisters, und seinem Kompan Engelhard von Schönberg bei Jagd und Trunk verlustierte.

Das alles ging Martin durch den Kopf, während sich zwei Graumäntler bemühten, Wilks gekrümmte Beine auszustrecken. Martin rückte das Bernsteinkruzifix auf der Brust des Toten zurecht. Der linke Balken des Kreuzes mit dem ausgestreckten Arm Jesu war abgebrochen und fehlte. Wilks Kopf war zur Seite gesunken. Martin zupfte an der Kleidung herum und zögerte lange, die graublau angelaufene Haut des Toten zu berühren. Als er schließlich dessen Hand streifte, fühlte sie sich kalt und glitschig an.

Martin erschauerte. Gewiß, er hatte viele Tote gesehen und vor Heilsberg auch getragen, aber keiner davon war sein Freund gewesen. Und keinen hatte man zuvor aus dem Wasser gezogen. Entschlossen griff er mit beiden Händen zu, um Wilks Kopf in eine würdige Lage zu bringen. Mit einem knirschenden Geräusch, das Martin bis in den Magen fuhr, fiel der Schädel auf die andere Seite. Vom Ohr her zog sich ein tief eingeschnittener roter Strich am Hals entlang, als hätte man Wilk mit einer Schlinge stranguliert.

Martin erschrak, behielt aber seine Fassung und betrachtete die feine Marke genau. Die beiden Graumäntler beachteten ihn nicht. Im Kirchenschiff stand Wigamur im Gespräch mit Bruder Simon und starrte wie zufällig herüber.

Martin wußte sich keinen Reim auf seine Entdeckung zu machen. Eine Schlinge konnte man Wilk nur hinterrücks über den Kopf geworfen haben. Doch was war mit seinen Augen geschehen? Einen Menschen zu blenden galt als ein Zeichen, mit dem Verrat geahndet wurde.

Alles konnte Martin glauben, nur nicht, daß Wilk von Nauroth ein Verräter gewesen sein sollte. Ein aufrechter, ehrenhafter Mann wie er – niemals. Wen oder was sollte er auch verraten? Seit seinem dreizehnten Lebensjahr war Wilk ein Mann des Ordens gewesen, und nichts anderes als der Orden und dessen Wohlergehen hatten für ihn existiert.

Im Konvent kannte kaum jemand den Graumäntler genauer, der sich gerne im Hintergrund hielt und niemals mit seiner kriegerischen Vergangenheit renommierte. Daß er sich im Reiterkrieg gegen die Polen weit tapferer verhalten hatte als der Komtur Erich, wußte jeder, der dabeigewesen war. Hatte Wilk Feinde gehabt, oder war er wirklich ein Opfer feindlich gesinnter Bürger von Memel geworden? Wie, wenn jemand in der Stadt dem Schäffer auf seinem Weg aufgelauert, ihm heimtückisch von hinten die Schlinge über den Kopf geworfen und ihn erwürgt hatte? Andererseits setzte es mindestens zwei oder drei starke Männer und das Einverständnis der Wache voraus, um den Leichnam über die Brücke zum Wallgraben zu schleppen und darin zu versenken.

Lange sann Martin über dieses Rätsel nach, während er auf der harten Kirchenbank hockte, die Hände gefaltet, den Kopf gesenkt. Als Schäffer hatte Wilk mehr Leute in der Stadt gekannt als jeder andere Bruder. Sollte ihm jemand eine Falle gestellt haben? Weshalb? Wilk schätzte bei seinen Geschäften keine Winkelzüge und übervorteilte keinen der kleinen Händler. Und keinen der großen? Auch mit denen hatte der Schäffer zu tun gehabt, galt es doch, den Konvent auch in diesen unruhigen Zeiten ausreichend mit Tuchen, mit Wein, Gewürzen und mancherlei anderem zu versorgen, was nur die Händler aus dem Süden und der Rus oder die Hanseschiffer zu liefern imstande waren.

Wieder fiel ihm Johann Tigges ein. Zusammen mit Wilk hatte er ihn im letzten Winter mehrmals auf der »Möwe« und zweimal in der Herberge »Zum Elch« aufgesucht, obwohl ihnen die Ordensregel das Essen außerhalb des Konvents und noch dazu in Anwesenheit von Frauen, eben jede Art von Gasterei und Winkelessen untersagte. Erstaunt hatte Martin wahrgenommen, wie leicht sich der sonst so gehorsame Wilk über das strenge Verbot hinwegsetzte. Gewiß, das Speisen mit Weltlichen galt nur als einfache Schuld, aber bereits das heimliche Essen und Trinken in einer übel beleumdeten Herberge sollte mit dem Verlust des Kreuzes geahndet werden.

Beim ersten Mal versuchte Martin sich damit zu beruhigen, daß es sich bei einem Haus, in dem ein wohlhabender Mann wie Tigges wohnte, nicht um ein übel beleumdetes handeln konnte. Als das blonde Mädchen mit dem Wein an ihren Tisch trat, vergaß er ohnehin alle Regeln und Vorschriften. Ihn hatte ein unergründlicher Blick aus ihren grauen Augen getroffen, und er versank für den Rest des Abends in hilfloses Schweigen.

Der Lübecker Kaufmann und der Schäffer verstanden sich gut, verband sie doch neben ihren Geschäften die gemeinsame Erinnerung an die Städte Soest und Lübeck, die Wilk bei seiner einzigen Reise ins Reich kennengelernt hatte. Mit seinem damaligen Herrn war er im Gefolge des fürstlichen Hochmeisters Friedrich von Sachsen durch die Neumark bis in die westfälische Ballei gezogen, wo es galt, Geld lockerzumachen, Bauern für die seit dem dreizehnjährigen Krieg brachliegenden Ländereien im Ordensland und Ritter für die gelichteten Reihen des Ordens zu werben. Erfolg war ihnen kaum beschieden gewesen.

In Soest warf das Fieber den jungen Laienbruder nieder, monatelang lag er auf den Tod, und hätten sich nicht Gott und dessen Soester Stellvertreter seiner erbarmt, wäre er nie wieder nach Preußen zurückgekehrt. Wilk sprach öfter über seine wunderbare Errettung, nachdem er gemerkt hatte, wie stark Martin die Erzählungen über die ferne Heimat berührten. Der Rückweg nach Lübeck hatte Wilk an Martins Elternhaus, der Burg Barnhusen, vorbeigeführt.

Friedrich von Sachsen, der in Preußen eher als tüchtiger Jäger und Tischherr aufgefallen war denn als energischer Hochmeister, starb bald darauf in Rochlitz an der Mulde. Wieder mußte der Orden einen neuen Hochmeister küren, der die Erneuerung des Ordens vorantreiben sollte. Voller Hoffnung wählten die Ordensgebietiger und die Stände in Königsberg den nicht einmal einundzwanzigjährigen Markgrafen Albrecht von Brandenburg-Ansbach.

Die Ritter versprachen sich viel von dem jungen Fürsten aus dem Hohenzollernstamm, und die Lübecker Hanseherren ebenfalls, wenn man Johann Tigges glauben wollte. Die Armut und die Unsicherheit in den preußischen Landen machten den Kaufleuten mehr zu schaffen, als man gemeinhin annahm. Tigges, längst vom neuen Hochmeister enttäuscht, hielt sich nicht mit starken Worten gegen Albrecht zurück, den er einen kindischen Streithammel nannte, von den Franzosen in zweierlei Weise befallen. Wilk hatte zu derlei Anwürfen stets geschwiegen, doch in Martin siedete der Zorn über den satten Pfeffersack, der es wagte, den erlauchten Hochmeister aus fürstlichem Geblüt zu schmähen.

Tigges lachte ihn aus. »Er hat's mit den Dirnen in Königsberg ebenso getrieben wie Euer Komtur Erich. Ich habe einen Blick für Männer, die mit Franzosengeschwüren am Leib herumhinken. Fragt nur euren Hochmeister oder den edlen Ulrich von Hutten, wer ihnen die Hacken zernagt hat.«

»So dürft Ihr nicht reden!« brauste Martin auf. »Wir haben einen Eid auf den Hochmeister geschworen, und wir werden ihn ...«

»Was gibt er dir für deinen Eid?« unterbrach ihn Tigges herausfordernd. »Zweimal Brei und Brot am Tag, zwei Kannen Wein und etwas Fleisch und dazu sechs Gebete, die meisten mitten in der Nacht! Das ist doch kein Leben für einen Mann, der noch dazu unablässig für seinen Herrn Krieg führen soll! Glaubst du, dein Hochmeister selbst gäbe sich damit zufrieden? Wozu sonst braucht er all die Küchen- und Keller-, Mühlen-, Korn-, Scheunen- und sonstige Meister, Schenk, Koch und Kämmerer, Truchsessen, Schneider, Schuster, Barbiere, Kürschner, Rüst- und Stallmeister, Briefjungen und tausenderlei Diener? Dazu die Ober- und Unterkompane, Amtleute und Kanzleibeamten! Mehr als zweihundertfünfzig Leute fressen sich in Königsberg durch und streiten sich um die Pfründen. Nicht der Krieg hat ihn gezwungen, die Neumark endgültig an seinen Vetter in Brandenburg zu verkaufen. Selbst einen Hofmaler hält sich dein markgräflicher Herr, der an seiner Tafel gewiß Besseres zu speisen weiß als Ihr in Eurem ärmlichen Remter!«

»Er hat so gut wie wir das Gelübde der Armut abgelegt«, beharrte Martin trotzig. »Er ißt mit den Brüdern im Konvent!«

Tigges wußte es besser: »An nicht einmal fünfzig Tagen im Jahr. Wenn er denn überhaupt in Königsberg weilt.«

Dem ließ sich nicht widersprechen. Seit mehr als zwei Jahren vertrat Georg von Polenz, der Bischof von Samland, den Hochmeister als Statthalter und Regent im Ordensland. »Und vergeßt nicht«, fuhr Tigges fort, »da sind noch all die fränkischen und schwäbischen Ritter und Ratgeber um Albrecht, wie der Florian Geyer. Der verfluchte Dietrich von Schönberg hat ihm nur Flausen in den Kopf gesetzt. Und die Buchgelehrten, denen euer Hochmeister Aufträge erteilt, wie dem Kopernikus in Frauenburg. Da reicht die Tonne Goldes, die man ihm für die Ordensrechte in Livland gezahlt hat, nicht lange. Außerdem muß er auch seine Brüder versorgen. Georg und der arge Kasimir, der seit Jahren den eigenen Vater in Haft hält, wissen sich selber zu helfen. Doch da sind noch Johann, Wilhelm, Johann Albrecht und Gumprecht.«

Bei jedem Namen hob er einen seiner dicken Finger. Markgraf Wilhelm, ehemals der treue Kumpan des Komturs Erich beim Lotterleben am Hof des Hochmeisters, war für den Dienst bei der ungarischen Königin vorgesehen, und Johann hatte am Hofe des Kaisers Karl die portugiesische Königswitwe Germaine getroffen und geheiratet. Gumprecht, der wohl jüngste Prälat am Vatikan, vertrieb sich dort auf wenig rühmliche Weise die Zeit gemeinsam mit seinem Bruder Johann Albrecht, der auf Zureden des Hochmeisters vom Papst zum Bischof von Plock ernannt worden war, den Posten aber gegen den polnischen Widerstand nicht antreten konnte.

Das alles zählte Tigges auf. »Euer Hochmeister spielt ein gefährliches Spiel! Er verhandelt mit dem Franzosenkönig, ja, man munkelt, er wolle in dessen Dienste treten oder gar in ungarische. Er wirbt Söldner für den landflüchtigen Dänenkönig Christian und duldet dessen norwegischen Kaperknecht Severin. Ja, er scheut nicht einmal davor zurück, sich mit den in kaiserlicher Acht lebenden Herzögen von Braunschweig-Lüneburg und Württemberg zu verbünden. Was erwartet Ihr noch von dem? Eines Tages wird er heiraten, geht das Gerücht, und Eurem Erich den Orden überlassen!«

Wilk schwieg finster, und Martin wußte zu derlei üblen Nachrichten, die ihm den Kopf verwirrten, ebenfalls nichts zu sagen. Genügte es nicht, daß der Hochmeister lutherische Geistliche ins Ordensland sandte? Selbst sein Regent, der Bischof Polenz, predigte im Sinne des Wittenbergers. Der ehemalige Würzburger Domherr Apel gar hatte seine lutherische Rechtfertigungsschrift in der hochmeisterlichen Residenz drucken lassen. Das war auch so eine neue Erfindung: der Druck von Ketzerschriften in sogenannten Buchdruckereien. Wohin sollte das alles führen?

Dennoch hatte Martin die Druckschrift mit Eifer gelesen.

Er selbst hatte den Hochmeister Albrecht nur zweimal gesehen, damals vor Heilsberg. Solange er selbst das Kommando geführt hatte und die neu gegossenen Kanonen sich auf die Stadt einschossen, sah es hoffnungsvoll aus für den Orden. Als Albrecht jedoch nach kurzer Abwesenheit ins Feldlager zurückkehrte, hatte inzwischen Unzufriedenheit um sich gegriffen. Der Winter sandte Eisschauer übers Land, die meisten Kugeln waren verschossen, und die hungernden Söldner murrten. Dicht unter den Mauern der belagerten Stadt ritt Albrecht vor die höhnende Rotte. »Gib endlich Geld, du Schieler!« schrien sie dem Erbleichenden zu, den noch die Krankheit des letzten Winters zeichnete.

Martin war zutiefst erschrocken gewesen. Kein Zweifel, Albrechts linkes Auge schielte zur Nasenspitze hin; es fiel schwer zu glauben, daß dieser lahmende Graukopf jener feurige junge Markgraf sein sollte, den der Großkonvent des Ordens mit enormen Hoffnungen zum Hochmeister erwählt hatte.

Nein, Martin hegte keine besondere Zuneigung für den Hochmeister. Aber Tigges gegenüber würde er Vorbehalte gegen Albrecht niemals zugeben.

Dabei verhehlte der Kaufherr Martin seine Gunst nicht. »Einen jungen Kerl wie Euch wünschte ich mir als Gesellen für meine Geschäfte«, meinte er. »In Eurem Alter hatte ich Frankreich und Portugal bereist und trieb in London meinen ersten Handel. Und was habt Ihr gesehen? Nur das vom Krieg ruinierte, kalte Preußen! Überlegt es Euch. Ihr stammt aus guter Familie, das erleichtert Euch den Weg in der Hanse. Eine Handvoll Handel ist allemal besser als ein Wagen voll Arbeit oder Krieg. In ein paar Jahren seid Ihr Euer eigener Herr und besitzt ein halbes Schiff oder mehr und heiratet die schönste der Lübecker Bürgerstöchter.«

Selbst zu diesem ketzerischen Vorschlag hatte Wilk geschwiegen. Martin hatte unbeugsam geantwortet: »Ich habe ein Gelübde abgelegt«, was Tigges mit einer wegwerfenden Handbewegung abtat: »Ihr werdet es erleben, auf das Gelübde scheißt Euer Hochmeister zuerst.«

Kein Zweifel, Johann Tigges war kein Freund des Ordens. Aber er war der richtige Mann, wenn es galt, etwas über Wilks Geschäfte und Umgang zu erfahren. Nach dem Begräbnis würde Martin ihn aufsuchen. Am besten auf der »Möwe«. Oder noch besser in der Herberge »Zum Elch« ...

Martin empfand tiefe Scham darüber, sich nicht einmal im Angesicht des Toten sündiger Gedanken enthalten zu können. Gar zu deutlich stand ihm das Bild des blonden Mädchens vor Augen, dessen Blick ihn bis ins Mark getroffen hatte. Wilk würde ihn verstehen. Hatte er nicht selber verdächtig oft der Mutter nachgeschaut?

Martin stand auf und verharrte noch einmal am Kopf des Toten. Das zerstörte Gesicht verweigerte jede Antwort.

4. ANKE

Von ungewohnter Unruhe erfüllt, ging Anke an diesem Morgen aus dem Haus. Gewöhnlich erledigte die Mutter in Begleitung der Magd Daina alle Einkäufe. Heute jedoch hatte sie die Tochter ausgesandt. Daina war schon am frühen Morgen mit einem Auftrag verschwunden. Anke ahnte nicht einmal wohin.

Verdrossen machte sie sich auf den Weg. Der kalte Wind pfiff durch die Gassen, aber nicht das war es, was sie beunruhigte. An das rauhe Wetter war sie gewöhnt, nicht aber daran, daß die sonst so lebhafte Mutter stumm wie ein Geist durch das Haus schlich und auf jede Frage das Gesicht abwandte, als hätte sie ein großer Schrecken getroffen.

Der trübe Novembermorgen war kaum dazu angetan, Ankes Freude an dem unerwarteten Ausflug zu wecken. So gerne sie mit der Mutter in die Stadt ging, so sehr verabscheute sie es, sich allein zwischen all dem Volk, den Bettlern, Musikanten, Zahnausreißern und den Ständen der Hökerweiber auf dem Markt zu drängen, wo ihr jeder Beliebige zu nahe kam, sie gar streifte oder berührte und ihr dreist ins Gesicht starrte. Abwehrend schob sie den leeren Korb an ihrer Hüfte vor sich her, fühlte sich aber dennoch ungeschützt. Schon einmal, während die Mutter mit einem resoluten Fischweib um einen prachtvollen Hecht handelte, hatte ein zerlumpter Kerl sich ihr heimlich genähert, sie derb in den Hintern gekniffen und auf ihren Schrei hin nur lachend die schwarzen Zahnstumpen gebleckt. Daran dachte sie schaudernd, während sie sich achtsam im Gedränge bewegte.

Der Vater, seltsamerweise nicht die Mutter, hatte ihr eine Menge verschiedener Dinge aufgetragen, die sie in Gedanken vor sich hin sprach, um nichts zu vergessen: Brot und Butter, Erbsen und Zugemüse, Zwiebeln, Äpfel, Honig ...

»Sieh an, die Marjell Damraukiene! Heut ganz allein auf dem Markt?«

Anke lief blutrot an, obwohl es wahrhaftig keinen Grund gab, sich vor der alten Gidantsche zu schämen. Von Kindesbeinen an kannte sie die Hökerin, deren Stand stets von einem ganz besonderen Geruch umgeben und von einer Schar von Frauen umlagert war, die begierig auf jedes Wort der Händlerin lauschten, pries sie doch neben allerlei Wundermedizinen auch all die Ingredienzen an, derer die weibliche Schönheit bedurfte: Regenwürmer und Schafwollfett, Krebsaugen, Taubendreck und Wolfsschmalz, Fuchslunge und hunderterlei andere übelriechende Substanzen, deren wundertätige Wirkung sie nicht genug zu rühmen wußte. Da gab es Sämischleder und Quecksilber gegen das Ungeziefer, Ringe aus der linken Hinterklaue des Elchs gegen die Fallsucht, und für besonders vertraute Käuferinnen fingerte sie Galgenmoos oder gar das Fett vom Körper eines Gehenkten aus den Tiefen ihres Kleides.

Die Gidantsche war noch beim Ausbreiten ihrer Schätze. Anke lächelte gequält, wies auf den Korb und wollte sich eilig entfernen, doch die Alte hielt sie zurück. »Was sagt deine Mutter?« flüsterte sie im breiten Dialekt der Landbewohner. »Erbarmen! Wie kann der liebe Herrgott so was zulassen?«

Anke besaß eine genaue Vorstellung davon, was der liebe Gott zulassen konnte: alles nämlich. Dafür war Er ja der Herrgott. Dennoch mußte etwas besonders Schreckliches geschehen sein, was die aufgerissenen Vogelaugen der Gidantsche erklärte und die Betroffenheit der eigenen Mutter dazu.

»Sie spricht nicht darüber«, flüsterte sie zurück, denn eben blieben die ersten Käuferinnen stehen.

Die Alte nickte ihr verständnisinnig zu und drückte Ankes Arm. »Der Herr gibt, und der Herr nimmt«, sagte sie ebenso mitfühlend wie unverständlich.

Anke war seit ihrer Kommunion nur selten auf dem Markt gewesen, und nie mehr allein. Das schickte sich nicht, und im Haus gab es genug zu tun. Heute schien ihr der Platz verändert. Vielleicht lag es nur daran, daß sie sich von allen beobachtet fühlte und ihr jeder die Ungeschicklichkeit beim Handeln anmerkte? Oder lag tatsächlich eine große Unruhe über dem Städtchen? Überall standen die Leute zusammen und redeten, oft Kurisch oder Litauisch, das sie ein wenig verstand. Genug jedenfalls, um mehrmals das Wort Schloß herauszuhören, auch Wasser und Tod, bis ihr schließlich zwei Deutsche entgegenkamen. Einer von ihnen klärte die drei Begriffe lautstark im Zusammenhang: »Im Wallgraben ersoffen! Hat man so was je gehört? Was muß der Kerl vorher in sich hineingeschüttet haben ...«

So schrecklich das klang, Anke fühlte sich erleichtert. Das konnte nicht die Art von Neuigkeit sein, die ihre Mutter beunruhigte. Und die Gidantsche?

Anke schüttelte den Gedanken ab und prüfte, was ihr noch an Einkäufen fehlte. Der Korb hatte inzwischen ein beträchtliches Gewicht, und das Geld war bis auf ein paar Kupferpfennige zusammengeschmolzen. Als sie den Markt verließ, schimpfte sie unwillig vor sich hin. Die vielen Menschen und die Fuhrwerke hatten die dünne Schneeschicht längst in nassen Schlamm verwandelt. Wenigstens Daina hätte die Mutter mitschicken können!

Ein ums andere Mal wechselte sie die Hand, aber der Korb wurde nicht leichter und der Weg zwischen den hölzernen Häusern in Richtung Ziegenberg nicht trockener.

Sie hatte viel zu sehr darauf zu achten, wohin sie im Schmutz der Gasse trat, um zu bemerken, daß ihr schon ein geraumes Stück jemand folgte. Er erreichte sie, als sie schließlich stehenblieb, und stieß kurzatmig hervor: »Laßt mich den Korb tragen. Der ist viel zu schwer für eine zarte junge Frau, wie Ihr es seid.«

Ausgerechnet Tigges war es, der wohlbeleibte Kaufmann, der bei ihnen Herberge genommen hatte und jeden Abend bis in die Nacht beim Bier hockte. Mein bester Kunde, wie der Vater, der das Bier braute, mit schiefem Lächeln anmerkte. So war es wohl tatsächlich. Im Verlauf des Winters wuchs eine beträchtliche Rechnung an, die der Kaufmann bis jetzt in jedem Februar ohne zu murren und nicht ohne ein gutes Draufgeld bezahlt hatte. Anke bekam stets ein Silberstück extra. Als Kind hatte sie sich darüber gefreut, jetzt wurde sie schamrot, wenn sie nur daran dachte. Tigges war kein übler Mensch, aber so nahe, wie er ihr gerade jetzt kam und dabei ihren Arm berührte, mochte sie ihn nicht um sich haben.

Entschlossen hielt sie den Korb fest. »Danke, mein Herr. Ich schaffe es selbst. Es sind nur ein paar Schritte.«

»Ach was.« Schon hatte Tigges ihr mit erstaunlicher Kraft den Henkel entwunden und sah sie auffordernd an. »Gehen wir.«

Das war ihr unangenehmer als der ganze Einkauf, vor aller Augen an Tigges Seite zu gehen, als gehöre sie zu ihm und er zu ihr.

Das Haus am Ende der Gasse erschien ihr plötzlich besonders schäbig. Dabei war es ein hölzerner Bau mit einem Reetdach wie alle anderen in der Gasse auch, nur daß er ein wenig schief aussah, beinahe liederlich nach rechts hing, und sie hatte die Stimme der Mutter im Ohr, die darüber klagte. Aber wer konnte dafür, daß beim letzten Ansturm der Danziger das Haus so beschädigt worden war, daß sich die Dielenbretter in Ankes Kammer gefährlich neigten.

Tigges schien der Anblick nicht zu stören. Seit vier Wintern schon hielt er ihnen die Treue, und insgeheim glaubte Anke auch den Grund dafür zu kennen: Der Lübecker Herr schien ein Auge auf ihre Mutter geworfen zu haben. In allen Ehren natürlich, denn niemals war Anke aufgefallen, daß er sich der Mutter in ungebührlicher Weise genähert hätte.

Seit dem letzten Winter aber hatte sich Tigges' Verhalten verändert, wie Anke mit steigendem Unbehagen wahrnahm. Sooft sie sich in der Gaststube zeigte, spürte sie seinen Blick im Rücken, und wenn sie sich unerwartet umwandte, trafen sich ihre Augen.

Wie gesagt, Tigges war ihr nicht unangenehm. Seine harmlosen Späße hatten sie oft zum Lachen gebracht, und den vielfarbigen Erzählungen von fernen Ländern lauschte sie gerne. Doch als er jetzt stehenblieb und sagte: »Wir sollten einmal ernsthaft miteinander reden, schöne Anke«, da entriß sie ihm hochrot den Korb. Redet mit meiner Mutter, hätte sie ihm antworten sollen, aber das faßte Tigges möglicherweise als eine Aufforderung auf, die Anke wahrlich nicht im Sinn hatte.

Tigges blieb an ihrer Seite. »Habt Ihr gehört, was auf dem Schloß geschehen ist?« fragte er.

Sie antwortete kurz angebunden. »Jemand ist im Rausch in den Graben gefallen und ertrunken.«

»Im Rausch?« Tigges schien erstaunt. »Wer sagt so etwas? Ich habe ihn nie betrunken gesehen. Du etwa?«

Das vertraute Du war ihr angenehmer als sein hochgestochenes Gerede. »Um wen geht es?« wollte sie wissen.

Er blieb stehen und hielt sie am Arm fest. »Ich warte seit Tagen auf ihn. Um den Schäffer. Weißt du das wirklich nicht?«

Erschrocken sah sie ihn an. »Wilk von Nauroth?«

Er nickte, und sie ließ es geschehen, daß er ihr den Korb wieder abnahm, obwohl es bis zur Haustür nur noch drei Schritte waren.

Der Vater sagte kein Wort, als Tigges den Korb in der Diele absetzte und wortlos nach oben stieg. Die Mutter schien gefaßter als am Morgen. Sie besah alle Einkäufe, runzelte ein wenig die Stirn über den Preis der Steckrüben, strich Anke jedoch sofort beruhigend über das Haar, als sie das unglückliche Gesicht der Tochter bemerkte. »Ist schon recht«, meinte sie nachsichtig. »Alles wird immer teurer, und das schlechte preußische Geld ist nichts wert.«

»Hast du gehört, was sie in der Stadt erzählen?« fragte Anke.

Die Mutter sah sie müde an. »Ich kann es mir vorstellen. Es war dumm von mir, dir nichts davon zu sagen.«

Anke war erstaunt. »Woher weißt du es? War er wirklich betrunken?«

»Wer sagt so etwas? Du weißt, daß er niemals trank.«

Ihr milder Ton verleitete Anke zu fragen: »Weshalb kam er überhaupt so oft?«

Diese Frage hätte sie sonst niemals zu stellen gewagt. Das war ihr im gleichen Augenblick klar. Wenn der Schäffer nicht so häufig gekommen wäre, hätte sie den jungen Ritter nie gesehen, der ihr nicht aus dem Sinn ging, seit Wilk ihn zum ersten Mal mitgebracht hatte. Er hieß Martin. Ein lang aufgeschossener Bursche, ein wenig ungelenk, mit blondem Haar und einer Narbe über dem linken Auge. Mehr hätte sie nie erfahren über ihn, hätte Johann Tigges ihn nicht ausgefragt, während sie still die Becher und Löffel im Schaff gespült und auf jedes Wort gelauscht hatte, bis es der Mutter auffiel.

»Bereite ihm keinen Ärger«, hatte sie leise gemahnt. »Er darf nicht mit Frauen sprechen.«

Wie schrecklich. Aber ein Mädchen durfte ohnehin kein Wort an einen Mann richten. Schon gar nicht an einen Ordensritter. Dabei war dieser Martin noch jung, kaum älter als sie selber, und er trug natürlich nicht den verräterischen Mantel des Ordens, als er hinter Wilk eintrat, sondern nur einen weiten Umhang, als wären sie einfach zwei Reisende, die geradewegs über die Nehrung von Königsberg her oder über Land von Ragnit kämen. Den Ritter sah man ihm trotzdem an, wenn er einem offen ins Gesicht blickte. Allein die kurze Haartracht und der Anflug seines blonden Bartes verrieten den Ordensmann. Aber verlegen war er doch geworden.

Anke hatte die Ordensherren in ihren weißen Mänteln und dem unheimlichen schwarzen Kreuz darauf immer als eine drohende Gefahr angesehen, wenn sie ungestüm und ohne Rücksicht durch die Gassen der Stadt ritten. Man ging ihnen besser aus dem Weg.

Sie wußte auch, daß die Herren Ritter nicht immer und überall zu Pferd auftauchten. Der Vater hatte keine hohe Meinung von den Schloßbrüdern, und die Mutter hatte sie in der Stadt ein paar Mal auf Männer hingewiesen, die nicht den auffälligen Mantel trugen und dennoch an ihrem herrischen Gehabe leicht als Kreuzherren zu erkennen waren. Sie suchen eben auch ihren Zeitvertreib und ihr Vergnügen, hatte die Mutter erklärt.

Anke war jung, aber nicht dumm. Sie wußte, wo die Männer solchen Zeitvertreib fanden. Wie alle Kinder der Stadt kannte sie die verrufene und den Kindern verbotene Frauengasse gleich hinter der verfallenen Palisade zur Vitte zu, und wie alle ihre Freundinnen hatte sie sich wohl hundertmal ausgemalt, worin das *Vergnügen* bestand, auf das nicht einmal die stolzen Ordensritter verzichten wollten.

Auch in der Schankstube war ein- oder zweimal jemand aufgetaucht, den Anke insgeheim für einen Ordensbruder hielt, ohne es beweisen zu können. Seit überall im Land evangelisch gepredigt wurde, war anscheinend auch die strenge Ordnung auf dem Schloß aus den Fugen geraten. Drunten in Wowerischken an der Minje, wo die Großmutter zu Hause war, saß neuerdings ein Gutsherr, von dem die Rede ging, er sei vor seiner Hochzeit mit der Tochter eines ansässigen Junkers selber ein Ordensritter gewesen. Erbarmen, was soll aus dem Lande werden, wenn jetzt gar noch die Kreuzherren heiraten! hatte die Großmutter geklagt.

Der Schäffer Wilk aber kam schon solange sich Anke erinnern konnte in die Herberge »Zum Elch«. Der Vater schien ihn nicht so gern zu sehen und zog sich meist zurück, wenn die Mutter mit dem Graumäntler verhandelte. Allmählich hatte Anke die Furcht vor dem bärtigen Mann verloren, der selten ein Wort an sie richtete. Daß er sie beobachtete, merkte sie dennoch, obwohl es ihr die Mutter ausreden wollte. Einmal war es ihr doch gelungen, seinen Blick aufzufangen, und es war kein besonders freundlicher gewesen. Eher nachdenklich. Oder traurig. Dann hatte er sich abgewandt.

Nun war er tot. Im Wallgraben ertrunken. Das klang seltsam für einen Ordensbruder, und noch dazu für den Schäffer des Schlosses, der jeden Schritt auf dem Burgberg kennen mußte wie kaum ein anderer. In Ankes Umkreis gab es niemanden, der das Schloß jemals von innen gesehen hatte. Die Herren hausten dort auf ihrer Insel in einer anderen Welt. Nur manchmal raunten sich die Gäste beim Bier zu, daß es wohl nicht mehr ewig so gehen würde mit dem Orden. Anke konnte sich nicht vorstellen, wie es anders gehen sollte.

Während sie den Korb mit Torf vom Hof holte, kam ihr plötzlich zu Bewußtsein, daß sie diesen Martin wohl nie mehr sehen würde. Das schmerzte sie so, daß sie die Torfkiepe absetzte und lange in das glosende Feuer starrte.

5. DAS GELÖBNIS

Mit Mühe ließen die Graumäntler den schlichten Sarg in die knapp ausgehobene Grube hinab. Martin dachte bei jeder Schaufel daran, daß nur das dünne Holz Wilks zerstörtes Gesicht vor der schwarzen Erde schützte. Es fiel ihm noch immer schwer zu glauben, daß der Freund wirklich für immer und alle Zeiten dort in dem kalten, feuchten Boden liegen würde und keine Antwort mehr geben konnte. Zum Beispiel auf die Frage, wer ihm die Schlinge um den Hals geworfen und ihn in den Graben gestoßen hatte.

Wilk hatte ihn allein gelassen. Aber er hatte ihn auch gelehrt, Fragen selbst zu beantworten. Man mußte nur nachdenken, so wie es Wilk stets getan hatte. Martin nahm sich vor, gleich damit zu beginnen. Von jetzt an hatte er ein Ziel. Ein anderes, als die Heiden zu besiegen. Oder dem Komtur in Demut zu gehorchen.

Niemand beachtete ihn, als er noch lange vor dem schmalen Hügel verharrte, der Wilk von Nauroths Sarg bedeckte. Und niemand ahnte, daß er ein Gelübde ablegte: Er würde Wilks Mörder finden und richten. Das war endlich ein Vorhaben, wert, dafür mit aller Kraft zu kämpfen.

Seit vier Jahre befand er sich jetzt im Ordensland. Es war ein gänzlich anderes Leben, als er es sich in seinen Träumen von der Jagd auf heidnische Feinde vorgestellt hatte. Die Polen und Ermländer waren gläubige Katholiken, während es mit der Glaubensfestigkeit in den Reihen des Ordens eher schlecht als recht aussah. Kaum einer der Ritter mit dem schwarzen Kreuz nahm die

Gebete ernst, alle tranken in Unmaßen, fluchten und hielten unzüchtige Reden, und dies keineswegs nur zum Zwecke des Abscheus, wie es vorgeschrieben war.

Martin hatte sich eingehend mit den strengen Regeln des Ordens und den in den Gesetzen festgelegten Bußen beschäftigt. Anders als die meisten seiner Gefährten war er des Lesens und Schreibens kundig und beherrschte leidlich das Lateinische. Ursprünglich wollte er das Priestergelübde ablegen. Aber stammte er nicht aus einem ruhmreichen westfälischen Rittergeschlecht, aufgewachsen nahe dem Schlachtfeld, auf dem Arminius einst die Legionen des Varus besiegt hatte, wie die Mönche in Corvey an der Weser in den Aufzeichnungen des Tacitus herausgefunden hatten? Wir sind die wahren Nachkommen der siegreichen Cherusker, triumphierte der Oheim.

Die Nachricht vom Reiterkrieg gegen die Polen beschleunigte Martins Entschluß, nach Preußen zu reisen und in den Deutschen Orden einzutreten. Durch das von der neuen Religion beunruhigte Land zog er mit einem Knecht und drei Pferden gen Lübeck und fand im Haus des Ordens Aufnahme, bis ein Schiff nach Kopenhagen auslief. Dort hieß es wieder warten, denn die Danziger beherrschten den Seeweg nach Osten. Endlich machte sich ein altersschwacher Holk mit allerlei Söldnervolk auf den Weg nach Preußen. Vier elende Tage und Nächte verbrachte Martin unter den rauhen Gesellen, die ihn verhöhnten, sooft er über die Bordwand spie, obwohl es ihnen selber kaum besser erging. Mit knapper Not entkam das Schiff den feindlichen Kraweelen und gelangte durch das Neue Tief ins ruhige Wasser des Frischen Haffs. Nur aus der Ferne erblickte Martin die Türme von Königsberg.

Von Balga, der von den Polen halb zerstörten Ordensburg im Frischen Haff, ging es weiter gen Braunsberg, wo Martin nach hastiger Befragung in aller Eile das Gelübde ablegte. Mit der Hand auf dem Evangelium bestätigte er, von sechzehn freien Rittern abzustammen, keinem anderen Orden anzugehören, mit keiner Frau verheiratet und kein Höriger zu sein, keine Schulden zu haben und an keiner Krankheit zu leiden. Ohne zu zögern schwor er ewige Keuschheit, Armut und blinden Gehorsam gegen Gott, die Meister und die Statuten des Ordens. Vom Komtur nahm er das geweihte Schwert und den Ritterschlag entgegen, vom höchsten Priesterbruder den geweihten Mantel mit dem schwarzen Kreuz. Von nun an war er ein Gotteskrieger ohne Eigentum und eigenes Wappen, dafür mit Kettenhemd und schwerem Harnisch behangen, Arm- und Beinschienen, die seine Bewegungsfreiheit empfindlich einschränkten und wenig Schutz gegen Feuerwaffen boten. Selbst an den weiten Mantel mußte er sich erst gewöhnen.

Hatte er gehofft, direkt unter den Augen des Hochmeisters Albrecht Mut und ungestüme Kampfkraft beweisen zu können, so sah er sich getäuscht. Die vor den Wällen der belagerten Stadt Heilsberg biwakierenden Braunsberger, Bartensteiner und Schippenbeiler Truppen samt den Sichauischen Söldnern und siebenhundert Knechten gingen ihm allzu gemächlich vor. Insgeheim belachten sie den ungestümen jungen Ritter auf seinem stolz tänzelnden Roß. In Martin kochten noch jetzt Scham und Wut, wenn er daran dachte, wie er sich als kaum Fünfzehnjähriger nur mühsam zurückgehalten hatte.

Das Heilsberger Scharmützel zog sich lange und erfolglos hin. Endlich sandte der Livländische Orden Hilfe: hundertfünfzig Berittene und einhundert Last Roggen. Auch von Geld war die Rede, Geld vom Brandenburger Kurfürsten und aus dem verbündeten Moskau. Jedenfalls beruhigten sich die aufsässigen Söldner für den Augenblick, aber das ausgesogene Land vermochte sie auf die Dauer nicht zu ernähren. Des Futtermangels wegen war nicht einmal die Reiterei einsatzfähig. Die Bauern in den verwüsteten Dörfern hungerten, die Königsberger Münze lieferte nur minderwertige Groschen. Alles Silber war längst eingeschmolzen. Aus Kannen, Schüsseln und dem Blei der Kirchendächer goß man Kugeln. Das Entsatzheer aus dem Reich aber lief derweil vor Danzig auseinander und plünderte Städte und Dörfer.

Noch vor dem Abschluß des Waffenstillstandes zwischen Hochmeister Albrecht und dem polnischen König zog die Schar der Ritter durch das bischöfliche Ermland nordwärts zum heimischen Konvent. Der Komtur Erich, der sich bei den Reiterkämpfen nicht bewährt hatte, wie es hieß, war vom Hochmeister dennoch zu den Verhandlungen nach Riesenburg berufen worden.

»Fürstensöhne, alle miteinander«, hatte Wilk ein wenig abschätzig gemeint. »In deinem Alter waren sie bereits Domherren mit einer ansehnlichen Pfründe.«

Im Land Natangen kamen sie in Richtung auf Königsberg nur langsam voran. Von West wehte ein steifer Sturm. Manchmal glaubten sie, Siewert von Wolkenburg, dem ein Geschoß der Heilsberger das Bein zerschmettert hatte, erlebe seine letzte Stunde. Martin, dessen Wunde über dem Auge endlich verheilt war, während sein Arm noch immer abscheulich schmerzte, fürchtete am meisten die beschwerlichen Flußübergänge, Wilk beruhigte ihn. Über den Pregel führte eine Brücke, den Memelstrom brauchten sie auf ihrem Weg über die Nehrung nicht zu überqueren. Der ergoß sich, quer durch Litauens Wildnis an der Burg Ragnit vorbei, in drei breiten Armen ins Kurische Haff. An einem Punkt der Küste, den die Schiffer am meisten fürchteten, hatte sich einst die stolze Windenburg erhoben, aber die war längst den Wellen zum Opfer gefallen.

In Königsberg, dem Sitz des Hochmeisters mit seinen hunderten von Würdenträgern, Bediensteten und den zahllosen Kriegsknechten, die ihren Sold forderten, fand sich nicht einmal ein Nachtquartier für sie. Unter Cuntz von Hawkensteins Führung, eher jedoch unter Wilks kundiger Anleitung gelangte die kleine Ritterschar an das Südufer des Kurischen Haffs. Es war Martin so weit wie die See erschienen. Wilk ritt unbeirrt in westlicher

Richtung voran, wo sich bald ein waldbewachsener Streifen flachen Landes am Horizont abhob: die Nehrung. Mehr als zwölf Meilen erstreckte sie sich bogenförmig wie ein Säbel zwischen Haff und Ostsee, und an ihrem Nordende lag Memel. Martin erinnerte sich noch sehr genau dieses ersten Rittes den unendlichen Strand entlang.

Sie rasteten eine Nacht auf der Burg von Rossitten und ließen es sich wohl ergehen. Am Morgen ritten sie an der Haffküste weiter. Auch hier nur Sand, nichts als Sand. Als im Osten Land sichtbar wurde und die gewaltigen Eichen näher an das Ufer herantraten, wechselte die Schar wieder hinüber zur See. Schon aus der Ferne bemerkten sie die Männer im flachen Wasser, die mit großen Käschern die Wellenkämme abfischten. Der bewaffnete Knecht am Strand grüßte die Ritter ehrerbietig. Um ihn herum kämmten Weiber und Kinder den Tang aus. Die Kinder sahen furchtsam zu den Rittern auf.

Martins Frage, welches Getier man auf diese seltsame Weise wohl fange, wurde mit Gelächter beantwortet.

Wigamur trieb seinen Gaul in die Wellen bis zu einem der Männer und streckte die Hand aus. Zögernd reichte ihm der Fischer einen faustgroßen, unansehnlichen Batzen aus dem Netz.

»Unsere Macht und unser Reichtum!« Triumphierend hielt Wigamur den braunen Brocken in der erhobenen Hand und schleuderte ihn an den Strand.

»Bernstein«, sagte Wilk leise zu Martin, der endlich verstand. Bernstein war ein beinahe so wertvoller Stoff wie Silber oder Gold. Besonders kostbar war der weiße Stein, aus dem Wilk von Nauroth ein Kruzifix unter seinem Mantel trug. Aus dem gelbbräunlichen Harz fertigten die Lübecker Butenmeister kunstvollen Schmuck und Spielsteine, vor allem aber Paternosterketten, die selbst ins Heidenland geliefert wurden. Auch Martin besaß einen solchen Rosenkranz aus Bernsteinkugeln. Er hatte sich nie Gedanken darüber gemacht, woher das Material dafür kam.

»Das Bernsteinregal ist die sicherste Einnahmequelle des Ordens«, erklärte ihm Wilk. »Nicht ein Bröckchen davon dürfen die kurischen und samländischen Strandbewohner behalten. Darüber wachen der Bernsteinvogt und seine Knechte.«

»Kann man sie denn immer beaufsichtigen, wenn sie am Strand sind?«

Wilk nickte. »Sie dürfen sonst nur zum Fischen an den Strand. Weiber und Kinder gar nicht. Außerdem haben sie einen Eid geschworen, allen Bernstein abzuliefern. Tun sie das nicht, droht ihnen – wie jedem Fremden, der hier angetroffen wird – der Galgen.«

Wieder verlor Martin ein Stück von dem Glauben, jemals in den Reihen des Ordens gegen die Heiden zu kämpfen. Es sei denn, es ginge doch noch gegen die Türken, wie mitunter gemunkelt wurde. Martin hatte noch nie einen echten Heiden zu Gesicht bekommen. Ungläubige waren ihm in den letzten Monaten zuhauf unter die Augen geraten: feile Weiber, betrügerische Marketender, erbarmungslose Söldner und fluchende Ritter. Sie alle dienten dem Orden. Der war in Wahrheit keine verschworene Kämpferschar adliger Ritter gegen das Heidentum, sondern nichts als ein strenger und hochmütiger Herrscher, dazu ein ganz gewöhnlicher Händler und Geschäftemacher.

Wilk hatte ihn ausgelacht, als er es aussprach. »Der Orden ist der Landesherr. Überall im Reich pressen die Fürsten jeden Schilling aus ihren Landeskindern, im Ordensland aber werden nur in den Städten Steuern erhoben. Und das erst, seit Krieg im Lande herrscht. Vorher war Preußen ein reiches und blühendes Land, nicht zuletzt durch den Handel. Vor allem aber durch das streng gehandhabte Bernsteinregal.«

Martin widersprach nicht, obwohl er im Lager vor Heilsberg von den unwilligen Kriegsknechten anderes gehört hatte. Nach kulmischem Recht hatten die Bauern jederzeit Kriegsdienst für den Orden zu leisten, ob sie wollten oder nicht, gleichgültig, ob das Korn zur Aussaat anstand oder die Ernte einzubringen war. Konnte ein Land dabei reich werden und blühen?

»Besser, der Landesherr ist ein Krieger und großzügiger Händler als ein kleinlicher Steuereintreiber«, hatte Wilk seinen Exkurs geschlossen. Wie sich bald zeigen sollte, verstand er etwas vom Handel, sonst hätte ihn der mißtrauische Komtur Erich kaum zum Schäffer berufen.

Mit dem Bernstein, auch Brennstein oder Augstein genannt, hatte der Memeler Schäffer nichts zu tun. Der Küstenstrich nördlich von Memel wie auch die Nehrung waren nicht der Hauptfundort für die begehrte Ware. Dennoch kannte Wilk alle Einzelheiten des Handels. Die samländische Küste galt als die Bernsteinküste, von der schon die Griechen den Stein bezogen hatten. Dort wachten die Kammerknechte, die Strandreiter und Strandvögte darüber, daß auch die geringste Menge des gelbbraunen Steins abgeliefert wurde. In Lochstädt am Frischen Haff, nur zwei Meilen vom Sitz des Hochmeisters entfernt, regierte der Bernsteinmeister und Vogt, der allen Bernstein sammelte und die Fischer entlohnte. Gewöhnlich bezogen sie ihr geringes Entgelt in Form von Salz; sie benötigten es in großen Mengen, um den Fisch haltbar zu machen. Bare Münze sahen sie gelegentlich nur für besonders große Stücke, Hauptsteine oder Hauskomtursteine genannt, deren Verwendung sich der Hochmeister vorbehielt. Aber die preußische Mark hatte ohnehin in den Kriegsjahren mehr und mehr an Wert verloren.

Der Wert des Bernsteins aber stieg eher noch. Für eine schmale Tonne des guten oder Drehsteins, wie ihn die Hanseschiffe nach Lübeck oder Brügge lieferten, bekam der Königsberger Hofmarschall bis zu 250 Mark geringer preußischer Münze. Selbst die Tonne gemeinen Steins brachte wenigstens 50 Mark.

Dieser Handel war die einzige sichere Einnahmequelle für den hoch verschuldeten Hochmeister, dem der Orden und der Deutschmeister im Reich längst keinen Pfennig mehr bewilligten, so sehr er auch immer wieder darum ersuchte. Wenigstens die Kosten seiner Reisen wollte er begleichen können. Seit er mit Martin Luther in geheimen Verhandlungen stand, von denen anscheinend die ganze Welt wußte, war das Verhältnis zwischen ihm und den Balleien und Gebietigern im Reich entschieden abgekühlt.

Das alles erfuhr man nicht im Konvent, wo sich mehr und mehr die Anhänger des Hochmeisters gegen Erichs Parteigänger absonderten. Man erfuhr es eher von Männern wie Tigges, die in der Welt herumkamen und nicht mit einem Briefverbot oder Schweigegebot belastet waren. Martin beschloß, den Kaufmann auf der »Möwe« aufzusuchen. Wenn er ihn dort nicht fand, blieb immer noch die Herberge »Zum Elch«. Sein Herz klopfte heftig, als er daran dachte.

6. HEIMLICHKEITEN

An diesem Sonntag verlief das gemeinsame Essen stiller als gewöhnlich. Nicht einmal heute hatten sich der Komtur und sein Statthalter Engelhard zu ihnen an die gemeinsame Tafel gesellt, und der Hauskomtur verschwand noch vor dem abschließenden Benedictum. Werner Preuß war wie gewöhnlich in unaufschiebbaren Angelegenheiten des Hochmeisters und seines Bischofs unterwegs.

Wilks Begräbnis legte sich doch ein wenig auf die Stimmung. Da half alle Mühe nicht, die sich der Küchenmeister mit der Speisenfolge gab. Nach dem Brei, den Martin wie immer gemeinsam mit Siewert aus der gleichen Schüssel löffelte, trug man einen gesottenen Kalbskopf, das gebratene Hirn und danach Krebspasteten auf. Abschließend folgten die sonntäglichen »Heidnischen Pfannkuchen«. Dazu gab es schwach gewürzten Wein.

Martin, der die ganze Nacht gewacht hatte, aß kaum etwas und lauschte schläfrig den bedächtigen Reden der anderen, die zumeist Wilks Tod galten. Er war ein guter Kerl gewesen, darin waren sich alle einig, und sein Tod stellte einen Verlust für den Konvent dar.

»Im modrigen Eiswasser zu ertrinken – welch abscheulicher Tod«, sinnierte Cuntz von Hawkenstein. »Wenn schon, dann wünschte ich mir als letzten Trunk roten Wein vom besten …«

»Jemand muß ihn in den Graben gestoßen haben. Weshalb hat er nicht geschrien?« wollte ausgerechnet Bruder Reinfried wissen, der für sein schlechtes Gehör bekannt war.

Mauritius, der dunkelhäutige Spittler, der aus Ungarn stammte und den sie den Mohren nannten, sagte düster: »Er hat nicht mehr schreien können.«

»Verfluchtes Litauerpack!« dröhnte Reinfried.

»Man muß etwas unternehmen. In früheren Jahren wären alle Brüder mit Feuer und Schwert über das mindere Volk niedergefahren!« grollte auch Siewert von Wolkenburg. »Eine solche Schmach hätte kein Ritter auf sich sitzen lassen.«

»Dann zieh los und laß dir das andere Bein auch noch lahm hauen«, entgegnete Cuntz von Hawkenstein spöttisch.

Bruder Gregorius, ein kahlköpfiger Mann mit einer tiefrot leuchtenden Narbe im Gesicht, stimmte ihm zu. »Heute ist es eher so, daß sie mit Feuer und Mistgabel auf uns niederfahren, wann immer sie wollen.«

»Es kommt alles nur von diesem Luther und seinen aufrührerischen Schriften!« beharrte Siewert.

Cuntz winkte ab. »Haben sie in den alten Zeiten nicht sogar unseren ersten Komtur Bernhard bei lebendigem Leib auf dem Rost gesotten? Davon müßte doch in den klugen Schriften stehen, hinter denen du den ganzen Tag hockst, Gregorius.«

Goswin, ein junger Pfaffe, hielt sich schaudernd die Hand vor Augen, als sähe er den Bratrost vor sich.

»Das geschah gar nicht weit von hier, in Crottingen«, bestätigte der Angesprochene. »Und damals gab es noch keinen Doktor Luther, der die Menschen vom rechten Glauben abhielt.«

»Die Litauer waren Heiden, und sie sind es geblieben!« Siewert hob mühsam sein lahmes Bein über die Bank, um sich zu entfernen. Mit schmerzverzerrtem Gesicht hielt er inne und stöhnte.

»Aber ihre Weiber sind nicht häßlich«, merkte Wigamur von Tresten mit kennerischem Grinsen an. Niemand hatte eine andere Bemerkung von ihm erwartet.

»Kannst dir ja eine aussuchen«, knurrte Cuntz. »Falls der Komtur etwas dagegen hat, gibt dir sicher der Hochmeister seinen Segen und ein Gut zum Lehen. Er soll sich ja prächtig mit dem Doktor Luther verstehen.«

»Ich glaube, Wilk war insgeheim auch ein Lutherischer«, ächzte Siewert, noch immer mit seinem steifen Bein beschäftigt. »Der Komtur meint auch ...«

»Du und dein Komtur!« Cuntz knurrte abermals. »Der sollte längst in Koblenz sein, wenn es nach dem Hochmeister ginge. Aber dein Erich hat eben in allem seinen eigenen Kopf und will beides: Koblenz und Memel.«

»Möchtest ihn wohl los sein ...«

»Wer wollte das nicht! Kannst es ihm ruhig hinterbringen. Wir sind sowieso die letzten treuen Seelen, über die er verfügt. Er sollte es nicht übertreiben!«

Alle schauten betreten vor sich hin, bis Wigamur mit schlauer Miene sagte: »Es heißt, der Hochmeister selber will sich eine Frau nehmen ...«

Nun war der Hochmeister an der Reihe, er und seine viel zu lange andauernde Abwesenheit von den Ordensgeschäften. Die Bauern in den samländischen Dörfern gebärdeten sich immer widerspenstiger, und die Königsberger Bürger murrten. Martin war des immer gleichen Geredes müde. Er wollte etwas tun. Etwas, wozu all diese lahmen Tölpel anscheinend nicht mehr in der Lage waren. Und er würde sofort damit beginnen und sich durch nichts aufhalten lassen. Irgendwer mußte mehr über Wilks Tod wissen, und er würde es herausfinden.

So sehr die Ritterbrüder in diesen bösen Zeiten auch angefeindet wurden, scheute sich Martin doch niemals, das Schloß im schwarzweißen Ordensgewand zu verlassen. Den Feind wollte er erleben, der ihm offen entgegentrat, wenn er hochaufgerichtet auf seinem Pferd auf ihn zu ritt.

Heute war das anders. Er hatte Heimliches vor, und da galt es, seine Absichten zu verbergen. Vor den Ordensbrüdern wie vor den Memelern, von denen ein Kreuzritter im vollen Ornat gewiß keine Auskunft erwarten konnte. Er mußte sich umkleiden.

Andererseits hatte er um diese Tageszeit nichts im Dormitorium verloren, und wer ihn dort antraf, mochte Verdacht schöpfen. Immerhin schien jeder im Konvent mit sich selbst beschäftigt. Von Rittern wie Cuntz oder Wigamur und seinem Anhang durfte er kaum Aufmerksamkeit erwarten; die taten ohnehin, was sie wollten, oder trieben sich außerhalb der Burgmauern herum. Siewert von Wolkenburg, neben dem er am Tisch saß und der sein Lager neben Martin hatte, hockte gewiß über seinen Sternberechnungen. Größere Gefahr ging eher von den Pfaffen aus, Erichs Ohr Bruder Simon etwa, der gerne an den unpassendsten Stellen im weitläufigen Schloßgemäuer herumlungerte.

Ursprünglich fand keiner der Ritter etwas dabei, sich allein im großen Schlafsaal aufzuhalten, wann immer es ihm gefiel. Seit der Streit um den Hochmeister und seine Stellung zu Luther an Schärfe zunahm, hatten einige Brüder Schlösser an den Truhen angebracht, in denen sie doch lediglich ihre Kleidungsstücke aufbewahren durften. Mißtrauen war aufgekommen, und man belauerte einander. Welche Art verbotenen Besitzes mochten sie in den alten Kästen verbergen, die schon Generationen von Ordensbrüdern gedient hatten?

Da gab es vielerlei: Kleinodien aus dem Familienbesitz, die man dem Orden verschwiegen hatte, heimliche Briefe und Andenken an Freuden, die man außerhalb des Ordens genossen hatte, und Geld oder Gold, das man nicht besitzen durfte. Dazu Kleidungsstücke, um sich zu schmücken oder auf unerlaubten Wegen zu tarnen. Lutherische Druckschriften kaum, es sei denn, bei den Pfaffen. Von den Ritterbrüdern konnte kaum einer lesen.

Martin hatte keinen verbotenen Besitz zu verheimlichen. Was ihn aus der lippischen Hansestadt Lemgo bis hierher begleitet hatte, gehörte dem Orden; im Kasten lagen das zweite Hemd, die Unterhosen, die Beinlinge und der Rock. Dazu der weiße Übermantel und ein zweiter Mantel mit dem Kreuz. Alles in dem gleichen bescheidenen Zustand, wie es ihm der Trappier seinerzeit beim Eintritt in den Konvent ausgehändigt und gelegentlich getauscht hatte.

Damals, vor mehr als drei Jahren, hatten Martin in Memel neue Enttäuschungen erwartet. Das stolze Schloß des Konvents, von dem in den eisigen Zeltnächten vor Heilsberg so oft die Rede gewesen, erwies sich als ein baufälliger alter Kasten aus Backsteinen, auf einer Insel vor der Stadt errichtet und von einem schlammigen Graben umgeben, den ein Arm der Dange speiste. Vom Hauskomtur bekam Martin den mit stinkigem Heu gestopften Bettsack, ein fleckiges Leinentuch und die *cultra*, die warme Decke für das Dormitorium, den gemeinsamen Schlafsaal der Brüder. Nach den Nächten im Zelt hieß es nun, mit allen in einem Raum zu schlafen. Gemeinsam mit dem verwundeten Siewert genoß er wegen seines Arms noch eine Galgenfrist in der Firmarie für die Kranken, wo Bruder Mauritius, der Spittler, ihnen auch ein besonderes Essen reichte.

Bald jedoch galt es für ihn, sich dem gleichförmigen Tagesablauf im Schloß zu fügen, der mit dem Wecken gegen zwei Uhr in der Nacht begann, um Matutin, die Frühmesse, zu feiern. Oft mußte ihn sein Lagernachbar Siewert wachrütteln. Der tat das gern. Glücklicherweise war die vierzigtägige Fastenzeit bereits vorbei gewesen, so daß alle Brüder zweimal täglich gemeinsam an der Konventstafel im Remter saßen und geduldig darauf warteten, daß ein Priesterbruder das Paternoster und das Ave-Maria sprach. Es galt, was Martin bald gelang, Bescheidenheit zumindest vorzutäuschen, sich nicht zu drängen, dann reichte einem der Komtur möglicherweise noch einen Nachschlag vom Linsen- oder Bohnenbrei oder gar vom gesalzenen Fleisch. Fleisch gab es an drei Tagen anstelle der sonst üblichen Käse- und Eierspeisen, Fisch kam in vielerlei Gestalt auf den Tisch: gekocht, gebraten, gesotten und in wohlschmeckende Tunken eingelegt. Der Küchenmeister, ein Laienbruder rheinischer Herkunft, war ein vorzüglicher Koch.

Anfangs aß der junge Komtur Erich mit allen Rittern, Pfaffen und Graumäntlern und bestand dabei streng auf Einhaltung aller Regeln bezüglich der Speisen und der Fastengebote an den Freitagen. Starke Gewürze blieben ein unangemessener Luxus, solange er an der Tafel saß. Eine Gewohnheit, die er nach und nach aufgab, worauf sich die Speisegewohnheiten auf Drängen der Ritter erheblich lockerten. Nur der Pfaffe Simon, Auris Ericae, wie sie ihn nannten, das Ohr Erichs, und Siewert von Wolkenburg, der seit Heilsberg Verkrüppelte, den sie noch bösartiger als Ericulus betitelten, Erichs Hintern, fanden daran etwas auszusetzen. Ericulus zog sich oft mit einem Becher klaren Wassers zu seinen Berechnungen in die Bibliothek zurück, während die anderen beim Wein und öfter noch beim guten Memeler Bier hockten.

Martin begriff schnell, was für ein langweiliges Volk seine Ritterbrüder waren, solange sie nicht auf dem Rücken ihrer Gäule saßen oder sich im Turnier übten. Ihre Reden flossen nicht weniger einschläfernd als im Lager vor Heilsberg dahin, wo wenigstens die täglichen Scharmützel Ablenkung geboten hatten. Hier jedoch, in der düsteren und schlecht beheizten Konventsstube, gerieten ihre ermländischen Abenteuer unter dem Einfluß von Wein und Bier mehr und mehr zu wahren Heldentaten.

Der erste Herbst war noch nicht vergangen, da kannte Martin beinahe jedes Wort, das aus ihrem Munde zu erwarten war, jede Schandtat, deren sie sich rühmten, und jede Zote Wigamurs von Tresten. Von dem war er am meisten enttäuscht, hatte ihn doch der Name des berühmten *Ritters mit dem Adler* mit hohen Erwartungen erfüllt, seit er schon im Kindesalter die alten Verse in der Bibliothek seines Oheims gefunden und in langen Nächten immer wieder aufs neue studiert hatte.

Der wirkliche Wigamur geriet eines Tages sehr heftig mit dem Komtur aneinander, dessen Anwesenheit er nicht bemerkt hatte.

Natürlich ging es wieder einmal um Doktor Luther und dessen Ratschlag, sich ein Weib zu nehmen. Oder besser zwei? War das nicht im Sinne des Hochmeisters gedacht?

Der selber hatte doch den evangelischen Prediger Brismann nach Königsberg entsenden lassen. Und sprach nicht der Statthalter des Hochmeisters mit gleicher Zunge?

Erich überkam die welfische Wut, rotfleckig wurden Hals und Gesicht, wie er da vor den Rittern stand und herausbrüllte, wie sehr ihm dieses evangelische Geschwätz zuwider sei. Man wisse ja, wozu die aufsässigen Reden des lutherischen Sendboten Johannes Amandus in der altstädtischen Kirche von Königsberg geführt hätten. Sei es nicht genug, daß der Pöbel nach dessen Osterpredigt das Bullatenkloster gestürmt und geschändet und die Bilder der Heiligen von den Wänden gerissen und verbrannt habe? Wollten sich die Herren Ritter mit derlei Aufruhr gemein machen?

Das wollte niemand. Dem Amandus war schon das Handwerk gelegt, und ein gewisser Speratus, Doktor dreier Fakultäten, versah inzwischen die Predigerstelle in der Königsberger Altstadt im milden Sinne des Wittenbergers, aber auch in dem des immer noch abwesenden Hochmeisters, wie es schien. Dessen Stellung wurde immer ungewisser. War es möglich, daß der gesamte Orden zum neuen Glaubensbekenntnis konvertierte? Aber wie wollte er die Ordnung im Land durchsetzen, wenn die heilige Beichte und der Glaube an die Heiligen untergingen und die Leute nicht einmal mehr den römischen Papst als Christi Stellvertreter anerkannten?

Solche Fragen beschäftigten Martin in den Gesprächen mit Wilk, die nun ihr jähes Ende gefunden hatten. Auch Wilk hatte zum Ärger des Komturs mehr und mehr den Ansichten des Doktor Luther zugeneigt. Einmal war er darüber mit Siewert von Wolkenburg in Streit geraten, und zu Martins Überraschung fielen die beiden dabei unversehens in eine fremde Sprache, von der

Martin nie angenommen hätte, daß Ericulus Siewert sie sprach: das Prussische nämlich. Es stellte sich heraus, daß er schon länger die Wörter und Redensarten der Witlinge sammelte, um eine Grammatik ihrer Sprache zu verfassen, wie er behauptete.

Ericulus, sonst einer der Gehorsamsten im Konvent, war übrigens der erste gewesen, der seine Truhe versperrt und auf die Frage, weshalb, die Antwort verweigert hatte. Seine Truhe stand neben Martins an der Wand hinter den Lagerstätten und war aus bestem Eichenholz gefertigt. Was mochte sie Besonderes enthalten?

Die Frage beschäftigte Martin jedesmal, wenn er seinen eigenen, aus bescheidenem Kiefernholz gefertigten Kleiderkasten öffnete. Stand ihm jetzt nicht Wilks schwere Lade mit den eisernen Beschlägen zu? Galt es doch als ungeschriebenes Gesetz, auch jüngeren Brüdern ein Recht am Ordenseigentum Verstorbener einzuräumen. Wer hatte Wilk nähergestanden als er?

Martin stieg die ausgetretenen Steinstufen zum Obergeschoß hinauf. Dort befand sich das Dormitorium, ein langgestreckter, am Ende ein wenig verwinkelter Saal unter spitz zulaufenden Kreuzgewölben. Durch die schmalen Öffnungen in den Fensternischen fiel nur spärliches Tageslicht in den düsteren Raum mit seinen in mehr als zwei Jahrhunderten ergrauten Wänden. Mit schlafwandlerischer Sicherheit schritt Martin zwischen den rohen Bettstellen hindurch zu seinem Lager. Irgendwo im Hintergrund raschelte und knackte es; eine Maus sicherlich, gegen deren Heerscharen man in dem großen Raum niemals ankam, obwohl die Mitnahme von Speisen streng untersagt war. Oder der Wind blies von See gegen das Ölpapier in den Fensteröffnungen.

Martin fürchtete sich nicht. Die Angst vor der Dunkelheit und ihren unerklärlichen Geräuschen hatte er schon früh auf der heimatlichen Burg und später in den finsteren Räumen bei seinem Oheim verloren. Er hob die Matratze an und suchte nach der handbreiten Öffnung, in der er seinen einzigen verbotenen Schatz versteckt hielt, eine Silbermünze mit dem Wappen einer fremden Stadt, deren genauen Wert er nicht einmal kannte. Wilk hatte sie ihm vor nicht allzu langer Zeit zugesteckt: Falls du einmal allein unterwegs bist …

Er hatte nicht gleich verstanden. Das Bezahlen war er nicht gewöhnt. Erst nachdem Wilk beim Abschied im »Elch« Münzen auf den Tisch gelegt hatte, war ihm wieder einmal klargeworden, daß in der Welt außerhalb der Ordensmauern andere Regeln galten. Dort wurde man nicht unentgeltlich beköstigt und mit Wein versorgt, nur weil man zum Orden gehörte.

Er ertastete das mit einem Stoffetzen umwickelte Silberstück und steckte es in den Gürtel. Wieder hörte er ein Geräusch, deutlicher diesmal. Seine Augen hatten sich an das Dunkel gewöhnt, aber mehr als einen Schatten vermochte er am Saalende nicht auszumachen, wo die Altgedienten, darunter Wigamur, der Hauskomtur Georg und der Trappier ihre Schlafplätze hartnäkkig verteidigten. Nur der Komtur, sein Kompan und sein Hofmarschall Woffrodt bewohnten eigene Räume im Ostflügel des Schlosses.

Erst vor einiger Zeit war Martin aufgefallen, daß es am Ende des Saals eine versteckte Pforte gab, durch die er wie die meisten der Brüder noch nie gegangen war. Ein Gang und eine Treppe führen zum Danzker, damit die hohen Herren nachts einen kürzeren Weg haben, hatte ihn Wilk aufgeklärt. Aber wo dieser Gang wirklich verlief, konnte er bei aller Mühe nicht herausfinden, und ebensowenig, welche der Eisentüren im Danzker den Zugang zum Dormitorium verbarg. Der von außen klar gegliederte Bau der alten Ordensburg hatte ihn vom ersten Tag an interessiert, doch die dicken Mauern und die nachträglichen An- und Umbauten machten es schier unmöglich, hinter alle Einzelheiten der Innenräume zu kommen.

Etwas schien sich dort hinten zu bewegen. Martin vertrieb den Gedanken, jemand könnte durch die niedrige Pforte getreten sein und ihn beobachten. Er tat nichts wirklich Verbotenes. Was er brauchte, war nur ein Mantel oder Umhang, wie ihn fast alle trugen, wenn sie das Schloß verließen. Er wußte, daß Wilk mehrere solcher Umhänge in seiner Truhe aufbewahrte. Einen davon hatte er Martin geliehen, wenn sie gemeinsam in die Stadt gingen. Wilks große Truhe mit dem halbrunden Deckel, die in einer der Fensternischen weiter vorn im Saal stand, kannte er genau. Selbst wenn man ihn beim Öffnen ertappte, war darin nichts Widerrechtliches zu erkennen, war doch den Regeln gemäß alles Eigentum Allgemeingut. Wenn Wilk etwas Verbotenes besessen hatte, so wäre es ihm ein Leichtes gewesen, es auf einem der Speicherböden, im Keller oder in der Schäfferstube zu verbergen, zu der nur er Zugang gehabt hatte.

Durch die schmale Fensteröffnung fiel mattgelbes Licht auf den eichenen Kasten. Martins Herz klopfte stärker, als er den Dorn aus der Lasche zog und den schweren Deckel anhob. Zu seiner Überraschung schien die Truhe leer. Er mußte sich tief hineinbeugen, bis seine Finger auf ein Stück grober Leinwand stießen, das den Boden bedeckte.

Mit der ausgestreckten Hand fuhr er in alle vier Ecken, doch es blieb dabei, daß die Truhe nichts mehr von Wilks irdischer Hinterlassenschaft enthielt. Wahrscheinlich hatte der Trappier sie bereits ausgeräumt. Morgen würde Martin ihn fragen, ob er sie übernehmen durfte.

Er klopfte noch einmal auf den hölzernen Boden, der seltsam hohl klang. Dabei fuhr sein Mittelfinger unversehens in eine Auskerbung am Rand, als er wiederum einen Laut vernahm, und diesmal ganz nahe. Noch bevor er sich aufzurichten vermochte, traf ihn der schwere Deckel im Kreuz, und er stürzte kopfüber in den dunklen Kasten. Im gleichen Augenblick, noch ehe er sich von dem Schreck erholen konnte, spürte er, wie jemand versuchte, ihm die Beine unter dem Körper wegzureißen. Man wollte ihn in die Truhe sperren! Das weckte seinen Widerstand. Trotz seiner unglücklichen Lage krümmte er sich zusammen und schlug mit aller Kraft nach hinten aus, wie er es oft genug an seinem treuen Gaul Falko beobachtet hatte, wenn man den in Bedrängnis brachte. Der Erfolg blieb nicht aus. Wer immer ihm diesen bösen Streich gespielt hatte – Martins Fuß traf ihn mit Wucht und setzte ihn außer Gefecht, während er selber versuchte, sich aus der Truhe herauszuarbeiten, indem er den Deckel mit Hintern, Fäusten und Buckel aufdrückte, bis er gegen die Wand schlug.

Natürlich war da niemand, als er sich aufrichtete und um sich blickte. Zwischen den Lagerstätten verklangen hastig scharrende Schritte, dann glaubte er das Geräusch einer knarrenden Tür wahrzunehmen.

Im Dormitorium war es unnatürlich still. Martin hörte das Blut in seinen Ohren. Seine Lendenwirbel schmerzten, als hätte man jeden einzeln zerbrochen. Er streckte die Hände gegen die Wand und bog seinen Rücken durch. Unwillkürlich mußte er lachen. Das Schelmenstück, wenn es denn eins hatte sein sollen, war mißlungen.

Es war unter den Ritterbrüdern durchaus üblich, sich nicht nur im Turnier miteinander zu messen, sondern sich auch gegenseitig mit derbem, ja oft genug schmerzhaftem Schabernack zu narren, wo immer sich die Gelegenheit bot. Noch beliebter war es, derlei Unfug gegen die Pfaffen oder Laienbrüder auszuüben. Ließ man sich nicht als Urheber ertappen, blieb dem Getroffenen keine andere Wahl, als gute Miene zum bösen Spiel zu machen und auf heimliche Rache zu sinnen. Eine Meldung an den Hauskomtur oder gar den Komtur verstieß gegen die ungeschriebenen Bräuche des Konvents, sie galt als ehrenrührig und wäre vom Komtur mit Sicherheit zurückgewiesen worden.

Nicht im Traum dachte Martin daran, sein Ungemach an die große Glocke zu hängen und damit den Spott der anderen herauszufordern, denen der Übeltäter längst von seinem Streich erzählt haben mochte. Vielleicht auch nicht …

Martin überkam ein merkwürdiges Gefühl. Steckte hinter dem Überfall etwa mehr als ein übermütiger Scherz?

Unwirsch schob er den Gedanken beiseite. Sein Rücken schmerzte heftig. Hinkend wie Siewert an kalten Tagen machte er sich auf den Weg nach unten. Ein Umhang würde sich finden.

7. AUF VERBOTENEN PFADEN

Ohne Pferd, Helm, Harnisch und Schwert fühlte sich Martin außerhalb der Burg beinahe nackt. Die Kappe und der schwere Mantel, die er der Wache am Schloßtor erstaunlich leicht abgeschwatzt hatte, waren kaum geeignet, sein Wohlbefinden zu stärken. Sah ihm nicht jeder den Ritter auf verbotenen Pfaden an?

Vom Burghügel aus erschienen die Masten der Schiffe auf dem Holm nahe, doch mußte er, um dorthin zu gelangen, erst über die Brücke zur Stadt, auf einem weiteren Steg über die Dange und dann am Flußufer zurücklaufen. Derlei lange Wege zu Fuß waren ihm ganz ungewohnt, und sein Schuhwerk war wenig geeignet für Spaziergänge. Als er endlich die »Möwe« erreichte, die hinter einem großen Hanseholk und einem Holländer vertäut lag, bereute er sein Vorhaben fast.

»Tigges!« rief er mit lauter Stimme, denn die Kogge einfach an dem herabhängenden Seil zu entern, erschien ihm ungehörig.

Lange geschah nichts. Endlich, nach seinem dritten Ruf, tauchte ein bärtiges Gesicht über der Bordwand auf.

»Wer da?«

»Ich muß mit Tigges reden. Ist er an Bord?«

Der Kopf verschwand. Nach einiger Zeit schob sich ein anderer, nicht weniger zottiger Schädel über die Kante.

»Was gibt's?«

»Ich möchte den Tigges sprechen.«

Der Kapitän, den Martin sofort erkannt hatte, tat, als hätte er den Besucher nie zuvor gesehen.

»Was für ein Tigges?« fragte er barsch. »Ich bin hier der Kapitän.«

Martin wählte seine Worte mit Bedacht. »Und wo finde ich Euren Herrn, den Kaufmann Tigges?«

Der alte Reymer brauste auf wie heiße Milch über dem Feuer. »Ich bin mein eigener Herr!« wetterte er und wandte sich ab, als sei das Gespräch beendet.

»Hat Tigges schon mit dem Schäffer gesprochen?« rief Martin mit seiner hellen Stimme, und diesmal schienen seine Worte nicht nur die Ohren des Alten zu erreichen. Er kniff die Augen zu schmalen Schlitzen zusammen und fragte mit veränderter Stimme: »Seid Ihr der junge Kerl, der öfter mit dem Schäffer kam?«

Martin bestätigte es. Wie konnte ein Mann eine Kogge von Lübeck nach Memel segeln, wenn er nicht einmal erkannte, wer zwölf Schritte von ihm entfernt stand? Von der eigenen Schiffsreise wußte Martin, daß sich die Schiffer nur am Lot und an den Küstenpunkten orientierten.

»Wann holt ihr endlich eure Waren ab?« wollte der Kapitän wissen. »Wir brauchen den Platz an Bord.«

Kurz entschlossen griff Martin nach dem Tau und wollte die wenigen Ellen hinaufklettern, doch der schwere Mantel glitt ihm von den Schultern.

Der Kapitän beugte sich weit über die Bordwand. »Tigges wohnt in der Stadt. Kommt morgen wieder und holt euer Zeug«, rief er Martin zu, als sei es ihm unangenehm, den jungen Ritter an Bord zu sehen.

»Wann habt Ihr den Schäffer zum letzten Mal gesehen?« gab Martin zurück. Er wollte den Weg zur »Möwe« nicht ganz umsonst gemacht haben.

»Den Ersoffenen? Ich glaubte immer, ihr frommen Ordensmänner trinkt weniger als die Seeleute.«

Wütend entgegnete Martin: »Er hat nicht getrunken!«, erntete aber nur ein meckerndes Lachen.

»Im Becher ertrinken mehr Kerle als auf hoher See! Ihr müßt doch selber wissen, wann ihr zum letzten Mal auf der ›Möwe‹ wart.«

Martin gab es auf. »Bis morgen«, knurrte er ärgerlich und wollte sich davonmachen. Jetzt hatte er einen Grund, Tigges im »Elch« aufzusuchen. Wenn er es recht bedachte, war ihm das durchaus willkommen.

Er war schon ein Stück entfernt, als von der »Möwe« ein Boot ablegte, von zwei Schiffsknechten gerudert. Martin bemerkte es und rief sie an: »Wohin wollt ihr?«

Mit dem erhobenen Ruder wies der eine hinüber zur Vitte, einer ärmlichen Häuseransammlung am Strand. Dort, wo außer den Fischern allerhand Gelichter und auch die feilen Dirnen wohnten, nahm das niedere Schiffsvolk für gewöhnlich sein Winterquartier.

»Nehmt ihr mich mit?«

Die beiden stritten anscheinend miteinander, dann wendete der Kahn und kam so nahe ans Ufer, daß Martin ins Boot springen konnte.

»Sei's um zwei Krüge Bier ...«, brummelte der eine nicht unfreundlich. Der andere meinte widerwillig: »Wir müssen sowieso hinüber.«

»Es soll euer Schaden nicht sein«, sagte Martin und dachte an die Münze in seinem Gürtel. Vielleicht war von den beiden etwas zu erfahren. Er hockte sich auf die Bank.

»Wann seid ihr mit der ›Möwe‹ eingelaufen?« wollte er wissen.

»Am Mittwoch gegen Mittag«, antwortete bereitwillig der erste. Der andere wandte sich schweigend ab.

»Ihr habt es gerade vor dem ersten Frost geschafft«, meinte Martin. »Und der Schäffer kam nicht zu euch?«

»Ich habe ihn nicht gesehen. Der Kaufherr ging gleich in die Stadt. Und gestern hieß es, euer Schäffer sei ertrunken.« Er schüttelte sich. »Ein schlimmes Land, wenn Ihr mich fragt.«

Dem anderen schien die Geschwätzigkeit seines Kumpans zu mißfallen. »Dich fragt hier keiner!« murrte er. »Ruder mehr backbord!«

Martin ließ eine Weile verstreichen, dann erkundigte er sich beiläufig. »Was habt ihr für uns geladen? Ich meine, für den Orden?«

»Fragt Tigges«, antwortete der Widerwillige. Der andere ließ sich nicht zurückhalten. »Feine Tuche, besten Wein«, schwärmte er. »Besseren, als wir ihn trinken müssen.«

»Und was ladet ihr in Memel? Getreide, Felle, Flachs? Läßt sich das alles gut verkaufen?«

»Wachs vor allem. Tigges ist ganz wild darauf.«

»Halt endlich 's Maul, Rasmus!« fluchte der andere. »Paß lieber auf!« Sie waren jetzt dicht am Ufer und setzten mit der Spitze auf. »Steigt aus, und Gott befohlen bei den Dirnen.«

Martin sprang ans Ufer in den Schnee. Zu seiner Überraschung legte das Boot sofort wieder ab. Der redselige Rasmus machte eine bedauernde Gebärde.

Es dauerte seine Zeit, bis Martin von der Vitte aus die Stadt erreichte. Im Grunde hatte er nur Zeit vertan und nichts erfahren. Vielleicht gelang es ihm, den Rasmus einmal allein zu treffen. Für ein paar Groschen war der gewiß bereit, sich näher über Tigges und die »Möwe« auszulassen.

Statt einer Mauer umschloß das Städtchen nur eine kaum mannshohe Palisade, um deren Unterhalt es einen ständigen Streit zwischen dem Orden und den Bürgern gab. Den Posten am Brückentor, einen pockennarbigen Kerl mit dem Gesicht eines Galgenvogels, hätte Martin in keinen bewohnten Ort eingelassen, geschweige ihm dessen Schutz anvertraut. Der musterte ihn grinsend und wedelte lässig mit der Hand. »Na, kein Glück gehabt bei den Huren?« fragte er so laut, daß alle unter dem Torbogen es hörten. »Man holt sich dort nur die Franzosen!« verkündete er altklug. »Oder haben sie die von Euch?«

Martins Rechte fuhr zur Hüfte. Dort steckte kein Schwert.

Der Wächter, unbeeindruckt von Martins zornigem Blick, lachte laut auf und stieß mit dem Schaft der Hellebarde seinen Kameraden an. »Jetzt werden die Ritterlein schon einzeln munter«, sagte er. »Wollen wir ihn für ein paar Tage in den Turm legen? Er ist ein Fremder. Vielleicht hat er am Strand Bernstein gesucht oder anderes getan, was dem strengen Komtur gar nicht gefallen wird.«

Martin wartete die spöttische Erwiderung des anderen nicht ab. Die Kerle waren es nicht wert, sich mit ihnen anzulegen, redete er sich ein und biß sich dabei die Lippen, weiß vor Wut, während er eilig in den Gassen untertauchte. Zum ersten Mal wurde ihm bewußt, was ihn noch erwarten mochte, wenn er sich allein in der Stadt bewegte.

Die Herberge hätte er auch im Dunkeln gefunden. Und doch zögerte er, als sich das windschiefe Gebäude vor ihm erhob, schlecht gebaut und ärmlich wie die meisten Häuser in dieser Stadt und leicht zu erkennen an dem mächtigen Elchgeweih im Giebel. »Zum Elch«, stand dort in kantigen Lettern, und darunter, viel kleiner und schwer zu entziffern, »Braydis«. So hieß der Elch in der Sprache der Prussen, wie ihm Wilk erklärt hatte. Der Gedanke an seinen Lehrmeister ließ ihn nicht länger zögern. Entschlossen überquerte er die Gasse und öffnete die knarrende Tür.

Halbdunkel empfing ihn und die heimelige Wärme eines nur vom offenen Feuer erleuchteten Raums. Am Kessel über den Flammen hantierte ein weibliches Wesen, die er im ersten Augenblick für das Mädchen hielt. Sein Gruß blieb ihm in der Kehle stecken.

Die Frau wandte sich um, und der Feuerschein fiel auf ihr Gesicht. Er hatte sich getäuscht. Es war die Mutter, deren Gestalt und Züge selbst im schwachen Licht unverkennbar denen der Tochter glichen. Sie schien ihn nicht gerne zu sehen. Er glaubte, etwas wie Erschrecken und Ablehnung zu entdecken.

»Was wollt Ihr hier?« fragte sie rauh.

»Ihr erkennt mich, nicht wahr? Ich war mit dem Schäffer hier. Ihr erinnert Euch?«

Wie angewurzelt stand sie am Feuer, das Schüreisen in der Hand, und antwortete nicht.

»Sicher wißt Ihr, was geschehen ist«, sagte Martin befangen. »Wir haben ihn heute begraben.«

Sie sah ihn mit großen Augen an und schwieg noch immer.

Martin versuchte es noch einmal. »Ihr kanntet ihn länger als ich …«

Diesmal fuhr sie ihm ins Wort: »Ihr solltet besser nicht hierherkommen. Euer Komtur ist ein strenger Herr.«

Der Verweis auf Erich traf Martin nicht. Es war eine zahnlose Drohung. Die Furcht vor dem Komtur hatte er längst verloren. Nicht mal die Knechte auf der Burg zitterten noch vor dessen Zornausbrüchen.

Er ließ sich auf einer Bank nieder, stand aber noch einmal auf, um den Mantel abzulegen. »Ich bin gekommen, um mit Tigges zu reden. Er wohnt doch bei Euch?«

»Er ist nicht da«, sagte sie und wandte sich wieder dem Feuer zu. Der Grund seines Kommens schien sie zu beruhigen.

»Dann werde ich warten. Gebt mir einen Krug Bier.«

Es war das erste Mal, daß er außerhalb des Ordens Bier verlangte, und das versetzte ihn in eine beinahe ausgelassene Stimmung. So also fühlten sich die Städter, die jederzeit irgendwo einkehren konnten, essen, trinken und schwatzen durften, mit wem sie wollten, und die des Nachts im weichen Bett bei ihren Frauen lagen, statt auf einer harten Lagerstatt inmitten grunzender und schnarchender Krieger.

Mit saurer Miene stellte die Frau das Bier vor ihm auf den Tisch und zündete einen Kerzenstumpf an. »Es kann dauern, bis Tigges erscheint«, sagte sie abweisend, blieb aber dennoch am Tisch stehen und musterte ihn lange.

»Weshalb kommt Ihr wirklich?« fragte sie dumpf. »Was ist dem Wilk zugestoßen? Wie konnte er im Graben ertrinken?«

Martin sah sie scharf an. »Er ist nicht ertrunken. Jemand hat ihn umgebracht.«

Die Frau hob erschrocken die Hand zum Mund und bekreuzigte sich. »Seid Ihr ganz sicher?«

»Ich habe ihn gefunden. Unter dem Eis. Man hat ihn mit einer Schlinge ...«

Die Tür zum Hof öffnete sich, ein Windstoß fuhr herein, und ein alter Mann rollte ein Fäßchen über den Lehmboden. Er grüßte mit einem Nicken, hob das Faß auf einen Schemel und verschwand wieder.

»Ihr kanntet Wilk«, sagte Martin. »Wißt Ihr, ob er hier in der Stadt Feinde hatte?«

Sie schüttelte heftig den Kopf.

»Oder auf den Dörfern. Auf den Schiffen ...«

Sie hatte sich abgewandt und sagte schroff: »Davon weiß ich nichts. Ich kannte ihn kaum. Er kam manchmal hierher wegen eines kleinen Handels. Mehr nicht.«

»Oder um Tigges aufzusuchen«, wandte Martin ein.

Sie schwieg und rührte im Kessel.

»Traf er noch andere Leute hier?«

»Das geht mich nichts an«, entgegnete sie. Dabei stand sie mit dem Rücken zu ihm, und es schien, als würde sie nicht mehr sagen.

Stumm trank Martin sein Bier. Es schmeckte frisch und würzig. Kein Wunder, daß Tigges sich gerade diese Herberge ausgesucht hatte. Wo mochte er stecken? Durch die winzige Luke zum Hof bemerkte Martin, daß es draußen dunkelte. Er erschrak. Noch einmal würde er die Brücke passieren und die Torwache der Burg herausklopfen müssen.

Andererseits: Was machte das? Kamen und gingen nicht andere Brüder, wann immer sie wollten? Die Stadtwache würde es kaum wagen, einen Ordensritter zurückzuhalten.

Die Frau hatte ihn allein gelassen. Eine unheilvolle Stille breitete sich aus. Das Feuer flackerte unruhig; aus dem Kessel drangen verführerische Düfte in Martins Nase.

Er hatte keine Ahnung, wieviel so ein Krug Bier kostete, an dem er nun schon lange saß. Herrisch ließ er seine Stimme tönen und forderte einen zweiten. Sein Silberstück mußte reichen.

Jemand kam die steile Stiege vom Obergeschoß herab. Er sah nur Füße, Röcke raschelten, und dann war es ganz unerwartet das Mädchen.

Martin errötete. »Entschuldigt ...«, stotterte er. »Ich wußte nicht, daß ...«

»Ihr wißt nicht, daß am Sonntag kein Ausschank ist?« Sie sah ihn fast übermütig an und weidete sich an seiner Verlegenheit. »Was bringt man Euch eigentlich auf dem Schloß bei?«

Und ehe ihm eine Antwort einfiel, hatte sie den Krug gegriffen und ging damit zum Bierfaß.

»Nein, nein, ich will Euch keinen Ärger machen ...«, stammelte er, aber das Bier schäumte schon im Krug.

»Vielleicht macht man ja bei einem Ritter eine Ausnahme«, sagte sie, und ihm fiel wieder nichts ein dazu. Er hatte seit Jahren nicht mit einer Frau gesprochen; zuletzt wohl mit seiner Mutter, und das lag lange zurück.

Sie setzte das Bier vor ihm auf den Tisch und zündete eine neue Kerze an dem abgebrannten Rest an. Martin trank und beobachtete dabei ihre geschickten Bewegungen. Sie hatte schlanke Finger und schmale Handgelenke. Um das rechte wand sich ein buntes Band. Zu dem schwarzen Rock, der den Boden streifte, trug sie ein leinenes Obergewand und ein wärmendes Tuch darüber. So wie ihr blondes Haar im Kerzenlicht schimmerte, erschien sie dem Mönchsritter geradezu überirdisch.

»Ihr wartet auf Tigges«, sagte sie.

Martin nickte. »Ich muß mit ihm reden. Hat er sich oft mit dem Schäffer hier getroffen?«

Ein Schatten huschte über ihr Gesicht. »Das solltet Ihr Tigges fragen, nicht mich.«

Martin nahm all seinen Mut zusammen. »Worüber sonst soll ich mit Euch reden?«

Sie lächelte. Keine Madonna, glaubte der unerfahrene Martin, konnte schöner sein als sie.

»Erzählt mir was vom Schloß. Niemand weiß, wie es in dem alten Kasten aussieht und was ihr dort den ganzen Tag treibt.«

»Anke!« rief jemand in scharfem Ton von der Stiege her. Weder er noch Anke hatten die Mutter bemerkt, die in sanfterem Ton fortfuhr: »Es gehört sich nicht, die Gäste auszufragen. Außerdem ist der junge Herr ein Ordensritter. Er hat ein Gelübde abgelegt.«

Sie sprach, als wären ihre Worte an das Mädchen gerichtet. Martin spürte, daß der Tadel in Wahrheit ihm galt.

Unwillkürlich hielt er Anke an der Hand zurück, die sie ihm nicht entzog. »Ich trage heute kein Kreuz«, sagte er. »Weshalb sollte ich nicht mit Euch sprechen. Mit Wilk habt Ihr auch geredet.«

Die Mutter war näher getreten und sah ihn so strafend an, daß er Ankes Finger sofort losließ. »Wilk war nur ein Laienbruder und stammte aus dem gleichen Dorf wie ich«, sagte sie. »Wir kannten uns als Kinder.«

»Dann hat er dort vielleicht noch Verwandte«, sagte Martin, froh über jedes Wort, das ihm einfiel. »Kennt Ihr die Familie näher?«

Ruta Damrau schüttelte den Kopf. »Das ist lange her. Ich glaube, es ist besser, wenn Ihr jetzt geht. Herr Tigges wird wohl erst in der Nacht heimkehren. So lange könnt Ihr unmöglich warten.«

Martin trank von dem Bier. »Warum nicht?« fragte er eigensinnig. »Ich kann ausbleiben, so lange ich will.«

Anke hatte sich in den Hintergrund zurückgezogen und begann, einen Zinnteller zu putzen.

Die Mutter maß ihn mit einem vorwurfsvollen Blick. »Das könnt Ihr nicht. Der Wache würde es höchst absonderlich erscheinen, Euch hier vorzufinden.«

Martin hörte die Besorgnis in ihrer Stimme, aber gleichzeitig verspürte er einen so starken Widerwillen dagegen, sich auf ihr Geheiß zu erheben, hinaus in die Kälte zu treten und sich den hämischen Reden der Torwache auszusetzen, daß er kurz entschlossen fragte: »Was kostet ein Nachtlager bei Euch?«

Entschieden schüttelte sie den Kopf. »Es ist uns nicht erlaubt, Ordensleute zu beköstigen oder zu beherbergen. Dafür ist das Schloß da. Das wißt Ihr so gut wie ich.«

Und wo schlafen andere Ordensbrüder, wenn sie erst am nächsten Morgen oder manchmal Tage später wieder erscheinen, hätte er jetzt fragen müssen, doch konnte er sich die Antwort selber geben. Die Torwache hatte sie ihm deutlich genug erteilt.

»Niemand würde davon erfahren«, war alles, was ihm in den Sinn kam. Sie tat, als höre sie es nicht, nahm den leeren Bierkrug vom Tisch und starrte ihn an, bis er sich zögernd erhob.

8. TIGGES' HEIMKEHR

Hinter Johann Tigges lag ein anstrengender Tag. Der Skipper Oldehorst, Kapitän und Miteigentümer des Holks, hatte ihn zum Essen auf sein Schiff eingeladen, und so hatten sie bis in den Abend beim guten Hamburger Bier gesessen und über die Geschäfte geklönt und gestöhnt. Tigges war schnell klargeworden, daß es dem Hamburger nur darauf ankam, sich mit ihm gegen den Holländer zu verbünden, der billiges Bayensalz aus Brouage geladen hatte und es gegen ungarisches Kupfer und russische Pelze zu tauschen gedachte. Das Pelzgeschäft lief schlecht, seit sich die Fugger aus Augsburg überall breitmachten. Sie jagten den Hansen wie den Holländern die meisten und vor allem die besten Stücke ab, um sie dann über Krakau und Leipzig ins ganze Reich zu expedieren.

Dennoch hatte Tigges zu Oldehorsts Klagen geschwiegen. Sie klangen ihm hinlänglich vertraut, hatte er doch selbst seit Jahren die gleiche Erfahrung gemacht, sich deshalb auf Produkte wie Flachs und Wachs geworfen und nur auf die Waidasche verzichtet, deren Staub er auf seinem Schiff nicht mochte. Für die Asche zahlten die Glasmacher gute Preise.

Der durchtriebene Hamburger jedenfalls, so viel war ihm aufgegangen, stellte einen ernsthaften Nebenbuhler bei seinen eigenen Handelsgeschäften dar, und das erfüllte ihn mit mehr Sorge als der holländische Salzkahn. Außerdem war Oldehorst ein Hanse und kannte alle Nachrichten und Gerüchte, die unter den Skippern umliefen. Auch die über Tigges, wie er zwischen dem vierten und fünften Krug Bier durchscheinen ließ. »Ihr sollt gar Verbindung nach Venedig haben«, hatte er schlau angemerkt und Tigges damit mehr beunruhigt als mit jeder anderen Äußerung. Was ging den Kerl Venedig an, und woher wußte er davon? Wo lauerten diesmal die Verräter, die ihn schon einmal an den Rand des Abgrundes gestoßen hatten und ihn jetzt gerne recht tief darin gesehen hätten?

Tigges ließ sich nichts anmerken. Er lachte gutmütig und sagte schwärmerisch: »Venedig! Davon möchte man träumen, wenn man hier im kalten Norden überwintert und Mühe hat, bis Lichtmeß eine ordentliche Ladung zusammenzubringen. Das Volk ist stur und langsam und der Orden mehr mit sich selber beschäftigt als mit dem Handel. Gerade ist der hiesige Schäffer eines plötzlichen Todes gestorben. Nun findet sich keiner, der die bestellten Waren abzuholen gedenkt. Und vor allem niemand, der sie bezahlt.«

»Habt Ihr Sorgen mit der schlechten preußischen Münze? Benötigt Ihr Kredit?«

Tigges war auch darauf nicht eingegangen. Er besaß einen gesunden Sinn für Lauterkeit und gute Geschäfte, und nach beidem roch Oldehorst nicht. Der wollte nur hören, wo sich seine Führung, die Ware also, die er auf eigene Rechnung bei sich hatte, am besten verhökern ließ. Bei derlei Fragen blieb es den ganzen Nachmittag. Der Hamburger interessierte sich sogar dafür, auf welche Weise der Ordensschäffer so plötzlich dahingegangen war und welche Art Waren er bestellt hatte: Er handle gern mit dem Orden und habe mit dem Großschäffer in Königsberg gute Erfahrungen gemacht.

Johann Tigges unterließ es, sich zu erkundigen, weshalb Oldehorst dann nicht im Haff vor der Hauptstadt des Ordens lag, sondern eben hier, wo es nicht einmal ein Kontor der Hanse gab und man auf manche gewohnte Bequemlichkeit verzichten mußte. Es schien, als hätte Oldehorst so gute Gründe wie er selber, sich für Memel zu entscheiden. Das und die Erwähnung Venedigs erfüllten ihn mit Sorge.

Erst lange nach dem Abendläuten in der Stadt brach er auf, erwehrte sich vermittels eines Knüttels, den er oft bei sich trug, zweier ausgehungerter Hunde, die ihn bis zur Palisade verfolgten, und wurde dort nur dank eines guten Handgeldes eingelassen – und weil man ihn kannte.

Schwankend schlug er an einer Mauer sein Wasser ab und tauchte ein in das Gewirr der Gassen. Ihm schmeckte das Bier im »Elch«; gemessen am Hamburger war es jedoch dünn wie Eselspisse.

Der Schlamm war inzwischen wieder hart gefroren und knirschte unter seinen schweren Tritten. Auch aus der Nachbargasse klangen Schritte. Die Wache? Tigges blieb stehen und faßte seinen Knüppel fester. Die Schritte verstummten, dann hörte er ein Geräusch im Durchgang zwischen den Häusern. Waffenklirren war es nicht, also handelte es sich nicht um die Nachtwache. Die trug außerdem eine Laterne bei sich.

Vorsicht war geboten. Schon öfter hatte man versucht, ihn in den nächtlichen Gassen einer Stadt auszurauben. Eine Waffe dagegen durfte man bei Strafe nicht mit sich tragen. Es blieb nur der eigene Mut, vom Hamburger Bier angefeuert. Tigges war auch nüchtern nicht feige.

So leise er konnte, schlich er bis zur nächsten Hausecke, lehnte sich steif an die hölzerne Wand und hob den Knüttel. Behutsam tappte jemand in der Mitte der Gasse entlang. Tigges vernahm den Atem. Mit einem Satz, den niemand dem plumpen Handelsmann zugetraut hätte, und mit dem ganzen Gewicht seines massigen Körpers warf er sich auf den Kerl, der ins Stolpern geriet, derb gegen einen Pfahl prallte und in die Knie ging.

Schon war Tigges über ihm und setzte ihm den Stock in den Nacken.

»Was wollt Ihr von mir?«

»Tigges!« hieß es von unten herauf, und es klang keineswegs furchtsam. Eine jugendlich helle Stimme, die Tigges nicht sogleich einordnen konnte. Jedenfalls kein Einheimischer mit dem breiten Singsang.

»Wer bist du?« fragte er barsch und setzte den Knüttel fester. Dessen ungeachtet erhob sich der andere, und im gleichen Augenblick erkannte Tigges trotz der Finsternis, wen er vor sich hatte. »Ihr?« entfuhr es ihm erstaunt. Noch nie war er zu dieser Stunde einem Kreuzherren begegnet, noch dazu einem, dessen Gesicht vor Kälte schneeweiß war, als hielte er sich seit Stunden im Freien auf.

Ruta, die Wirtin im »Elch«, schien nur mäßig verwundert, als er zu mitternächtlicher Stunde mit dem jungen Ritter im Schlepptau in der Herberge auftauchte. Fürsorglich rückte sie einen Schemel nahe an die Glut der Feuerstelle und legte zwei neue Holzkloben auf.

»Bereitet Ihr uns einen heißen Trunk?« befahl Tigges mehr als er fragte. Die Frau widersprach nicht.

Der stark gewürzte Wein rief die Lebensgeister des Kältestarren bald zurück.

»Ihr könnt Euch zur Ruhe begeben«, beruhigte Tigges die Frau, die so geschäftig wie abwartend mit ihren Küchengeräten beim Feuer rumorte.

»Und wo soll er bleiben?« fragte sie beunruhigt. »Wenn ihn hier jemand antrifft ...«

»Er mag in der Kammer auf dem Boden schlafen. Unter meinem Pelz wird er nicht erfrieren.«

»Ich habe Geld ...«, wandte Martin zögernd ein. Tigges winkte ab und wartete, daß Ruta Damrau endlich verschwand. »Mit Bezahlen wird das meiste Geld veraast«, sagte er beinahe verächtlich. »Und jetzt erzählst du mir, was dich mitten in der Nacht in der Stadt umtreibt.«

»Wilk von Nauroth ist tot.«

Tigges sah ihn verständnislos an. »Das weiß ich. Weshalb hattet ihr es so eilig, ihn unter die Erde zu bringen? Ich wäre zu seinem Begräbnis gekommen.«

»Er war Euer Freund?«

Solche Fragen konnte nur ein unwissender Junge stellen. Tigges lachte. »Wie kommst du darauf? Wir haben Geschäfte gemacht miteinander. Du warst dabei.«

»Er hat sicher auch mit anderen Kaufleuten gehandelt. Hat er Euch jemals betrogen?«

Tigges runzelte die Stirn. »Was soll das? Er war ein Mann des Ordens. Habt Ihr nicht ein Gelübde der Aufrichtigkeit abgelegt?«

Martin schwieg, und so setzte Tigges besänftigend hinzu: »Und eins der Ehelosigkeit und der Armut. Ich weiß, wie es mit den Gelübden bei euch steht. Wilk war jedenfalls eine ehrliche Haut.« Und nachdenklich nach einem Weilchen: »Vielleicht eine zu ehrliche mitunter ...«

»Wie meint Ihr das?«

»Trinkt Euren Wein und sagt mir so aufrichtig, wie Wilk es immer war: Weshalb seid Ihr hier?«

Der Junge wärmte seine Hände an dem Becher und starrte in den Wein, als läge die Antwort darin verborgen. »Ich will herausfinden, weshalb er sterben mußte«, sagte er zögernd

Tigges' Stimme dröhnte durch den Raum. »Wir müssen alle sterben. Früher oder später. Ihr seid noch jung. Aber Ihr werdet es noch lernen. Nicht umsonst heißt es: Wer mit dem Teufel spielt, muß auch die Hölle in Kauf nehmen.«

»Und?« fragte Martin. »Hat Wilk mit dem Teufel gespielt?«

»Ihr gebt nicht auf, wie?« Tigges schüttelte den Kopf. »Dazu kann ich Euch nichts sagen. Von den Händlern hatte er jedenfalls nichts zu befürchten.«

Der junge Kerl blieb hartnäckig. »Und sonst? Er kannte eine Menge Leute. Ihr habt oft miteinander geredet. Hat er nie ... von seinen Feinden gesprochen?«

Tigges tat erstaunt. »Hat er Euch gegenüber welche erwähnt?«

Der junge Ritter senkte den Kopf. Tigges' Antwort schien ihm nicht zu behagen. »Er wollte zum Großschäffer«, sagte er.

»Was wollte er bei dem?« Tigges kniff nachdenklich die Augen zusammen. »Die Ernte müßte er längst abgerechnet haben. Und mit dem ...« Er schwieg, als hätte er schon zuviel gesagt.

Der Junge bemerkte es anscheinend nicht. »Es muß einen guten Grund geben, weshalb er nach Königsberg wollte«, sagte er gedankenverloren. »Oder gen Ragnit. Dorthin ist er angeblich geritten ...«

Tigges sah ihn forschend an. »Das ist die andere Richtung. Und er ist nicht weit gekommen«, stellte er nüchtern fest.

»Eben. Aber am Weg liegt der Minjekrug bei Prekoll. Auch den hat er erwähnt.«

Wieder bedachte ihn Tigges mit einem aufmerksamen Blick.

»Was hat er über Prekoll und den Krug geäußert?«

»Nichts Bestimmtes. Er müsse dort nach dem Rechten sehen.«

Tigges bohrte weiter. »Mehr nicht?«

Der Junge schüttelte kraftlos den Kopf. Diese Ritter waren es gewöhnt, den Tag wie ein Huhn bei Sonnenuntergang zu beschließen.

»Gebt das Grübeln auf«, riet Tigges, »und überlegt Euch lieber, ob Ihr nicht doch in meine Dienste treten wollt. Könnt Ihr lesen und schreiben?«

Sein Gegenüber nickte müde. »Auch Rechnen und Latein«, sagte er nicht ohne Stolz.

»Ihr seid mein Mann!« rief Tigges aus. »Bis Februar habt Ihr noch Zeit, Eure Angelegenheiten mit dem Orden zu klären – und dann ab nach Lübeck. Das Leben wartet auf Euch, und die weite Welt!«

Der stolze Ritter, der jetzt wie ein erschöpfter großer Junge wirkte, schüttelte den Kopf. »Daraus wird nichts«, sagte er halsstarrig. »Ich muß herausfinden, wer Wilk getötet hat.«

»Legen wir uns zur Ruhe«, schlug Tigges mit einem langen Blick auf Martin vor. »Morgen ist auch noch ein Tag, wenn sie Euch auf der Burg nicht vermissen.«

Martin stand auf. »Ich werde erklären müssen, wo ich war.«

»Das laßt meine Sorge sein. Ich habe Euch wegen der bestellten Waren so lange aufgehalten. Das wird selbst Eurem gestrengen Komtur einleuchten. Wie man hört, ist seines Amtes hier ohnehin nicht länger. Die Koblenzer werden sich freuen über ihren neuen Herrn.«

»Er war schon einmal abgereist«, sagte Martin und verstummte sofort, als hätte er ein Geheimnis preisgegeben. Der Komtur war nur bis Königsberg gekommen und noch vor Ablauf einer Woche zurückgekehrt.

Von der Stiege her winkte Tigges verächtlich ab.

»Mit eurem Komtur wird es kein gutes Ende nehmen«, sagte er. Es klang Bedauern darin, aber auch so etwas wie eine Prophezeiung.

9. NÄCHTLICHES ZWISCHENSPIEL

Das aufgeblähte Gesicht, im Zwielicht von einem düster-braunen Mantel umweht, näherte sich unaufhaltsam. Aus den toten Augenhöhlen quollen Blut und Schleim, und Martins Füße rutschten hilflos auf dem glatten Eis, bis der Komtur mit schneidender Stimme schrie: Er ist entehrt, reißt ihm das Kreuz herunter!

Da hielt er es nicht länger aus und schlug die Augen auf. Das Lager erschien ihm ungewohnt hart. Sein Rücken schmerzte, noch mehr aber seine Blase. Ein seltsames, milchiges Licht erfüllte den Raum, und für einen Augenblick glaubte Martin sich in einer Zelle der Inquisition, bis er schräg über sich den rasselnden Atem eines Menschen vernahm und sich an alles erinnerte. Der da schnarchte, war Tigges. Er selber lag in dessen Pelz gehüllt auf dem Boden der Kammer im »Elch«. Alles andere war ein böser Traum gewesen.

Nur der schmerzende Rücken nicht, und nicht die volle Blase. Stöhnend richtete er sich auf. Die Lendenwirbel taten höllisch weh. Mühsam erhob er sich. War es denn schon Morgen?

Schnee war gegen das Ölpapier des Fensters geweht und erzeugte dieses magische Licht.

Vorsichtig versuchte Martin sich zurechtzufinden, ohne Tigges zu wecken. Eine unnötige Sorge. Der Kaufherr wälzte sich herum und grunzte wie eine Wildsau beim Eichelmahl.

Der Druck in der Blase wurde immer stärker. Vergebens suchte Martin nach einem Gefäß für seine Notdurft. Bis auf den hellen Schein vom Fenster war es stockfinster. Er erinnerte sich, daß er sich mit den Füßen zur Tür niedergelegt hatte. Dort hing auch sein Mantel. Er tastete danach und nach dem Riegel. Polternd fiel Tigges' Knotenstock zu Boden. Sein Besitzer schreckte auf, veränderte die Tonlage seiner Grunzlaute und schnarchte weiter. Endlich fand Martin die Lasche und hob den Riegel an. Knarrend öffnete sich die Tür.

Er warf sich den Mantel über das Unterzeug und tappte auf den Gang hinaus, bemüht, nicht die steile Stiege hinunterzufallen. Hinter der Bretterwand regte sich etwas. In seiner Not wußte er noch immer nicht, wohin er sich wenden sollte. Er stolperte über etwas Weiches, Nachgiebiges. Fauchend entwich die Katze und sprang die Stufen hinunter. Schritt für Schritt tastete sich Martin in diese Richtung. Es war ein Tritt zuviel, den er ins Leere tat. Dennoch gelang es ihm, den Sturz ins Bodenlose zu verhindern, indem er sich kaltblütig nach hinten warf und auf den Rückenwirbeln von Stufe zu Stufe rumpelnd in die Tiefe fuhr. Schmerzgekrümmt blieb er auf dem Lehmboden am Fuß der Stiege liegen.

Die Katze umschlich ihn mit leuchtenden Augen. Auf der Feuerstelle gloste ein schwacher roter Schein.

Bedachtsam versuchte Martin sich aufzurichten und sank mit einem Wehlaut zurück.

Nach einer endlosen Zeit kam von oben ein Geräusch. Jemand öffnete leise eine Tür und tappte die Stiege hinunter.

»Vorsicht!« riet Martin ächzend, der nur etwas Langes, Weißes zu sich herabschweben sah. Es war ein Engel.

»Habt Ihr Euch verletzt?« erkundigte er sich sorgenvoll und mit der Stimme der Haustochter.

Noch einmal versuchte Martin sich aufzurichten.

»Nein, nein«, stöhnte er abgerissen. Der Schmerz nahm ihm noch immer den Atem.

Anke verdeckte für einen Augenblick das Feuer und wandte sich im Schein eines aufflackernden Lämpchens um.

»Ich helfe Euch.« Sie setzte die Lampe ab und beugte sich zu ihm. Unter dem langen, leinenen Hemd guckten ihre nackten Zehen hervor. Martin hätte gerne danach gegriffen. Er ließ es geschehen, daß sie ihn unter der Achsel packte und ihm mit ungeahnter Kraft aus seiner unglücklichen Lage half. Sie strahlte Wärme aus und roch angenehm, und er hätte viel darum gegeben, ihren Körper recht lange so dicht an seinem zu spüren.

Mit einem unterdrücktem Jammerlaut plumpste er auf die Bank.

»Ihr wolltet sicher in den Hof«, flüsterte sie verständnisvoll. »Könnt Ihr gehen?«

Er nickte mit zusammengebissenen Zähnen.

»Nehmt diese Schuhe und folgt mir.«

Martin stieg in die fremden Holzpantinen. Krumm wie ein altersschwacher Bettelmönch schlurfte er hinter ihr zur Hoftür, die sie leise öffnete. Draußen lag der frische Schnee spannenhoch, und noch immer fielen die Flocken. Martin tat drei Schritte und erschrak, als ein zottiges Untier mit einem dumpfen Knurrlaut auf ihn zusprang und ihn beinahe umwarf.

»Sunis, kusch!« befahl Anke in unterdrücktem Ton. Tatsächlich ließ das Tier von ihm ab und lief schweifwedelnd zu dem Mädchen.

Martin stützte sich mit einer Hand gegen die Hauswand. Was für eine Wohltat, endlich die Blase zu erleichtern! Für einen Augenblick vergaß er seinen schmerzenden Rücken und den Hund. Er wandte sich um und bückte sich, um eine Handvoll Schnee aufzunehmen, mit der er Gesicht und Hände erfrischte.

Anke, das Lämpchen in der Hand, stand mit den nackten Füßen auf dem Lehmboden und streichelte den Hund. Martin gab sich einen Ruck und bemühte sich, aufrecht zu gehen und keine Furcht zu zeigen. Auf der Burg seines Oheims hatte er jeden Tag mit den Hunden zu tun gehabt.

Anke beugte sich zu dem Tier nieder und flüsterte ihm beruhigende Worte zu. Der Hund bleckte die Lefzen. »Gut Freund«, sagte Martin und kraulte ihn zwischen den Ohren. Der Hund ließ es sich gefallen.

Anke schloß die Tür hinter Martin. »Es wird kalt«, sagte sie. Ihr rosiges Gesicht leuchtete im Schein der schwachen Flamme so vertraut, daß Martin alle seine Scheu vergaß und mit der ausgestreckten Hand ihre Wange berührte. »Ich danke Euch«, sagte er.

Sie ließ es geschehen. »Seid Ihr ganz sicher, daß Ihr Euch nicht verletzt habt?« erkundigte sie sich besorgt.

»Ganz sicher ...«, sagte er, machte einen halben Schritt auf sie zu und zuckte dabei vor Schmerz zusammen.

»Ich werde meine Mutter wecken. Die weiß eine Medizin gegen jedes Weh.«

»Nein«, bat er. »Wenn du mich ein wenig stützt, komme ich die Stiege wieder hinauf. Morgen früh sieht alles anders aus.«

Sie überhörte die vertrauliche Anrede und bot ihm ihre Schulter als Stütze. Er spürte ihr schmales Schulterblatt. »Du bist so zart«, sagte er leise. Er hatte noch nie ein Mädchen auf diese Weise berührt. Wigamur mit seinen lockeren Reden fiel ihm ein: Du mußt sie keck um die Hüfte packen ...

Sie führte ihn zur Bank am Feuer. »Ruht Euch noch ein wenig aus«, sagte sie. »Vater wird ohnehin gleich aufstehen. Wahrscheinlich hat er Sunis gehört.«

Und mich, dachte Martin, doch er fragte: »Warum hat der Hund einen so seltsamen Namen?«

Anke lachte. »Daina nennt ihn so. Dabei bedeutet Sunis einfach nur Hund.« Sie streute Torf über die Glut, legte ein Scheit Holz darauf und beugte sich zum Feuer, um es mit ihrem Atem anzufachen. Martin konnte nicht anders. Wieder streckte er die Hand aus und strich mit den Fingern sanft über das Leinenhemd an ihrer Hüfte. Unwillig wandte sie sich um.

»Das gehört sich nicht, Herr Ritter«, sagte sie, und ihr Gesicht war nicht allein vom auflodernden Feuerschein gerötet.

»Du siehst so schön aus, daß ich dich berühren muß, um sicher zu sein, es ist kein Traum.«

Woher kam seine plötzliche Beredsamkeit? Er war selbst verwundert. Und er berührte sie noch einmal. Diesmal mit der Handfläche. Nicht nachlassen, hörte er Wigamurs Stimme.

Nicht einmal unsanft schob sie seine Hand weg. »Ihr habt ein Gelübde abgelegt, Herr Ritter.«

»Nenn mich Martin«, bat er. »Setz dich ein wenig zu mir. Du heißt Anke, nicht wahr?«

»Woher weißt du – woher wißt Ihr das? Und was geht es Euch an?«

»Du bist mein nächtlicher Schutzengel. Ich muß wissen, wie ich ihn anreden darf.«

»Ein schöner Schutzengel, der erst naht, wenn du dir alle Glieder gebrochen hast.«

Sie lachten beide. Anke setzte sich neben ihm auf die Bank.

Martin rückte näher an sie heran. »Jemand hatte meinen Rükken schon vorher malträtiert«, erklärte er. »Die Wirbel schmerzen selbst beim Lachen.«

»Ist es wahr, daß ihr euch so stark geißeln müßt?« fragte sie ungläubig.

»Nicht davon.« Martin beruhigte sie. »Ich bin in eine Truhe gefallen und jemand hat versucht, den Deckel zu schließen.«

Sie war überrascht. »Wer tut so etwas?«

»Das wüßte ich auch gerne. Die Truhe gehörte übrigens Wilk von Nauroth.«

Sie schien den Namen zu überhören. »Ihr habt merkwürdige Sitten«, sagte sie kopfschüttelnd. »Ich glaubte immer, ihr seid eine miteinander verschworene Gemeinschaft.«

»Wenn es gegen den Feind geht, sind wir das. Gegen die Litauer oder die Polen allemal.«

»Meine Großmutter stammt aus dem Litauischen«, sagte Anke ruhig.

Martin schalt sich einen dummen Tropf. »So habe ich es nicht gemeint«, erklärte er eifrig. »Aber die Schamaiten versuchen ständig, uns anzugreifen und Memel zu besetzen. Jetzt haben sie den Strand gen Kurland gesperrt und sammeln sich gegen uns.«

Anke starrte ins Feuer. »Hört das nie auf?« fragte sie. »Daß einer den andern angreift und die Städte und Dörfer verbrannt werden? Unser Haus ist vom letzten Überfall der Danziger noch nicht gerichtet, und du sprichst von neuem Krieg. Die Leute sind arm und hungrig, und ihr seid nur ein paar Dutzend Ritter, die das Land beherrschen. Weshalb macht ihr nicht Frieden mit den Schamaiten und den Polen?«

Eine solche Frage hatte Martin noch niemand gestellt. Hilflos hob er die Schultern. »Wir haben dem Hochmeister Gehorsam gelobt«, sagte er matt. »Wir sind die Krieger des Herrn, angetreten, gegen das Heidentum zu kämpfen. Das tun wir schon seit dreihundert Jahren.«

Anke sah ihn zweifelnd von der Seite an. »Die Polen sind fromme Leute, sagt mein Vater. Auch die Schamaiten und die Litauer gehen in die Kirche. Meine Großmutter führt ständig den Namen des Herrn im Munde.«

Das sind die Schlimmsten, hätte Martin beinahe gesagt. Die Erfahrung hatte er gemacht: Wer sich pausenlos auf den Herrn berief, versuchte dahinter meist etwas zu verbergen. Simon war so einer, und Siewert von Wolkenburg, der hinterlistige Geselle. Ob ihn einer der beiden im Dormitorium belauert und den Dekkel zugeworfen hatte? Das war eher unwahrscheinlich. Simon war ein Feigling und Siewert nicht flink genug mit seinem lahmen Bein.

»Ich wollte dich nicht verletzen«, sagte Anke und stand auf. Martin umfaßte sie mit dem Arm und hielt sie zurück. Wie weich und nachgiebig sich ihr Körper unter dem Leinenhemd anfühlte. Er drückte sie fester an sich, bis sie sich mit einem Ruck entwand.

»Schlaft noch ein paar Stunden«, verlangte sie. »Ich bringe Euch nach oben.«

Martin schüttelte den Kopf. »Ich bin es gewohnt, viel früher aufzustehen. Meine Brüder sind gewiß schon beim zweiten Gebet.« Der Gedanke daran bereitete ihm Unbehagen, obwohl die meisten Ritterbrüder erst zur Terz aufstanden. Zum ersten Mal, seit er dem Orden diente, vermißte er die festgelegte Ordnung. Wenigstens für den Augenblick. Als Anke seinen Arm ergriff, war dieser Augenblick vorbei. »Laß uns noch ein bißchen reden«, bat er.

»Der Vater wird es nicht mögen, wenn wir hier sitzen.«

»Kannte er den Wilk gut, der Vater?«

Ihr Gesicht verfinsterte sich. »Seid Ihr deshalb gekommen? Dann fragt ihn selbst. Oder fragt ihn besser nicht ...«

Martin nahm ihre Hand und hielt sie fest. »Und was wäre, wenn ich deinetwegen gekommen bin?«

»Das wäre sehr unklug. Mit den Rittern gibt es immer nur Ärger, das weiß jeder.« Erst jetzt entzog sie ihm die Hand. »Die Kreuzherren glauben, daß ihnen alles gehört und daß alle tun müssen, was sie anordnen. Dazu hat aber niemand mehr Lust. Die Menschen wollen in Frieden leben und brauchen keinen, der ihnen Befehle erteilt und ihnen das Letzte nimmt, um den Krieg zu verlängern.« Erschrocken sah sie ihn an. »Verzeiht mir. Für solche Reden wird man in den Kerker geworfen ...«

Martin lächelte nachdenklich. »Haßt ihr uns so sehr?« fragte er leise. »Ist das der Grund, weshalb Wilk sterben mußte?«

»Wie kommt Ihr darauf? Ich denke, er ist im Wallgraben unter dem Eis ertrunken?«

»Nachdem man ihn mit einer Schlinge erwürgt hatte.«

Bestürzt hob sie die Hand vor den Mund. »Bist du sicher?«

Er nickte. »Und ich wäre sehr froh, wenn ich ebenso sicher sein könnte, daß weder dein Vater noch deine Mutter etwas damit zu tun haben.«

Sie trat einen Schritt rückwärts und sah ihn mit aufgerissenen Augen an. »Um das herauszufinden, seid Ihr hierhergekommen! Was glaubt Ihr, wer wir sind? Diebe und Mörder? Mein Vater ist die ehrlichste Seele in Memel, und meine Mutter ...« Sie schwieg und starrte ihn noch immer an. »Ihr seid ein heimtückischer Mensch. Wahrscheinlich habt Ihr auf der Treppe nur gepoltert, um mein Mitleid zu erregen!«

»Aber nein!« Martin war aufgesprungen und hielt sie an ihren schmalen Schultern fest. »Es war sehr dumm von mir, von Wilk zu sprechen. Sein Tod geht mir nicht aus dem Kopf. Deshalb mußte ich Tigges sprechen. Der kannte ihn gut. Und deine Eltern auch. Vielleicht können sie mir helfen – verstehst du das?«

Ihr Gesicht war sehr dicht vor dem seinen. »Nein«, sagte sie hart. »Ich glaube nicht, daß wir dir helfen können.«

Martin konnte nicht anders. Er küßte sie auf die Stirn und, als sie erstaunt den Kopf hob, auch mitten auf den Mund. Sie wehrte sich nicht. Erst als im Hof ein Geräusch zu hören war, riß sie sich erschrocken los und blies das Lampenflämmchen aus.

»Der Vater!« raunte sie und schob ihn zur Stiege. Martin schlüpfte aus den Holzschuhen und stieß sich den Zeh an der ersten Stufe. Anke blieb dicht hinter ihm. »Psst!« flüsterte sie ein ums andere Mal.

Oben standen sie dicht beieinander. So dicht, daß er ihren Körper spürte, der keine Wärme mehr ausstrahlte. »Du frierst ja«, flüsterte er und legte den viel zu großen Mantel um sie.

»Dort ist deine Tür«, gab sie ebenso leise zurück. Sie wollte ihm den Mantel wiedergeben und verfing sich hoffnungslos in dessen Weite. Hätte er sie nicht festgehalten, wäre sie gefallen.

Vor ihrer offenen Kammertür versuchte sie noch einmal, sich aus dem Kleidungsstück zu winden. Unten klappte die Hoftür. Für einen Augenblick hielten sie beide den Atem an. Dann schob Martin sie in die Kammer.

10. DER TAG DANACH

Der Tag dämmerte so grau herauf wie der vorangegangene Sonntag. Dennoch schien es Martin der schönste Tag in seinem Leben zu sein. Er hatte ein Mädchen in seinen Armen gehalten, eine Frau von Fleisch und Blut. Er hatte ihren Körper gestreichelt, ihre Brüste berührt, und er hatte sie geküßt. Und das größte Wunder war: Sie hatte ihn ebenfalls geküßt.

Es mochte nicht viel mehr als eine Stunde vergangen sein, als sie ihn flüsternd anflehte, er müsse jetzt zurückkehren in Tigges' Kammer, und sie müsse aufstehen, sonst käme der Vater am Ende noch herauf und es geschähe ein Unglück.

Noch einmal umarmte er sie, strich mit seinen Händen über ihren glatten Körper und riß sich endlich los von ihr. Mit verklärtem Blick schlich er sich auf seinen Schlafplatz.

Die Luft in der engen Kammer war zum Schneiden. Kaum hatte sich Martin mit seligen Gedanken in den Pelz des Kaufherrn geschmiegt, da ertönte dessen rauhe Stimme: »Wo hast du gesteckt, Bursche? Raus mit der Sprache!«

»Das Bier ...«, murmelte Martin friedfertig. »Ich mußte dringend in den Hof.«

Tigges richtete sich auf. Seine Lagerstatt knarrte und ächzte, als bräche er damit zusammen. »Haltet Ihr mich für blöd? So lange harnen zwölf vollgesoffene Esel nicht, wie Ihr Euch in dem fremden Haus herumdrückt!«

»Ich habe mich ein wenig vertan im Dunkeln ...«, gab Martin zu. Weshalb war Tigges so aufgebracht?

»Vertan!« polterte der Kaufmann. »Und seid ausgerechnet in der Kammer der Tochter gelandet, wie? Haltet Ihr mich für einen alten Sack ohne Ohren? Ich hätte mir gleich denken müssen, daß eine pfäffische Schurkerei hinter Eurem Possenspiel steckt. Da kommt Ihr wohl gleich nach Eurem Herrn und Meister Wilk. Der hatte es auf die Mutter abgesehen.«

Die Vorwürfe gegen sich selbst ertrug Martin. Auf Wilk aber ließ er nichts kommen, schon gar nicht von so einem alten Pfeffersack. »Was redet Ihr da über einen Toten, den gerade die frische Erde deckt?« empörte er sich.

Tigges war nicht aufzuhalten. »Euer Komtur wird beglückt sein zu hören, wo und mit wem Ihr die Nacht verbracht habt! Und der Vater Damrau erst, die treue Seele, der schon den Wilk ertragen mußte, wenn der sein Eheweib mit Glutaugen belauerte. Der mag solche liederlichen Ritter ganz besonders, die des Nachts nach seiner Tochter Ehre greifen! Als wäre der arme Mann nicht genug mit Kümmernis geschlagen!«

»Ich habe nichts Unrechtes getan ...«, entgegnete Martin mit flauer Stimme. »Ihr müßt mir glauben. Ich bin im Finstern auf der Stiege gestürzt ...«

»Das war nicht zu überhören«, grollte Tigges gallig. »Und sie hat Euch ein Lichtlein aufgesteckt, die schöne Anke, wie? Die Weiber sind allzumal Dirnen. Das solltet Ihr Euch merken, Ritterlein. Der Orden zwingt Euch nicht von ungefähr, ihnen abzuschwören. Das spart viel Ärger und schützt vor den Franzosen.«

Wütend kroch Martin aus dem Pelz und bewegte sich auf Tigges zu. »Ihr dürft nicht schlecht von Anke denken. Und nicht so über sie reden. Sie ist ...« Ein Engel, getraute er sich denn doch nicht zu sagen.

»... ein Hurenstück wie alle Weiber«, ergänzte Tigges bissig, wenn auch nicht mehr so laut wie vorher. »Auf einen Ritter, und wenn es nur ein halber ist, fliegen sie wie Krähen auf das Aas. Da ist die Mutter wie die Tochter. Ein rechtschaffener Handelsmann kann da nicht mithalten. Aber vergiß nicht, was ich dir sage: Auch eurem hohlen Ritterglück blüht mal ein Ende. Und dann wollen wir sehen, was den wahren Wert eines Mannes ausmacht.«

»Was Ihr von Wilk und von dem alten Damrau sagt ...«

»Das vergeßt schnell wieder«, unterbrach ihn Tigges ärgerlich. »In Wahrheit war der Schäffer gut Freund mit ihm.« Und nach einer Pause fuhr er fort: »Oder auch nicht. Wer steckt schon in den Leuten drin. Der Damrau wird Euch nicht die Wahrheit sagen, so wenig, wie ich sie weiß. Es war sein Schaden sicher nicht, daß er den Schäffer oft im Hause hatte.«

Martin hockte sich auf Tigges' Lager. »Ich bitte Euch, sagt mir gerade heraus: Was denkt Ihr, was mit Wilk geschah?«

Tigges lachte heiser. »Nichts Ungewöhnliches. Wahrscheinlich ist er wirklich auf dem dünnen Eis eingebrochen. Und wenn nicht ... Er war so wißbegierig wie Ihr. Das schätzen viele Leute nicht. Das solltet Ihr Euch merken, junger Freund. Es ist nicht gut, wenn der Fisch noch im Netz mit dem Fischer streiten will.«

Damit sank er auf sein Lager zurück und gähnte laut. »Ich nehme noch einen Zipfel Schlaf nach all dem Lärm ...«, murmelte er und schnarchte schon wieder.

Martin hielt es nicht länger in dem kalten Gemach. Die Erlebnisse der letzten Stunden und Tigges' Worte boten ihm reichlich Stoff zum Nachdenken. Das konnte er am besten im Freien. Er sehnte sich geradezu nach der frischen Schneeluft.

Diesmal fand er die Stiege ohne Mühe. Unten hantierte jemand mit Kannen und Töpfen: Anke. Erschrocken starrte sie ihn an und legte den Finger auf die Lippen.

Die Tür zur Gasse stand einen Spalt offen. Draußen schaufelte jemand den Schnee beiseite. Martin wies fragend auf die Tür zum Hof. Anke nickte eifrig. Also schlich er sich hinaus, winkte ihr noch einmal zu und mußte sich des freudig um ihn herumspringenden Hundes erwehren.

»Ist ja gut, Sunis«, flüsterte er, und der Hund ließ sich wirklich beruhigen.

Martin tappte durch den Schnee zum Hoftor. Es schneite noch immer. Deutlich zeichneten sich seine Fußstapfen im Schnee ab. Unter Sunis aufmerksamen Blicken stieg er so leise wie möglich auf den Torbalken und schwang sich hinüber. Das Gesicht der Frau, die ihn aus dem Fenster über dem Stall beobachtete, bemerkte er nicht.

Das Städtchen erwachte gerade. Martin verspürte wenig Lust auf eine Auseinandersetzung mit der Wache, aber zur Burg führte der Weg nun einmal über die Brücke. Ein erstes Fuhrwerk rollte darauf zu.

Martin überwand den Schmerz im Rücken und richtete sich zu seiner vollen Größe auf. Heute konnte ihn nichts aufhalten. Den Wachknecht, einen stoppelbärtigen Dickwanst, schob er mit verächtlicher Geste beiseite und war über die hölzerne Brücke geeilt, bevor der sich von seiner Überraschung erholt hatte.

Auf der Treppe zum Dormitorium begegnete ihm ausgerechnet Simon, der Schleicher. »Wir haben dich bei den Gebeten vermißt«, bemerkte er tadelnd. »Du hattest hoffentlich gute Gründe für dein Fehlen.«

Martin maß ihn mit dem gleichen Blick, vor dem schon die Wache zurückgewichen war, besann sich jedoch eines Besseren. Er hielt Simon, der sich bereits abgewandt hatte, an der Kutte fest. »Du beobachtest doch alles ganz genau. Jeden von uns, nicht wahr? Ganz sicher weißt du also, um welche Stunde Wilk das Schloß verlassen hat.«

Simon, mehr als einen Kopf kleiner als Martin, wand sich erschrocken. »Es ist nicht meines Amtes, die Schritte des Schäffers zu überwachen. Er pflegte stets zu tun und zu lassen, was ihm gefiel.«

»Um welche Stunde ritt er fort?« Martin ließ Simons Kutte nicht los. »Oder ging er zu Fuß?«

»Ich habe ihn nicht gesehen!« knurrte Simon, dessen Miene zwischen Furcht und Empörung schwankte. »Du bist hier der Jüngste, und du solltest es einem älteren Bruder gegenüber nicht an Ehrerbietung fehlen lassen!«

»Ehrerbietung gilt, wem sie gebührt«, sagte Martin barsch. Er schob Simon mit einem kleinen Stoß zur Seite und sprang die Treppe hinauf. Kopfschüttelnd sah ihm Erichs Ohr nach. Noch nie hatte Martin gewagt, in einem solchen Ton mit ihm zu reden.

Martin hingegen fühlte sich erleichtert. Viel zu lange hatte er Simons Besserwisserei unwidersprochen hingenommen.

Im Dormitorium sah er sich vergeblich nach Wilks großer Truhe um. Man hatte sie entfernt. Ein ungutes Gefühl beschlich ihn, während er seine Joppe anzog und die Stiefel wechselte. Mit einigen schnellen Schritten eilte er in den hinteren Teil des Dormitoriums, aber diesmal hielt sich niemand dort verborgen. Im Halbdunkel suchte er die verborgene Tür zum Danzker und fand sie so fest verschlossen wie ein Verlies.

In der Konventsstube empfing ihn Wigamur mit einem breiten Grinsen, das sein pockennarbiges Gesicht nicht verschönte. »Sieh an, unser lockiger Jüngling höchstselbst«, bemerkte er. »Unser Hauskomtur verlangt nach dir. Wahrscheinlich sollst du ihm deine nächtlichen Abenteuer brühwarm beichten. War sie schön? Und jung?«

Ganz gegen seinen Willen errötete Martin. Cuntz von Hawkenstein bemerkte es und wandte die Augen anklagend zum Sterngewölbe der Decke.

»Laß den jungen Kerl!« forderte er nachdrücklich von Wigamur. »Genügen dir die eigenen Schweinereien nicht?«

Wigamur ließ sich nicht beirren. »Guck ihn dir an. Wes Herze voll ist, des Maul läuft über, sagt man. Er platzt ja nahezu vor Stolz, unser Minneritter Martin!«

Wütend wandte sich Martin ab und machte sich auf den Weg zum Hauskomtur Georg von Mielen. Ihm stand der Sinn nicht nach Wigamurs Scherzen und nicht danach, sein eigenes Tun zu verteidigen. Viel zu viel hatte er sich bis zum heutigen Tag gefallen lassen: von seinen Ritterbrüdern, von den Meistern, gar von den Pfaffen. Das war vorbei. Endgültig.

Heftig schlug er mit den Fingerknöcheln gegen die schwere Tür mit den Eisenbändern, hinter der ihn der Hauskomtur Georg erwartete. Der schwerfällige Mann mit den geplatzten Äderchen im Gesicht sah erstaunt von seinen Pergamenten auf, als Martin so ungestüm eintrat und ganz ohne Demut grüßte.

»Ich bin heute nacht in der Stadt geblieben«, erklärte er ohne Umschweife. »Ich hatte mit dem Hansekaufmann Tigges zu reden. Er kannte Wilk am besten von allen Händlern.«

»Ja – und?« Georg, dem Wilk stets den besten Wein beschafft hatte, war die Verwunderung über Martins jähe Wandlung anzumerken. »Ist das ein Anlaß, gegen alle Regeln und Gesetze des Ordens zu verstoßen? In anderen Zeiten hättest du dich vor dem Konvent zu verantworten gehabt.«

»Da würde ich mich in guter Gesellschaft wiederfinden«, entgegnete Martin beherzt. »Wenn sich dort alle versammelten, die in den letzten Wochen eine Nacht und länger außerhalb der Burg verbracht, bei schlechten Weibern genächtigt oder andere Regelwidrigkeiten begangen haben, blieben am Ende nur Simon und der lahme Siewert als Ankläger übrig. Und die sind allemal der üblen Nachrede gegen andere Brüder schuldig.«

Dem alten Kreuzritter verschlug es die Sprache. »Was ist in dich gefahren, mein Sohn?« erkundigte er sich salbungsvoll. Anscheinend hielt er für das beste, Martin mit geistlicher Güte zu begegnen.

Dem fehlte heute der Sinn dafür. »Nichts«, antwortete er brüsk. »Ich sehe nur, daß niemand wirklichen Anteil an Wilks Tod nimmt. So muß ich selbst versuchen, seinen Mörder zu finden. Wenn Wilk nach Ragnit oder Prekoll wollte – weshalb starb er in Memel? Und wo blieb seine Stute?«

Georg starrte ihn sprachlos an. Martin hatte sich nie Sorgen darüber gemacht, welcher der beiden Parteien im Schloß der Hauskomtur wohl angehören mochte. Gegen Erich hatte er einen schweren Stand, das wußten alle, und für dessen Pferdezucht hatte er auch nichts übrig.

»Was ist in dich gefahren, Bruder Martin?« fragte er noch einmal bestürzt. »Der Tod unseres Bruders Wilk, der dir nahestand wie ein leiblicher Anverwandter, hat dich verwirrt. Wir alle sind betroffen von der Untat – wenn es denn eine war ...«

»Ich bin ganz sicher«, beharrte Martin.

Der Hauskomtur wiegte seinen schweren Schädel hin und her. »Martin!« mahnte er und hob auch noch abwehrend die Hand. »Es ist nicht an dir, deines Bruders Tod zu rächen ...«

»An wem sonst?« erkundigte sich Martin unzufrieden. Er war selbst im höchsten Maß erstaunt, wie leicht es ihm fiel, die hohlen Worte des Komturs zu parieren. Noch gestern hätte er kaum gewagt, ihm in die wässerigen Augen zu blicken, geschweige denn, zu widersprechen.

Der ältere Mann an dem derben Eichentisch empfand es wohl ebenso. »Was sind das für Zeiten«, begann er zu klagen, und es klang beinahe weinerlich. »Nun stehen schon die Jüngsten auf wider die gottgewollte Ordnung! Ist es ein Wunder, wenn Empörung und Aufruhr das Land überziehen, die Bauern sich gegen ihre Herrn erheben und die Lutheraner die blanke Ketzerei predigen? Unser Bruder Wilk war stark im Kampf und stark im Glauben. Wer weiß, wem er im Wege stand? Jeder der Bürger in dieser heidnischen Stadt« – er wies auf die schmale Fensteröffnung, als sei Memel, das auf der anderen Seite der Burg lag, von hier aus sichtbar – »könnte die Hand gegen ihn erhoben haben, so wie er es morgen gegen dich oder mich tun wird. Wehe uns allen, Bruder Martin, wenn wir nicht stark bleiben im gemeinsamen Glauben!«

»Ich werde ihn finden«, sagte Martin ungeduldig ob dieser Litanei. »Und dabei werde ich vielleicht öfter nicht rechtzeitig zu den Gebeten hierher zurückkehren. Das werdet Ihr verstehen, nicht wahr? Ihr sagt ja selbst: Aufruhr überzieht das Land. Da ist der Kampf ebenso wichtig wie das Gebet. Mit Gott!«

Er hob die Hand und wollte aufrechten Schrittes den Raum verlassen. Der verstörte alte Ritter hielt ihn zurück. »Jetzt, wo Bruder Wilk so unerwartet von uns gegangen ist, harrt auch deiner eine neue Aufgabe, denke ich. Wir müssen uns einen Überblick über die in Kellern und Speichern vorhandenen Vorräte verschaffen, ja, wir sollten alle lebendigen Seelen und Tiere auf dem Burggelände zählen. Wer könnte das besser tun als du? Bruder Simon wird dir dabei zur Hand gehen.«

Anordnungen des Hauskomturs widersprach man nicht, schon gar nicht als Jüngster im Konvent. Dennoch schüttelte Martin entschlossen den Kopf. »Nein!« sagte er mit fester Stimme. »Nicht Bruder Simon. Laßt mich selbst jemanden auswählen.«

»Bruder Simon ist sehr erfahren. Ihr solltet ihm vertrauen ...«

»Dann schickt ihn mit ein paar Knechten auf die ›Möwe‹ zu Tigges, damit er die dort bestellten Waren abholt.«

»Das wirst du selbst übernehmen«, sagte der Hauskomtur. »Alles weitere wird sich finden.«

Martin neigte zustimmend den Kopf und verließ wortlos den Raum. Am Brunnen im Schloßhof verharrte er und schöpfte sich das eiskalte Wasser über den Kopf. Im nachhinein fand er sein Verhalten selber unheimlich. Worte, wie er sie gegenüber dem Hauskomtur gebraucht hatte, waren ihm bisher nicht einmal in Fieberträumen eingefallen.

11. SPURENSUCHE

Die Tage vergingen mit Waffenübungen, gemeinsamen Ausritten in die verschneite Landschaft und mit viel Arbeit. Die Bestandsaufnahme in den weitverzweigten Kellern und in den Dachspeichern unter dem Söller nahmen Martin stärker in Anspruch, als er es erwartet hatte. Jeden Abend, wenn er mit immer noch schmerzenden Lendenwirbeln nach allen anderen auf sein Lager sank, drehten sich ihm die Zahlen und die Ballen und Säcke vor den Augen. Er roch bis in seine Träume all die Ausdünstungen der gestapelten Waren und des modernden Unrats, der sich in den Kellern angesammelt hatte, in denen das Wasser knöcheltief stand.

Erichs Ohr war er schon am zweiten Tag auf leichte Weise losgeworden. Dessen Augen hatten sich als zu schwach für das Zählen und fehlerfreie Erfassen oder gar das Überprüfen der Listen in den dunklen Räumen erwiesen. Außerdem fror er beständig. Statt dessen war ihm Goswin zugeteilt worden, ebenfalls ein Priesterbruder, kaum älter als Martin und sonnigen Gemüts, das ihn auch in den düstersten Kasematten nicht verließ. War er nicht gerade mit dem Zählen oder Schreiben beschäftigt, sang er lauthals fromme Gesänge, als wolle er damit in den unheimlichen Gewölben oder auf den knarrenden Böden gegen eine geheime Furcht ankämpfen. Goswin war ein Hasenfuß, der sich vor allem und jedem und selbst vor den Schafböcken und den Schweinen im Stall fürchtete, zu deren Registrierung nun wahrlich wenig Mut gehörte.

Martin hingegen nutzte die Gelegenheit, sich möglichst genau mit allen Räumen des Schlosses und der Nebengebäude vertraut zu machen. Der alte Kasten, dessen Mauerwerk sicherlich vor hundert oder mehr Jahren zum letzten Mal ausgebessert worden war, bestand aus einem Geviert unterschiedlich hoher Bauten, an dessen Nordostecke sich neben der Schloßkapelle der mächtige Danzker erhob. Gen Süden schlossen das Wohngebäude der Brüder und das Komturhaus mit dessen Gemächern und denen des Kompans und Statthalters an. Westlich der Kapelle lagen das Zeughaus für die Waffen und darüber der Speicher. Andere Vorratsräume befanden sich im Wirtschaftsgebäude über der Küche mit der Darre und dem Brau- und Malzhaus. Zwischen den Ecktürmen von Zeughaus und Torgebäude standen die Pferde in ihren Stallungen, von denen sich der Komtur die besten für seine Zuchtrösser gesichert hatte. Der Wehrgang umschloß die vier Flügel, wo bei Tag und Nacht eine Wache umlief. Martin staunte immer wieder über die Vielzahl der Räume und die Weitläufigkeit der Kellergeschosse. Hinzu kamen die Gebäude der Vorburg, wo das fremde Kriegsvolk und die Knechte wohnten und weitere Magazine und Stallungen unterhielten.

So sehr sich Martin auch mühte, stets öffnete und wies Simon ihm nur die Räume zu, in denen Goswin und er an diesem Tag die Inventarverzeichnisse überprüfen sollten. Niemals stand im Danzker jene Tür offen, die nach Martins Meinung den Gang zum Dormitorium versperrte. Er hatte lange danach gesucht, bis er sie in einer niederen Nische entdeckte.

Und noch etwas fiel Martin auf, als er einmal vom Söller hinab in den Hof blickte. Da standen zwei ärmlich gekleidete kurische Fischer mit einer Last, die seltsamerweise nicht der Kellermeister, sondern Siewert in Empfang nahm. Um Fisch konnte es sich nicht handeln, womit der Lahme anschließend mit scheuen Seitenblikken im Danzker verschwand und nicht wieder auftauchte.

Seinen Schwur, den Mörder Wilks zu finden, hatte Martin bei

all dem nicht aus den Augen verloren. Wenigstens an den Sonntagen, so glaubte er, würde er Zeit finden, seine Nachforschungen fortzusetzen. Dem wußte der Hauskomtur Georg einen Riegel vorzuschieben. Er teilte Martin dazu ein, zu den Mahlzeiten jeweils eine der Ordensregeln zu verlesen, ja, befahl ihm, sich darauf vorzubereiten, den Brüdern an einem Sonntag das gesamte Gesetzes- und Regelwerk vorzutragen, wie es alljährlich Brauch und Vorschrift war.

So kam er kaum voran mit seiner Suche. Er tröstete sich damit, daß der Mörder, wenn er denn aus dem Städtchen stammte, ihm kaum entkommen konnte, und erkundigte sich bei jeder Gelegenheit nach Männern und nach den Pferden, mit denen sie die Stadt verließen. Nie war ein Grauschimmel dabei. War der Mörder ein Fremder, ein Reisender oder gar einer aus Schamaiten, so konnte ohnehin nur der Zufall helfen, ihn zu finden.

Martin wußte inzwischen, daß Wilk die Burg am Mittwoch nach Leonardi gegen Abend verlassen hatte. Jedenfalls hatte ihn danach niemand mehr gesehen, nicht bei den Gebeten und nicht am Burgtor. Das an sich war höchst ungewöhnlich. Wer ritt an einem kalten Tag gegen Abend noch aus? Seit geraumer Zeit regten sich landfahrende Raubgesellen auf den schlechten Straßen, da wollte niemand gern in der Dunkelheit reiten. Und gen Ragnit an der Memel kam man nicht weit: wahrscheinlich kaum die drei Meilen bis zum Fährkrug von Prekoll an der Minje. Martin würde es ausprobieren, sobald sich die Zeit dafür ergab.

Nach Königsberg führte der Weg über die Nehrung, zu der man mit einem Boot übersetzen mußte. Er würde die Fährleute befragen, ob sich einer erinnerte, an einem späten Nachmittag Anfang November den Graumäntler samt Grauschimmel auf die Nehrung befördert zu haben. Bis zum Krug von Aigeln waren es dreieinhalb Meilen. Eher kamen der Sandkrug nahe der Fähre oder das einsame Gehöft des Strandvogts am Schwarzen Ort als Nachtquartier in Frage. Auch das gedachte Martin zu überprüfen.

Wilk war geritten. Seine Stute stand nicht am gewohnten Platz im Stall, Satteldecke und Zaumzeug fehlten. Wer immer Wilk umgebracht hatte, der war außerdem ein Pferdedieb. Ein Verbrechen, auf das allein der Tod stand.

Vergeblich zergrübelte sich Martin den Kopf, wie er sich weiter verhalten sollte. Je länger er darüber nachdachte, um so unwahrscheinlicher erschien ihm, daß Wilk den Weg über die Nehrung gewählt haben sollte. Hätte man ihn drüben auf der schmalen Landzunge getötet, wäre es notwendig gewesen, die Leiche mit einem Boot zurückzubringen. Wozu? Es ergab keinen Sinn. War es nicht viel einfacher und ungefährlicher, einen Toten irgendwo in den Dünen am weiten Strand oder in den unzugänglichen Wäldern der Nehrung zu verscharren?

Das traf andererseits auch für die Umgebung der Stadt zu, wo es gewiß genügend Stellen gab, einen Leichnam verschwinden zu lassen. Und die Beförderung eines Toten in einem Boot war allemal leichter als über Land …

Martin fand keine Antwort auf die Fragen, die ihn bedrängten, während Goswin schallend Choräle sang. Zwei Lieder mit deutschen Worten waren darunter, die Martin nicht kannte. Er fragte nach der Herkunft. Goswin wand sich verlegen und stotterte lange herum, bis Martin ihm auf den Kopf zu sagte, es handle sich wohl um lutherische Gesänge.

»Du wirst mich nicht verraten«, bat Goswin. »Ich werde sie nie wieder singen.«

»Sing, was immer du magst«, gab Martin zur Antwort. »Woher kennst du die Lieder?«

Es stellte sich heraus, daß unter den Pfaffen auf der Burg insgeheim ein in Nürnberg gedrucktes Gesangbüchlein herumging, in dem sich vier Kirchenlieder des Wittenbergers fanden, »vor allem für die Dörfer, wo die Leute leben wie das liebe Vieh und unvernünftige Säue«.

Martin las sie und konnte darin zu Goswins Erleichterung

nichts Gottloses entdecken. Sie verstanden sich überhaupt ganz gut. Goswin war kein großes Kirchenlicht. Er war nur seiner frommen, vor allem aber klugen Schwester wegen in den Orden eingetreten. Die hielt es für das beste, daß ein so furchtsamer Mensch wie er in diesen kriegerischen Zeiten das geistliche Gewand trug, beschützt von den tapferen Rittern. Daß die nur allzu gerne ihren Spott mit dem bangen Bruder trieben, hatte sie nicht vorausgesehen.

Martin fand daran wenig Spaß. Solange sich Goswin als fleißig und anstellig erwies, hatte er nichts zu fürchten. Insgeheim verfolgte Martin allerdings einen bestimmten Plan. An einem kalten, sonnigen Wintertag waren sie mit dem Zählen und Sortieren von eingesalzenen Fellen beschäftigt, die schon seit langem im hintersten Winkel des Söllers moderten und übel rochen. Martin hielt die Gelegenheit für günstig.

»Hier kommst du eine gute Weile ohne mich zurecht, und auf eine Tierhaut mehr oder weniger kommt es nicht an«, sagte er zu seinem Gehilfen. »Das stinkige Zeug nimmt uns kein Gerber mehr ab.«

Sofort erwachte Goswins Bangigkeit, und seine Stimme wurde schrill. »Du willst mich allein lassen?«

»Nur für ein paar Stunden.«

Goswin starrte ihn aus großen Augen an. »Was hast du vor?« fragte er furchtsam.

»Dringende Geschäfte in der Stadt«, gab Martin vor. Wohl war ihm nicht dabei, aber über all der Arbeit hatte er an keinem Tag seit einer gewissen Nacht die Stunde in der Kammer des Mädchens vergessen, dessen Namen er manchmal vor sich hin sprach.

Er mußte sie sehen und mit ihr reden. Eigentlich auch mit ihrem Vater. Das war nicht nur ein Vorwand. Der alte Damrau war der einzige Bürger Memels, den er kannte und der außerdem Wilk gekannt hatte. Von wem sonst sollte er etwas erfahren?

Martin mischte sich unter die Knechte, die gerade unter rüden Reden zum Burgtor hinauszogen, und überquerte eiligen Schritts die Brücke zur Stadt. Die Wache sah, woher er kam, und ließ ihn passieren.

Von Land her wehte ein kalter Ostwind, auf dem Fluß trieben Eisschollen. Das verschneite Städtchen glitzerte in der hellen Vormittagssonne. Die Gassen waren belebt: Seit die Gefahr eines schwedischen Angriffs gebannt schien, atmeten die Bewohner wieder freier und gingen ihren gewohnten Geschäften nach. Dennoch fand Martin die Haustür im »Elch« verriegelt und machte sich durch lautes Klopfen bemerkbar. Er war schon drauf und dran, sich zum Hoftor in der Nebengasse zu begeben, als endlich jemand öffnete. Es war Ankes Vater, der ihn ohne jedes Wohlwollen musterte.

»Was führt Euch hierher? Tigges ist auf seinem Schiff«, sagte er kurz angebunden. »Ihr sucht ihn besser dort auf.«

»Ich möchte mit Euch reden«, antwortete Martin höflich. »Darf ich eintreten?«

Heinrich Damrau mochte weit über die Fünfzig sein und sah im hellen Tageslicht elend aus. Er hielt die Tür fest und schüttelte ablehnend den Kopf. »Für die Herberge und den Handel ist meine Frau zuständig. Sie ist über Land.«

Martin besann sich seiner Beredsamkeit gegenüber dem Hauskomtur. »Es geht nicht um Geschäfte. Deswegen möchte ich auch nicht mit Eurer Frau sprechen, sondern mit Euch. Ihr seid doch hier der Herr im Hause, oder?«

»Das schon ...«, gab Damrau zögernd zu. Sein Mißtrauen schien erst recht erwacht, und er machte keine Anstalten, Martin einzulassen. »Was gibt es? Ich bin ein freier Bürger, gehe in die rechte Kirche und zahle alle Steuern. Mit dem Orden habe ich nichts zu schaffen. Das dürft Ihr Eurem Herrn ausrichten.«

Das war eine kühne Rede, fand Martin, aber sie berührte ihn nicht. »Mich schickt kein Herr«, beruhigte er den Mann, der ihm immer noch den Eintritt verweigerte. »Ich wollte Euch nur etwas fragen.«

Damrau gab seinen Unwillen kein bißchen auf. »Dann fragt«, sagte er frostig.

»Seit wann kanntet Ihr Wilk von Nauroth?«

Ein Schatten verdüsterte Damraus ausgemergeltes Gesicht. »Wer will das wissen? Und warum?«

»Ich. Weil ich sein Freund war. Er stand zu mir wie ein Vater. Und jetzt ist er tot. Versteht Ihr nicht, daß ich herausfinden will, weshalb er sterben mußte?«

Damraus graue Augen schienen durch ihn hindurchzublicken. »Und wenn es sich um Euren leiblichen Vater handeln würde«, sagte er bedächtig, »so kann ich Euch dennoch nicht helfen. Er kam im letzten Jahr zu Tigges, nicht zu mir.«

»Länger kanntet Ihr ihn nicht?«

Für einen Augenblick wich Damraus Blick dem seinen aus. »Mehr kann ich Euch nicht sagen«, erklärte er knapp und wollte die Tür schließen. Der starke Druck von Martins Hand hinderte ihn daran.

»Ihr lügt«, sagte Martin einfach.

Damraus Gesicht flammte auf. »Verschwindet endlich!« zischte er wütend und stemmte sich gegen die Tür.

»Weshalb wollen wir nicht in Ruhe reden?« Martin hielt dagegen, indem er den Stiefel gegen das Türblatt stellte.

»Nennt mich nicht in meinem eigenen Haus einen Lügner!«

»Dann sagt mir die Wahrheit, wie es einem ehrlichen Mann ansteht«, forderte Martin.

Von der anderen Seite der Gasse schaute neugierig eine Frau herüber.

»Kommt herein.« Der Elchwirt gab plötzlich auf und den Weg frei. Der Raum war von Rauchschwaden erfüllt. »Das Holz ist naß«, murmelte Damrau und lehnte sich nahe der Feuerstelle an einen Balken. Er atmete schwer, als hätten sie einen Kampf miteinander ausgetragen. Unaufgefordert setzte sich Martin auf die Bank, in der er in jener Nacht nicht allein gesessen hatte, und blickte zu Ankes Vater auf.

»Ihr wißt, wann ich den armen Wilk gefunden habe? Am Sonnabend nach Martini. War er an einem der Abende davor bei Euch?«

Damrau schüttelte den Kopf.

»Auch nicht am Mittwoch?«

»Auch nicht am Mittwoch.«

»Kanntet Ihr seinen Grauschimmel Gerwe?«

Wieder schüttelte Damrau den Kopf. »Hierher kam er zu Fuß«, sagte er knapp.

Martin war nicht sicher, ob er ihm diesmal glauben sollte. »Erzählt mir, wie Ihr ihn kennengelernt habt«, bat er freundlich.

»Wilk stammte aus der gleichen Lischke wie meine Frau«, sagte der Wirt widerstrebend und als wäre das eine ausreichende Erklärung. Man merkte ihm an, daß er Martin schnell loswerden wollte. »Er kam hin und wieder, und meine Frau verkaufte ihm das eine oder andere. Mehr war nicht.«

»Wenn er zu Tigges kam – worüber sprachen die beiden?«

Damrau sah ihn verständnislos an. »Worüber Gäste in der Schenke reden, das geht den Wirt nichts an.«

»Hat er sich mit anderen Leuten als Tigges hier getroffen?«

Der Elchwirt schwieg.

»Hatte er jemals Streit?«

»Was grabt Ihr da herum? Er war ein Gast wie jeder andere. Nur daß er zu Euch Deutschherren gehörte. Genügt das?«

Martin hob die Schultern. »Genügt das als Grund, um einen Menschen zu töten?«

»Manchem schon«, brummte Damrau und fügte eilig hinzu: »Ich habe nie etwas gegen den Orden gehabt. Obwohl es auch dafür gute Gründe gäbe. In den Dörfern herrschen Hunger und Furcht. Ihr Herren seid nicht allzu beliebt ...«

Er verstummte verlegen, als hätte er zuviel gesagt.

»Galt Wilk unter euch als ein Verräter?«

Ankes Vater schien nicht zu verstehen.

»Er war prussischer Abkunft«, sagte Martin.

Der Elchwirt lachte verkniffen. »Die alten Götter sind mausetot«, sagte er. »Nur auf dem flachen Land haben die Leute noch ihre heidnischen Bräuche. Aber deswegen wird keiner umgebracht. Prussen oder Kuren, Litauer und Deutsche – was spielt das für eine Rolle, wenn alle gleich arm sind und unter dem Krieg leiden?« Er seufzte. »Wollen hoffen, daß Euer Hochmeister sich besinnt und alles besser wird.«

Er nahm einen der hölzernen Becher und begann ein Bier zu zapfen. »Trinkt ein Bier, und macht Euch auf den Weg zurück zur Burg. Hier seid Ihr am falschen Ort.«

»Und wo wäre der rechte Ort?«

Damrau setzte das Gefäß neben Martin auf den Tisch. »Trinkt«, sagte er noch einmal. »Und kommt besser nicht wieder hierher.«

12. TIGGES WIRD MUNTER

Seit der Schneenacht mit dem jungen Ritter wurde Tigges ein ungutes Gefühl nicht los. Ein unbequemer Mensch, dieser Knabe mit seinen bohrenden Fragen. Und dann noch Anke. Sooft sein Blick das Mädchen streifte, fiel ihm der Wirrkopf ein, der in einem kühnen Handstreich erreicht hatte, wovon ein gestandener Handelsherr nur im stillen träumte. Das hatte er dem scheuen Burschen wahrlich nicht zugetraut!

Ankes Verhalten ihm gegenüber hatte sich nicht verändert. Bemerkte sie seine Aufmerksamkeit, wurde sie nicht einmal rot. Hatten ihre Eltern den nächtlichen Besuch in der Kammer wirklich nicht bemerkt? Das erschien Tigges zweifelhaft, doch er hütete sich, selber die Rede darauf zu bringen. Statt dessen wandte er seine Aufmerksamkeit wieder mehr der Mutter zu, die einen geheimen Schmerz zu haben schien, ihn jedoch mit gleichbleibender Freundlichkeit behandelte.

Eines Morgens, als er allein mit ihr im Gastraum war, bat er sie, sich zu ihm zu setzen. Sie tat es widerstrebend und schob die Arbeit vor. Auf seine Kosten trinken wollte sie nicht. Auch seinen Komplimenten wich sie aus.

»Ich finde Euch seit einiger Zeit verändert«, sagte er. »Habt Ihr einen heimlichen Kummer?«

»Wie kommt Ihr darauf? Die Zeiten sind hart, das wißt Ihr.«

Er nickte. »Und Euer Ehemann ist nicht der Gesündeste. Das sieht man …«

Das Thema schien ihr nicht zu behagen. Lieber lamentierte sie über das Wetter und die hohen Preise bei den Händlern. Vergeblich versuchte Tigges, sie davon abzubringen. Schließlich hielt er es für das beste, sich nicht mit weiteren Vorreden aufzuhalten.

»Was spricht man in der Stadt über den Tod des Ordensschäffers?« begann er. »Man sagt, er sei gar nicht ertrunken.«

In ihrem Gesicht zuckte kein Muskel. »Ich höre des Abends nichts anderes als Ihr hier in der Stube.«

»Und auf dem Markt? Ich verstehe nicht alles, was die Menschen hierzulande reden.«

Die Damrauerin wich ihm aus. »Ihr versteht genug. Sie reden wie überall gottloses Zeug. Das ist in Memel wohl nicht anders als in Lübeck.«

»Ich meinte, Ihr wart immer sehr vertraut mit diesem Wilk von Nauroth.«

»So?« entgegnete sie ein wenig spöttisch. »Das schien Euch wohl nur so. Er war ein angenehmer Mensch. So wie Ihr einer seid, wenn Euch nicht die Neugier übermannt.«

Tigges ließ sich nicht beirren. »Was gab es da außer den Geschäften zwischen Euch?« fragte er geradeheraus.

Ruta Damrau blickte ihm stolz in die Augen. »Keine anderen Beziehungen als zwischen Euch und ihm«, parierte sie. »Nur eben kleinere Geschäfte. Die Herren auf dem Schloß haben ihre besonderen Wünsche. Das wißt Ihr doch selber.«

»Ihr haltet mich zum Narren.« Tigges war unzufrieden. »Zwischen Euch und diesem Graumäntler gab es noch etwas anderes.«

Sie stand auf. »Nichts, was Euch betreffen würde«, sagte sie kühl und wandte sich wieder ihrer Arbeit zu. Sie war noch immer eine schöne Frau. Tigges betrachtete sie aufmerksam und entdeckte zu seinem Bedauern, daß sie in letzter Zeit deutliche Spuren des Alterns aufwies.

»Ihr habt bei seinem Tod Tränen vergossen«, setzte er nach, doch sie entgegnete ungerührt: »Wer weiß. Vielleicht werde ich bei Eurem Tod auch weinen ...«

Tigges schalt sich einen Dummkopf. Die Weiber waren undurchschaubar. Wenn er denn unbedingt wieder heiraten wollte, so wartete in Lübeck vielleicht noch manch gute Partie auf ihn. Oder in Venedig. Seit zwei Jahren schob er den Plan vor sich her, sich einmal an Ort und Stelle um den Fortgang seines erfolgreichen Handels zu kümmern. Schade nur, daß er die Reise nicht zur Karnevalszeit unternehmen konnte, wenn es dort angeblich besonders freizügig zuging.

Er war ein geduldiger Mensch. Aber nach fast fünf Wochen Memel in Eis und Schnee überkam ihn doch die Langeweile. Außerdem ging es mit den Geschäften nicht so gut voran wie in den Vorjahren. Daß den Händlern wie den Kunden das schlechte preußische Geld nicht gerade locker saß, bereitete ihm kaum Unbehagen. Er hatte Größeres im Sinn, und das Warten auf seine Partner oder wenigstens eine ersprießliche Nachricht von ihnen beunruhigte ihn allmählich.

Im Grunde hing auch das mit diesem Ritter Martin und seiner kindischen Wißbegier zusammen. Vielleicht war er ja zur Vernunft gekommen oder gebracht worden und hatte sein Fragen eingestellt. Bei ihrem zweiten Zusammentreffen jedenfalls, als der junge Kerl mit einer Schar Knechte bei der »Möwe« aufgetaucht war, um die Waren für den Orden abzuholen, war kein Wort über den Schäffer Wilk zwischen ihnen gefallen. Martin hatte sich noch einmal artig für das Nachtquartier bedankt, worauf Tigges nur mit einem spöttischen Blick geantwortet hatte. Der war ihm schwer genug gefallen, wenn er an das Mädchen dachte.

Tigges ärgerte sich, daß seine Gedanken nicht von dem Jungen loskamen. Schade, daß der seine Fähigkeiten für den Orden aufwandte, der doch längst aus dem letzten Loch pfiff. Einen solchen Lehrburschen hätte er sich tatsächlich gewünscht. Der durfte ihm nur nicht gleich die Braut ausspannen ...

Wider Willen griente Tigges vor sich hin, weil ihm die eigenen bitteren Lehrjahre einfielen und die unersättlichen Töchter des Lehrherren, die einen Mann aus ihm gemacht hatten. Und was für einen. Tigges reckte und streckte sich und beschloß endgültig, den sonnigen Vormittag zu nutzen, um ein wenig voranzukommen bei seinem eigentlichen Vorhaben. Man hatte ihn gewarnt, selbständig tätig zu werden, aber Tigges war nicht der Kerl, sich einschüchtern zu lassen. Er hatte ein Eisen mehr im Feuer, als die andere Seite ahnte, und das galt es zu schmieden, solange es das Wetter zuließ.

Gemächlich machte er sich auf den Weg zu den Fährleuten. Die Eisfläche auf dem Haff war fast ganz geschlossen, doch das Tief zur See stand noch offen. Wer weiß, ob sich jemand fand, der ihn zur Nehrung übersetzte. Der Orden, der hier alles und jedes beherrschte, vergab das Privileg der Überfahrt nur an bestimmte Bootsleute, die streng darüber wachten, daß es kein Unbefugter nutzte.

Wer aber wollte ihn hindern, ein Boot zu nehmen und ein wenig an der Haffküste entlangzukreuzen, um eine Meile südlich der Stadt am falschen Ufer an Land zu gehen? Für genügend Geld, so wußte Tigges, hätte ihn notfalls jemand nach Labiau und über die Deime auch nach Königsberg gebracht. Allerdings kaum bei diesem Frost.

Der Sonnenschein hatte auch die Fischer und Bootsleute herausgelockt. Aber wo Tigges sich auch bemühte, ein Gespräch anzuknüpfen, er holte sich eine Abfuhr, sobald er die Rede auf eine Fahrt zur Nehrung brachte. »Die Sicht ist heute gut«, erklärte ihm einer in seinem schwerfälligen Dialekt. »Übers Eis kann man meilenweit gehen. Aber – was wollt Ihr auf der Nehrung?«

Schließlich landete Tigges doch beim Fährboot, einem plumpen Prahm, der am Steg vor der Dangemündung lag. Gerade als er sich näherte, trat aus der schäbigen Fährhütte jemand, den er hier am wenigsten erwartet hatte: der Ritter Martin.

Sie begrüßten einander mit Zurückhaltung.

»Wollt Ihr auf die Nehrung?« erkundigte sich Tigges.

»Vielleicht ...«, antwortete Martin ungewiß und blickte dabei über die Eisfläche zur nahen Nehrungsspitze mit dem Sandkrug. Ein schmaler, dunkler Streifen, über dem sich Vögel tummelten, verriet die Rinne offenen Wassers.

»Euer Orden muß den Botenweg nach Königsberg offenhalten«, stichelte Tigges. »Auch im Winter, nicht wahr?«

Martin nickte gleichmütig. »Der Fährmann meint, in der Gegend des Schweinsrückens könnte man es wagen und übers Eis setzen.«

Der Schweinsrücken war eine breite Sandbank im Haff, kaum eine halbe Meile südlich des Städtchens. Aber Tigges hatte kein Pferd, und bei seinem Gewicht bedeutete es allemal ein Wagnis, über das unsichere Eis zu reiten. Das Haff war tückisch; selbst die Fischer fürchteten es im Frühjahr und Herbst, wenn Stürme die See aufwühlten und den Bernstein an den Strand spülten.

»Ihr werdet reiten?« fragte Tigges. »Was treibt Euch hinüber?«

»Die Pflicht«, erwiderte Martin einsilbig und sah ihn auch dabei nicht an. Etwas schien den jungen Kerl verändert zu haben, und Tigges hätte gerne gewußt, was. War er noch immer unterwegs, um die Leute mit Fragen über Wilk von Nauroth zu belästigen? Ließ ihm der Orden dafür freie Hand?

»Die Menschen auf der Nehrung gelten als besonders schweigsam«, sagte Tigges mit augenscheinlichem Nebengedanken.

»Wie gut für alle, die etwas zu verbergen haben«, entgegnete der Ritter und hob zum Abschied grüßend die Hand.

13. AUF KRIEGSFAHRT

Die Begegnung mit dem Kaufherrn und dessen offenkundiges Interesse an seinen Absichten gaben Martin zu denken. Bald muß der Tigges kommen, hatte Wilk nur wenige Tage vor seinem Tod gesagt. Diesmal entgeht er mir nicht! Was hatte er damit gemeint? Doch nicht die Geschäfte ... Er entgeht mir nicht: So sehr Martin überlegte, ihm fiel dazu nichts ein.

War er nicht bis jetzt viel zu offenherzig vorgegangen bei seinem Unternehmen? Gut, er hatte Ankes Vater bei einer kleinen Unwahrheit ertappt, aber wie Damrau und wie Tigges wirklich zu Wilk gestanden hatten, war ihm verborgen geblieben. Außerdem hatte er Anke nicht gesehen und kein Wort über sie erfahren.

Er mußte viel geschickter sein und seine wahren Absichten möglichst verbergen, wenn er etwas herausfinden wollte. Deshalb schien es ihm auch klüger, heute nicht auf die Nehrung zu reiten.

Der Fährknecht hatte sich nicht an Wilk erinnern wollen. Außer dem Strandvogt, den täglichen Briefboten und dem Komtur mit seinem Troß sei in letzter Zeit niemand übers Tief gegangen, hatte er behauptet.

Der Komtur weilte beim vom Hochmeister einberufenen Landtag in Königsberg, und alle seine heimlichen und offenen Gegner unter den Brüdern hofften, er ginge endlich nach Koblenz. Schon jetzt lockerten sich die Zügel auf der Burg ein wenig, denn den Schönberg nahm niemand so ernst wie den Komtur. Kaum jemand nahm Notiz davon, daß Martin nach einem kurzen Blick auf Goswin, den er schlafend auf den alten Häuten vorfand, seinen braven Gaul Falko aus dem Stall holte und sattelte.

Nur Cuntz von Hawkenstein, der sich häufig bei den Pferden aufhielt, bemerkte es: »Wohin willst du jetzt noch an diesem kürzesten Tag des Jahres?«

Martin hatte kaum darauf geachtet, daß die Sonne auf ihrer flachen Bahn schon den höchsten Stand erreicht hatte. »Nur ein kleiner Ausritt«, log er ohne Scham. Cuntz war nicht der Mann, den er in seine Pläne einweihen wollte.

»Ich begleite dich«, erbot sich Hawkenstein. »Doch laß uns vorher noch essen.«

Martin überlegte. Lehnte er ab, wurde Cuntz mißtrauisch, zumal Martin als starker Esser bekannt war und es auffiel, wenn er eine Mahlzeit ausließ.

»Gut«, sagte er. Er band das Pferd vor dem Stall an und stieg zum Boden hinauf, um Goswin zu wecken. »Huhuh«, rief er und pfiff langgezogen durch die hohlen Hände. Ein unterdrückter Schrei antwortete ihm.

»Mein Herz wird eines Tages stocken bei deinen Späßen«, ächzte Goswin, nachdem er ihn erkannt hatte.

Martin half ihm auf die Beine. »Das Herz des Hasen schlägt nur schneller, es wird nicht stehenbleiben«, tröstete er seinen furchtsamen Helfer. »Warte, bis der Krieg wieder anfängt. Wenn sie mit Hakenbüchsen auf dich schießen, begreifst du, was wirkliche Furcht ist.«

Goswin schüttelte sich.

An der Tafel war die Reise des Komturs zum Landtag in Königsberg das einzige, was beide Parteien interessierte. Welche Befehle würde ihm Bischof Georg vom Hochmeister übermitteln? Denn Markgraf Albrecht selbst strich noch immer durch die Lande und hielt sich nach einem Besuch beim König Ludwig in Ungarn inzwischen wieder im fränkischen Ansbach auf. Weshalb kehrte er nicht endlich nach Preußen zurück? Darauf wußte auch sein getreuester Anhänger keine Antwort.

»Der Hochmeister weiß, was er tut!« behauptete Michael Preuß, und Cuntz brummte, was alle dachten: »Wir wüßten es auch ganz gerne.«

Er zwinkerte Martin auffordernd zu, und der erhob sich. »Für heute zählst du allein weiter«, flüsterte er Goswin im Vorbeigehen zu. Der duckte sich ängstlich.

»Wohin soll's gehen?« fragte Cuntz, während er seinen Hengst sattelte.

Darauf fiel Martin keine rechte Antwort ein. Für den Ritt, der ihm vorschwebte, war es entschieden zu spät und Cuntz außerdem ein unerwünschter Begleiter. Hawkenstein hatte kühn den Mantel mit dem Kreuz übergeworfen und das Schwert an der Seite, als ginge es auf Kriegsfahrt. Martin blieb nichts anderes übrig, als sich ebenso auszustaffieren.

»Reiten wir erst einmal«, schlug er vor. Wohin sie auch immer wollten, zuerst mußten sie die Stadt passieren.

Im scharfen Trab ritten sie über die Brücke und wandten sich am Markt nach rechts, wo eine zweite Brücke über die Dange in Richtung Prekoll und Ragnit führte. Die Blicke der Memeler, an denen sie vorbeisprengten, verhießen keine Begeisterung. Zum ersten Mal wurde Martin bewußt, wie leicht es den Städtern fallen würde, die Burg von ihrem Hinterland abzuschneiden, wenn sie es denn wollten. Die Festung war gebaut, um die Nehrung und den Postweg zu schützen und nicht die Stadt. Wie, wenn die Memeler die Dinge einmal umkehrten und die Brücke zur Burg zerstörten? Natürlich blieb die Möglichkeit, Hilfe über das Wasser herbeizuholen. Nur mußte man dazu ebenfalls über eine Brücke, die zum Holm, wo die Schiffe lagen. Auch der »Sperber« des Hochmeisters ankerte dort. Erichs Gefolgsleute beluden ihn seit einigen Tagen eifrig mit Zeug, das sie aus den Komturgemächern schleppten.

Cuntz galoppierte mit lockeren Zügeln drei Pferdelängen vor Martin her. Mühelos hielt Falko mit. Die Pferde waren ausgeruht und der Boden unter dem Schnee hart gefroren. Sie ritten neben den tiefen Fahrspuren und den eingeschlagenen Pfählen, die den Weg markierten. Wenn sie nicht langsamer wurden, konnten sie Prekoll in zwei Stunden erreichen. Bei Sonnenuntergang also. Und dann?

Cuntz schien sich darüber keine Sorgen zu machen. Im Gegenteil, er trieb seinen Hengst an, bis Falko allmählich ins Hintertreffen geriet. Martin gab ihm die Sporen, aber Cuntz blieb doch der Schnellere. Endlich, nach einer guten Stunde, verhielt er sein Pferd und wartete. Der Hengst dampfte und tänzelte unruhig auf der Stelle. Falko flog der Schaum vom Maul.

»Jetzt braucht' ich einen Trunk Bier«, rief ihm Cuntz entgegen. »Wie schade, daß kein Kaufmann des Wegs kommt.«

Die Landschaft lag menschenleer: rechts das Moor bis hin zum Haff und links nur Schnee und flache Weite.

»Der nächste Krug ist in Prekoll«, sagte Martin nicht ohne Hintersinn.

Cuntz lachte. »Ist der nicht ohnehin dein Ziel?«

Konnte der Kerl Gedanken lesen?

»Ich wäre schon gern mal hingeritten«, gab Martin zu.

»Na dann – mit Gott!« Cuntz gab dem Hengst die Sporen und galoppierte los. Martin war es recht, wenn er auch kein gutes Gefühl dabei hatte, und er setzte ihm nach.

Die Sonne stand nur noch flach über dem weiten Horizont, als sie vor dem Fährkrug an der Minje anlangten.

Der Wirt, ein dürrer Mann mit rundem Bauch und flinken Augen, trat vor die Tür. »Wollt Ihr noch hinüber?« erkundigte er sich erstaunt.

Cuntz schob ihn beiseite. »Bier!« schnauzte er statt einer Antwort. »Tränk er die Gäule, und sei er nicht so neugierig.«

Der Krüger gab den Befehl im gleichen barschen Ton an einen

halbwüchsigen Jungen weiter, der sich neugierig hervorgewagt hatte.

Sie traten ein und ließen sich in dem finsteren, stickigen Raum nieder. Am Feuer hockte eine Frau, die Flachs spann. Ein kleines Mädchen ging ihr zur Hand. Im Winkel stand eine Wiege, in der ein weiteres Kind schlief. Ein unscheinbarer Mann mit einem schütteren Bart saß vor seinem Krug und zog sich beim Anblick der Kreuzherren noch weiter in die Ecke zurück.

Eilfertig brachte der Wirt zwei schlecht gefüllte Humpen. »Das Bier ist fast alle«, entschuldigte er sich.

Cuntz nahm einen tiefen Schluck und spie angeekelt aus. »Es ist sauer!« fluchte er und goß den Rest auf den Lehmfußboden.

Erschrocken begann das Kind in der Wiege zu weinen. Die Mutter schaute furchtsam herüber. Der Mann in der Ecke senkte beschämt den Kopf, als sei er an dem schlechten Bier schuld.

Für einen Augenblick sah es so aus, als wolle der Wirt sich empören, dann gab er klein bei. »Verzeiht«, sagte er und schlug die Augen nieder. »Das neue Bier ist noch zu frisch.«

Martin war von Cuntz' Verhalten peinlich berührt. Das waren einfache Leute, mit denen er noch reden wollte, wenn Cuntz ihm dazu Gelegenheit ließ.

»Bringt Wein«, knurrte Hawkenstein und zwinkerte Martin verschwörerisch zu. »Aber vom besten. Keinen sauren Krätzer!«

Der Wirt verschwand. Die Mutter beruhigte das Kind.

»Bleib lieber friedlich«, bat Martin leise. »Hast du überhaupt Geld bei dir?«

Cuntz grinste. »Das laß nur meine Sorge sein. Bei solchen wie dem kannst du dich gar nicht scharf genug ins Zeug legen. Er setzt dir sonst den eigenen Harn vor.«

»Ich würde ihn gerne etwas fragen, wenn es dir recht ist.«

»Frag nur. Er wird dir einen Sack voll Lügen vor die Füße schütten.«

Der Wirt kam mit zwei Bechern Rotwein.

»Kommt vom vielen Saufen«, sagte Cuntz roh und wies auf die zitternden Hände des Mannes. Der wandte sich schweigend ab, doch Cuntz hatte bereits getrunken und hielt ihn am Arm zurück.

»Mehr davon«, forderte er.

Gehorsam trollte sich der Wirt.

»So geht man mit denen um«, erklärte Cuntz zufrieden. »Anders verstehen sie's nicht.«

Martin schüttelte den Kopf. »Kein Wunder, daß sie uns nicht mögen.«

»Sie müssen uns nicht lieben. Sie müssen nur parieren wie alle Untertanen. Was wären sie ohne den Orden? Hier säßen längst die Schamaiten. Und was glaubst du, wer ihm die einträgliche Krug- und die Fährgerechtigkeit erteilt hat?«

Der Wirt, mit einer bauchigen Kanne in der Hand zurückgekehrt, hatte die letzten lauten Worte vernommen und sagte unterwürfig: »Das war anno 11 der Vorgänger Eures Komturs, der edle Herr Michel von Schwaben.«

Er setzte die Kanne ein wenig hart zwischen ihnen auf den Tisch. Hawkenstein betrachtete ihn etwas freundlicher. »Sieh an, du kanntest unsern Michel?«

»Er war ein gütiger Herr«, sagte der Wirt.

»Dann kanntest du ihn nicht«, widersprach Cuntz heiter und goß sich Wein ein. »Er war kein besserer Mensch als du und ich und unser aller Erich. Er hatte nur das Wohl des Ordens im Sinn, als er die Krüge hier und in der Heide und auf der Nehrung errichten ließ. Damit wir Ritter nicht ohne Atzung bleiben auf den weiten Wegen Preußens.«

Er hob den Becher und trank dem Wirt zu. Der verbeugte sich und wollte sich zurückziehen.

»Hiergeblieben!« befahl Cuntz. »Der edle Jüngling wird dich etwas fragen.«

Der Mann blickte unruhig von einem zum anderen.

»Habt keine Furcht«, beruhigte ihn Martin und errötete. So hatte er sich seine Mission nicht vorgestellt. Aber was half es.

»Ihr kanntet den Schäffer von Memel?« begann er.

Der Wirt schüttelte den Kopf. »Nicht in Person«, sagte er abwartend.

Rauh mischte sich Cuntz ein: »Wenn er nach Ragnit ritt, hast du ihn über den Fluß gesetzt.«

»Das tu ich hundertmal die Woche, ohne nach dem Amt zu fragen.«

»Er ritt eine Grauschimmelstute«, erklärte Cuntz herrisch.

Der Wirt hob die Schultern. »Davon gibt es etliche im Land.«

»Erinnert Ihr Euch an Martini?« fragte Martin.

Der Wirt nickte zögernd. »Zwei Tage vorher kam der Frost.«

»Richtig. Und an jenem Abend vor dem Frost – war da der Schäffer hier?«

Der Wirt verstand nicht. »Was sollte er hier?«

»Er wollte nach dem Rechten schauen ...«, sagte Martin bedeutungsvoll und beobachtete den Krüger scharf.

Der wollte noch immer nicht verstehen. »Kam er von Ragnit, oder wollte er dorthin?«

»Er wollte hier nach Prekoll. Nirgendwo anders hin.«

»Eine Visitation? Ich kann mich nicht erinnern.«

Der unscheinbare Mann in der Ecke schien zu schlafen. Martin war dennoch sicher, daß er jedes Wort mithörte. »Vielleicht hattet Ihr einen Handel mit ihm?« fragte er den Wirt.

»Ihr müßt Euch täuschen, junger Herr.«

»Paß auf, mein Freund«, mischte sich Cuntz wieder ein. »Denk lieber nach. Der Schäffer hat den Abend nicht überlebt.«

Die Frau am Feuer stieß einen Laut aus. Der Wirt erbleichte und stand steif wie ein Stecken. »Damit habe ich nichts zu schaffen«, sagte er tonlos.

Cuntz betrachtete ihn mit einem schiefen Lächeln. »Hast nicht einmal davon gehört, wie?« fragte er hinterhältig.

»Daß er tot ist, schon ...«, stotterte der Wirt. »Im Graben vor dem Schloß ertrunken, hieß es.«

Cuntz nickte höhnisch. »Mehr weißt du nicht?«

»Mehr weiß ich nicht«, bestätigte der Wirt mit spürbarer Erleichterung.

Hawkenstein wandte sich Martin zu: »Ich glaube ihm kein Wort.«

Auch Martin hegte Zweifel an der Aufrichtigkeit des Mannes, wußte aber nicht, was er ihn noch fragen sollte.

»Wie viele Leute wohnen hier?« fiel ihm schließlich ein.

»Kaum drei Dutzend doch. Bis zum Haff hinüber ist alles Moor. Die nächste Lischke ist Wowerischken an der Minje.«

»Kommen manchmal Leute vom Orden hierher, die nicht über den Fluß gehen?« wollte Cuntz wissen.

»Sehr selten ...«, lautete die unsichere Antwort.

»Und was tun sie hier?«

»Das geht mich nichts an. Ich bin nur der Krüger und der Fährmann.«

»Ihr setzt auch Handelsleute über«, sagte Martin. »Kennt ihr einen gewissen Tigges aus Lübeck? Ein breiter Kerl mit dichtem Haar und einem Bart?«

Der Mann in der Ecke bewegte sich, tat aber weiter, als schliefe er. Martin gefiel der unliebsame Zeuge nicht.

Der Krüger sah unruhig umher. »Die Leute stellen sich nicht vor, wenn sie übers Wasser wollen«, sagte er. »Womit handelt dieser – Tigges?«

Martin dachte nach. »Mit Tuchen, Wein und mit Gewürzen. Er kauft Wachs und Flachs und wohl auch Pelze ...«

Wieder schüttelte der Wirt den Kopf. »Das ist nicht mein Handel. Für mehr als Salz langt unser Geld nicht.«

Cuntz wurde ungeduldig. Mit einer Handbewegung verscheuchte er den Wirt. Die Frau schaute schweigend herüber. Das Mädchen drückte sich furchtsam an sie. Der Schlafende erwachte und trank einen Schluck. Von dem sauren Bier? Martin beobachtete ihn scharf. Der Mann starrte blicklos vor sich hin.

Cuntz goß seinen Becher voll und füllte auch Martins nach. »Da ist nichts zu machen«, sagte er laut. Er beugte sich zum Nebentisch und hieb mit der Faust auf die Platte. Erschrocken fuhr der Mann auf. »Oder weißt du etwas, mein Freund?«

Der Mann glotzte verwirrt. »Ich verstehe nicht, wovon Ihr sprecht«, stotterte er in seinem Dialekt.

Cuntz wandte sich mit einer wegwerfenden Geste ab. »Das Volk hier taugt nichts. Das beste wird sein, wir reiten zurück.«

»In der Dunkelheit?«

Cuntz lachte heiser. »Fürchtest du dich?«

Was für eine Frage! Martin stand auf. Hawkenstein trank aus, erhob sich ebenfalls und wandte sich dem Wirt zu. »Wir kommen wieder«, drohte er. »Dann wird das Verhör nicht so sanft ausfallen!«

Dienernd geleitete ihn der Mann zur Tür. Martin trat zum Feuer, als wolle er noch einmal seine Hände wärmen, und warf der Frau ein Geldstück zu, das blitzschnell verschwand. Mit großen Augen schaute das kleine Mädchen zu ihm auf.

Als er hinausging, spürte er den Blick des Mannes aus der Ecke in seinem Rücken. Er wandte sich schnell um und sah sich nicht getäuscht.

Der Junge führte die Pferde aus dem Stall, der eher ein Verschlag war. Eine kleine Stute stand darin und dahinter ein grauschwarzer Klepper, dem die Rippen hervorstachen. Für den Augenblick war Martin versucht, sich den alten Gaul näher anzusehen, aber mit Wilks Gerwe bestand doch zu wenig Ähnlichkeit.

»Welcher Gaul gehört dem anderen Gast?« fragte Martin den Jungen. Der schüttelte den Kopf. »Der Dittko wohnt dort drüben«, sagte er und wies zu den verstreuten Häusern in einiger Entfernung.

Martin reichte ihm einen Schilling. »Kennst du den Kaufmann Tigges?« fragte er leise.

Der Junge sah sich furchtsam um und schüttelte den Kopf.

Cuntz drängte darauf loszureiten. »Es riecht nach Schnee«, behauptete er.

»Du hast wohl auch gerochen, daß ich nach Prekoll wollte?« erkundigte sich Martin.

Cuntz lachte. »Jetzt kann ich es sagen: Sankt Georg hat mir aufgetragen, dich zu hindern, allein auszureiten.«

Sieh an, der Hauskomtur steckte also dahinter!

»Du hast mich nicht aufgehalten, sondern mich begleitet.«

»Ich wollte wissen, woran ich dich hindern sollte«, entgegnete Cuntz schlau.

»Weißt du es jetzt?«

Doch Cuntz war schon vorausgeritten, auf die schwarze Wand zu, die sich vor ihnen auftürmte.

14. DER SCHNEESTURM

Der Schneesturm hat uns überrascht: Eine bessere Erklärung konnte es nicht dafür geben, daß Cuntz und Martin erst weit nach Mitternacht in die Burg einritten, erschöpft und halb erfroren unter dem Schnee. Der Sturm hatte sie kaum eine halbe Meile hinter Prekoll gepackt und mit solchen Schneemassen überschüttet, nach einer weiteren Meile hatten sie den Weg verloren und sich bald nur noch auf den Instinkt ihrer Gäule verlassen. Es wurde ein unheimlicher Ritt über das wegelose Land. Würde das Moor sie tragen? Heulte da nur der Wind, oder waren es die Wölfe?

Sie hatten es fast aufgegeben, die Burg jemals zu erreichen, als sich der Schnee plötzlich zum Haff hin senkte. Nun brauchten sie nur die Küste entlangzureiten. Nach Stunden ließ das Schneetreiben nach. Als sie Memel erreichten und die Wache herausklopften, schimmerte der klare, nachtblaue Sternenhimmel über ihnen, und klirrende Kälte breitete sich aus.

Am Morgen tadelte der Hauskomtur sie vor allen Brüdern für ihren leichtsinnigen Ausritt. Sie nahmen es bußfertig und ohne Widerrede hin. Cuntz grinste Martin heimlich zu. Prekoll erwähnten sie mit keinem Wort.

Todmüde, aber pflichteifrig wandte sich Martin den Vorräten zu. Zu seiner Überraschung war Goswin am Vortag mit den Häuten und Fellen fertig geworden. Jedenfalls behauptete er das mit schlauem Lächeln. Martin verspürte wenig Lust, daran zu zweifeln. Cuntz' Auftrag, ihn zu überwachen, gab ihm die Gewißheit, daß der Hauskomtur die Bestandsaufnahme all des alten Trödels lediglich erfunden hatte, um ihn von seinen Nachforschungen abzuhalten.

Je länger Martin darüber nachdachte und über das Gespräch mit dem Krüger von Prekoll, desto unzufriedener wurde er. Das Pferd im Stall. Hatte es den Kopf nach ihm gewendet? Weshalb hatte er nicht »Gerwe« gerufen? Weshalb nicht die Frau befragt? Sie mußten Wilk kennen. Wohl ein dutzendmal war er über Prekoll geritten. Und Tigges war ein auffälliger Mann, an den man sich erinnerte.

Er würde noch einmal zum Krug reiten. Notfalls mit dem Schlitten fahren. Von den Münzen des Wechselgeldes, das ihm Ankes Mutter zurückgegeben hatte, klapperten noch etliche in seinem Gürtel. Damit ließ sich auch Goswin bestechen. So feige, wie der war, so gierig war er auch auf Geld. Martin hatte längst erkannt, wonach der junge Pfaffe überall in Kisten und Kästen kramte.

Auch heute riß Goswin ihn aus seinen Gedanken. »Ich habe etwas festgestellt«, sagte er mit einer Miene wie der Fuchs vorm Gänsestall. Er stand vor einem verschlossenen Kasten, um den sich Martin bisher nicht gekümmert hatte, und zog einen eisernen Haken unter seiner Kutte hervor.

»Was ist das?«

»Mein Vater ist Schmied. Er baut auch Schlösser. Mich hielt er für zu schwach und ungeschickt für sein Handwerk.«

Und während er das sagte, fuhr seine Hand mit dem Haken zum Schloß. Ein scharfes Knacken, und Goswin hob den schweren Deckel an.

Zu Goswins Enttäuschung war der Kasten leer.

»Was hattest du erwartet?« fragte Martin. »Glaubst du, der arme Orden hält hier irgendwo Schätze verborgen?«

Goswin wehrte ab. »Es ist die blanke Neugier. Sehe ich ein Schloß, so muß ich es probieren.«

Seine flinken Finger hatten Martin auf einen Gedanken gebracht. Er schlug den Deckel wieder zu und ließ sich den Haken geben. Vergeblich mühte er sich ab, das Schloß zu öffnen.

Goswin lachte triumphierend. »Es ist eine hohe Kunst ...«, sagte er. »Man muß ein Gefühl für die Mechanik haben.«

»Du wirst es mich lehren!« forderte Martin kurz entschlossen. Goswin schien nicht allzu bereitwillig. Erst als Martin eine Münze auf seiner flachen Hand erscheinen ließ, veränderte sich seine Miene.

»Du hast Geld?«

»Durch Zufall.« Martin reichte ihm die Münze.

Goswin erklärte ihm den Mechanismus des Schlosses und später an der Tür noch einen anderen. Sie übten wohl eine Stunde, dann öffnete Martin beide Schlösser so leicht, als hätte er nie etwas anderes getan.

»Du bist sehr gelehrig«, gab Goswin zu, und gleich packte ihn wieder die Furcht. »Aber niemand darf erfahren, daß wir diese Kunst beherrschen.«

»Niemand«, beruhigte ihn Martin. »Wenn du mir den Haken leihst.«

Goswin erschrak noch mehr. »Was hast du damit vor?«

»Nichts, was dich angeht. Überall gibt's Türen.«

Goswin lächelte schlau. »Du kennst ein Mädchen in der Stadt.«

»Woher weißt du ...« Martin biß sich heftig auf die Zunge. »Wie kommst du denn auf solchen Unsinn«, sagte er dann grob. Niemand außer Tigges konnte etwas von Anke ahnen. Seit Wochen hatte er sie nicht gesehen. Goswin grinste allwissend.

Martin packte ihn an der Kutte. »Wer redet dir solche Flausen ein?«

»Es war nur ein Gedanke«, beteuerte Goswin. »Manchmal träumst du so vor dich hin und machst ein sehnsüchtiges Gesicht. Ich kenne selbst ein Mädchen in unserem Dorf ...«

Argwöhnisch ließ Martin ihn los.

Goswin seufzte. »Oft wünschte ich, kein Pfaffe zu sein.«

»Oder einer von der Art des Doktor Luther ...«, ergänzte Martin.

Sein Gehilfe schüttelte heftig den Kopf. »Das darfst du nicht sagen. Der Komtur und unser Prior denken streng in Glaubensfragen.«

»Und haben beide die Franzosenkrankheit«, sagte Martin grimmig. »Gib den Haken.«

An diesem Abend sank Martin wie tot auf sein Lager. Der Ritt im Schneesturm steckte ihm in allen Gliedern. Als ihn Siewert zu Matutin zu wecken versuchte, knurrte er nur unwillig. Er schlief bis in den hellen Morgen und hatte Mühe, in der Küche etwas Eßbares aufzutreiben. Wie alle Ritterbrüder hatte er dort nichts zu suchen. Gegen eine Münze reichte ihm einer der Küchenjungen verstohlen einen Fladen Brot und etwas Fleisch.

Martin kaute noch daran, als er auf der Suche nach Goswin ausgerechnet dem Hauskomtur über den Weg lief.

»Du bist schon fertig mit deiner Aufgabe?« erkundigte Georg sich scheinheilig. Seine Augen glänzten schon am Morgen vom Weingenuß.

Martin schluckte. »Gut, daß ich Euch treffe«, entgegnete er ungeniert. »Ich vermag den Sinn dieser Aufgabe nicht länger zu erkennen. Verschimmelte Ziegenfelle kann jeder Knecht wegwerfen. Das ist kein ritterliches Tun.«

Der Hauskomtur verfiel in seinen salbungsvollen Tonfall. »Das zu entscheiden liegt nicht bei dir, mein Sohn.«

»Dennoch bitte ich Euch, mich davon zu befreien. Bruder Goswin ist sehr anstellig. Mit dem Rest der Speicher kommt er gut ohne mich zurecht.«

»Und du? Was willst du tun?«

Martin hütete sich, ihm das zu sagen. »Meine Kräfte stählen«, meinte er statt dessen. »Als ich gestern mit Cuntz ausritt, da spürte ich, daß mir die Übung fehlt.«

Der Hauskomtur musterte ihn nachdenklich. »Vielleicht sollten wir ein Turnier ausfechten«, schlug er mit schwerer Zunge vor.

Martin stimmte sofort zu. Er hätte jeden Vorschlag angenommen, der ihm Bewegungsfreiheit sicherte.

Der Hauskomtur nickte ihm wohlwollend zu, murmelte etwas Undeutliches und verschwand in Richtung auf sein Gemach. Anscheinend hatte er vergessen, weshalb er den Bruder angehalten hatte. Martin beschloß, es als Freistellung von seiner Aufgabe anzusehen, und machte sich ungesäumt auf den Weg. Mochte Goswin auf dem Speicher in Ruhe den unruhigen Schlaf eines Ängstlichen schlafen.

15. GENUG DER FRAGEN

Ruta Damrau machte sich Sorgen. Die Preise stiegen immer noch, das Haus verfiel, und ihrem Mann Heinrich ging es in den letzten Tagen nicht gut. Auch heute würde sie wieder zur alten Gidantsche laufen um eine Medizin, doch schien ihm nichts zu helfen außer Wärme, und mit den Holzvorräten ging es zu Ende.

Erst jetzt spürte sie, wie sehr ihr Wilk von Nauroth in den letzten, schweren Jahren ganz beiläufig geholfen hatte, sei es mit Rat, sei es mit besonderen Waren, die sich gut absetzen ließen, sei es mit kleinen Lieferungen für den Orden, die er prompt bezahlte. Wenn die Kälte anhielt, würde sie Tigges um eine Vorauszahlung auf seine Rechnung bitten müssen, und das war das letzte, was sie wollte. Seit der Abfuhr, die sie ihm Wilks wegen erteilt hatte, gab sich der Kaufherr mitunter launisch und unzufrieden. Wahrscheinlich gingen auch seine Geschäfte nicht sonderlich gut. Kaum daß mal jemand nach ihm fragte, wenn er tagsüber unterwegs oder auf der »Möwe« war.

Immerhin war ihr das lieber, als würde er den lieben langen Tag im »Elch« beim Bier hocken, das auch zur Neige ging, wenn sich der Mann nicht bald erholte. Sie hatte die Blicke wohl bemerkt, mit denen Tigges die Tochter musterte, und seitdem darauf geachtet, daß sie selbst die meiste Zeit im Hause und im Gastraum verbrachte.

Dazu die Sache mit dem jungen Ordensritter. Sie hatte Böses geahnt, als er am Morgen verstohlen übers Hoftor entwich. Und Sunis hatte nicht gebellt.

Erst Tage später war der Mann mit seiner Befürchtung herausgerückt, Anke und der junge Ritter könnten in jener Nacht ...

Sie wagte kaum daran zu denken. Daß Anke es bestritt, half wenig. Sie wußte, wie sie selbst gelogen hatte, bis es zu spät war und ihr nicht einmal mehr die Gidantsche helfen wollte. Das war lange her. Sie war nur eine bessere Magd aus dem Prussischen gewesen, und sie hatte Glück gehabt. Die prächtige Hochzeit mit dem Elchwirt brauchte sie nicht zu bereuen. Er war ein herzensguter Mann, ihr Heinrich. Und nun so krank. Was sollte das noch werden?

Wäre doch nur Wilk am Leben, und sei's um einen guten Rat oder um den Ritter fernzuhalten, den er selber hergeschleppt hatte. Auch darüber machte sie sich ihre Gedanken. Sie konnte rechnen, und sie wußte, wann Wilk im Reich gewesen war. Und wo. Ein junger Ritter aus Westfalen. Ach, Wilk, was tust du mir da an?

Sie rief nach der Magd. Daina sollte sie zum Markt begleiten. Tigges war schon früh gegangen, da konnte sie Anke beruhigt mit dem Kranken allein im Hause lassen.

Im Hof schepperte es. Daina stürzte herein und sagte aufgelöst: »Der Herr – nu is er aufjestanden ...«

Tatsächlich stand er unter dem Dach am Bottich und rührte. »Es geht mir – viel besser ...«, keuchte er. »Ich muß die Maische ansetzen. Sonst habt ihr kein Bier.«

»Das kann auch Anke tun.«

Eigensinnig schüttelte er den Kopf. »Bier ist keine Weibersache.«

»Heinrich! Ich hol dir Medizin von der Gidantsche.«

»Die alte Hexe! Arbeit ist die beste Medizin.« Er hustete und mußte sich an den Dachbalken stützen.

Sorgenvoll verließ Ruta Damrau den »Elch«.

Ihre Sorgen wären noch viel größer gewesen, hätte sie geahnt, was sie bei ihrer Rückkehr erwartete. So aber ließ sie sich Zeit mit ihren Einkäufen, handelte hier, probierte dort und brauchte wohl zwei Stunden, bis der Korb gefüllt war. Daina schleppte ihn heimwärts.

In der Gaststube loderte das Feuer. Dennoch mußten sich Rutas vom Schnee geblendete Augen erst auf die Dunkelheit einstellen, bevor sie erkannte, wer da von der Bank aufstand und ihr einen höflichen Gruß entbot.

Der Ritter Martin! Ankes Mutter rang nach Luft, als habe sie den Korb getragen. »Was tut Ihr hier um diese Stunde?« keuchte sie.

»Ich trinke Bier. Und Eure Tochter leistet mir Gesellschaft«, lautete die gelassene Antwort, die Ruta dennoch maßlos erregte.

»Daraus wird nichts!« rief sie hitzig aus. »Du scherst dich an die Arbeit, Anke. Hilf dem Vater!«

Auch die Tochter blieb ruhig. »Hast du die Medizin?« fragte sie. »Er hat sich wieder hingelegt.«

»Dann sieh nach ihm. Und bleibe bei ihm, bis ich komme.«

Anstatt sie anzusehen, wechselte Anke einen Blick mit dem Ritter, hob die Achseln und wandte sich zur Hoftür.

»Ich warte hier auf Euch«, rief ihr der dreiste Ritter nach.

Ruta erbleichte vor Wut.

»Das wird nicht nötig sein«, bemerkte sie scharf. »Ihr solltet wissen, daß es Euch verboten ist, mit bürgerlichen Frauen auch nur zu reden!«

Er lächelte, und sie mußte wider ihren Willen zugeben, daß er verteufelt gut aussah mit seinen blonden Haaren, dem rötlichen Bartflaum und der Narbe in seinem offenen Gesicht. Kein Wunder, daß die arme Anke sich in ihn verguckt hatte.

»Habt Ihr nie mit Wilk gesprochen?« fragte er freundlich. »Er gehörte auch zum Orden.«

Sie entgegnete barsch: »Er war ein Landsmann. Und wir hatten Geschäfte miteinander. Da muß man reden.«

»Nur Geschäfte?«

Sein spöttischer Ton gefiel ihr nicht. »Nur Geschäfte!« bekräftigte sie. »Was sonst.«

Er hob die Schultern, die sich kräftig unter seinem Umhang abzeichneten. »Ich versteh nicht, weshalb Ihr Euch jedesmal erregt, wenn ich den Wilk erwähne.«

»Das täuscht. Ich entrüste mich, wenn jemand meine Abwesenheit ausnutzt und meiner Tochter nachstellt. Es schickt sich nicht. Die Zeiten haben sich geändert, Herr Ritter!«

»In der Tat.« Er nickte fröhlich. »Wenn es nach Doktor Luther ginge, nähme jeder von uns eine Frau.«

Ruta schnappte nach Luft. Bei seinem ersten Besuch hatte der junge Kerl den Eindruck hinterlassen, er könne kein Wässerchen trüben, und jetzt fuhr er ihr über den Mund wie eine Markthökerin.

»Verzeiht mir«, fuhr er fort. »Ich verspreche, ich werde weder Euch noch Eurer Tochter zu nahe treten.«

»Und neulich in der Nacht?« entfuhr es ihr. »Wart Ihr die ganze Zeit in Tigges' Kammer?«

Und als er nun doch schwieg, setzte sie nach: »Seid Ihr deshalb morgens übers Tor gesprungen?«

»Ich mußte auf die Burg zurück. Das wißt Ihr doch. Oder ist Wilk jemals über Nacht geblieben?«

Ihm war so leicht nicht beizukommen, das spürte sie und verlegte sich aufs Bitten. »Tut mir die Liebe, und kommt nicht wieder hierher. Ihr verwirrt das arme Mädchen. Für Euch mag es ein Spiel sein. Sie ist noch jung und unerfahren …«

Ihm fiel auch darauf eine Antwort ein: »Und in vier Wochen vermählt Ihr sie mit einem Heringshändler!«

Daß ihm Anke ausgerechnet davon erzählt hatte! Dabei war es nicht mehr als eine vorsichtige Frage gewesen, wie ihr der verwitwete Fischhändler Solf gefiele. Anke hatte nur die Augen verdreht, und Ruta war nicht auf das Thema zurückgekommen.

»Das sind Familienangelegenheiten«, sagte sie ärgerlich. »Ihr habt hier nichts verloren. Soll ich mich Euretwegen beim Komtur beklagen?«

Das war eine leere Drohung. Es war keine Frage, wer auf der Burg recht bekommen würde.

Er lachte denn auch nur. »Ihr seid für das Geschäft zu haben. Ich schlage Euch eins vor.«

Aus dem Beutel an seinem Gürtel förderte er eine Handvoll Münzen hervor und warf sie auf den Tisch. »Für jede echte Antwort zahle ich eine davon.«

Sie wandte sich ab. »Ich habe nichts zu sagen.«

Nachdenklich schob er die Geldstücke auf dem Tisch herum. »Schade. Vielleicht sollte ich *das* dem Komtur melden?«

Wie von einem giftigen Insekt gestochen, fuhr sie auf ihn los. »Das werdet Ihr nicht tun!«

Er tat gleichgültig. »Wer weiß? Es liegt bei Euch. Entweder redet Ihr ...«

»Ich habe alles gesagt. Was wollt Ihr jetzt noch wissen?«

»Wilk kam recht oft hierher?«

Sie zögerte. Dann gab sie nach. »Mitunter ...«, sagte sie widerstrebend.

»Und nicht nur der Geschäfte wegen.«

»Wir sprachen gern von alten Zeiten. Er kannte meine Eltern, und ich die seinen ...«

»Hat er Euch manchmal von seinen Sorgen erzählt?«

»Niemals.« Sie schüttelte heftig den Kopf. »Er hat den Orden nie erwähnt.«

»Ihr meint, andere Sorgen gab es nicht für ihn?«

»Das müßt Ihr besser wissen.«

»Und mit Tigges – gab es jemals Streit zwischen den beiden?«

»Wie kommt Ihr darauf? Hier wird nicht gestritten. Und schon gar nicht zwischen einem biederen Händler und einem Ordensmann.«

»Was macht der Tigges für Geschäfte?«

»Das geht wohl mich und Euch nichts an.«

Der junge Mann nickte gedankenverloren. »Was glaubt Ihr, wer Wilk umgebracht hat? Und weshalb?«

Ruta Damrau senkte den Kopf. Das waren die Fragen, die sie seit Wochen bewegten. Was verstand der junge Mensch davon?

»Jedenfalls nicht Tigges! Wilk hatte keine Feinde«, erklärte sie. Und nach einer Pause fuhr sie fort: »Aber vielleicht auf der Burg ...?«

Der Ritter Martin sah sie überrascht an. »Wie meint Ihr das?«

Sofort lenkte sie ein: »Das war nur ein Gedanke. Wie standet Ihr denn selbst zu ihm?«

Er brauchte nicht zu überlegen. »Wie ein Sohn zu seinem klugen Vater, den er hoch achtet.«

Sie holte tief Luft. »Das dachte ich mir. Dann wißt Ihr mehr als ich.«

Der Ritter überlegte. »Hat er jemals im Gespräch mit Tigges erwähnt, daß er zum Großschäffer reiten will? Oder nach Prekoll? Hat den beiden vielleicht jemand zugehört?«

»Nach Prekoll?« fragte sie. Wilk wußte dort so gut Bescheid wie sie. Sie stammten beide von der Minje. Doch sie fand, es waren genug der Fragen. »Er hat es nie erwähnt.«

Der junge Mensch schob ihr die Münzen zu. »Und Euer Ehemann?« fragte er beiläufig. »Waren Wilk und er gute Freunde?«

Die Münzen schob sie zurück.

»Mein Mann ist krank. Sonst könntet Ihr ihn selber fragen.«

16. DIE NACHT IM TURM

Alles war wie Nebel. Wie Pulverschnee, der durch die Finger stäubte. So kam er nicht weiter. Es ging auf Weihnachten zu, und er hatte noch immer nichts herausgefunden. Im Augenblick lag der Schnee zu hoch, um noch einmal nach Prekoll zu reiten. Also galt es vorerst einen anderen Plan zu verfolgen.

Mit der Heizung und dem Licht ging man nicht großzügig um auf der Burg. Im Dormitorium und auf den Stiegen rußten einsame Ölfunzeln. Nur bei den Mahlzeiten im Remter und in der Kirche brannten Kerzen. Dabei gab es Wachs wahrhaftig genug, wie Martin wußte. Er sah es nicht als Diebstahl an, ein besonders dickes, gelbes Licht an sich zu nehmen. Alles gehörte dem Orden, also auch ihm. Der heilige Mauritius würde ihm verzeihen. Es war für eine gute Sache.

Scheu sah er auf zu dem dunkelhäutigen Heiligen, der ihn zu beobachten schien, und murmelte drei Gebete. Genug für eine Kerze.

Selten hatte er mit so viel Ungeduld das Komplet erwartet. Viel zu lange trödelten die anderen herum, wußten noch tausenderlei zu erledigen und zu bereden. An das Schweigegebot hielt sich keiner. Nicht einmal Siewert, der als einer der letzten ächzend seine Lagerstatt aufsuchte und Martin in ein Gespräch über den ungünstigen Stand der Gestirne verwickeln wollte.

»Ich bin müde«, brummte Martin, worauf sich Siewert seinem linken Nachbarn zuwandte, mit dem er noch lange schwätzte. Martin schlief gegen seinen Willen darüber ein. Ein Traum quälte ihn: Er wollte auf den Söller, auf dem schon Goswin stand mit einem langen Eisen, doch sein schmerzender Rücken klebte am Lager fest wie angewachsen, und neben ihm heulten die Wölfe im Schnee.

Er schrak auf und horchte. Um ihn war alles still, soweit man das gewohnte Gegrunze und Geschnarche überhörte. Leise setzte er sich auf, zog den zusammengefalteten Umhang unter der Decke hervor und schlich zur Tür. Niemand schien ihn zu bemerken. Es war nichts Außergewöhnliches daran, daß jemand nachts den Saal verließ, um im Hof oder im Danzker seine Notdurft zu verrichten. Nur die Alten wie Siewert gingen auf ein Nachtgeschirr.

Der Danzker wirkte zu dieser Stunde noch unheimlicher als sonst. Düster gähnte der Kellereingang. Darunter lag der Kerker, in dem schon mancher Gefangene verrottet war. Jetzt war er leer, wie Martin wußte. Auf dem Weg nach oben blakte an der Wand der Wendeltreppe ein Öllämpchen. Daran ließ sich die dicke Kerze leicht entzünden. Sie gab ein mildes, warmes Licht, so daß ihm die Eiseskälte, die von den Mauern auf seine nackten Beine strahlte, gleich weniger frostig erschien. Dennoch verbarg er die Kerze halb unter dem Umhang und stieg nach oben. Ihr heller Schein durfte den Wachen nicht auffallen.

Im Halbgeschoß über dem Abort fand er die Tür in einer Nische und setzte die Kerze auf den Boden. Er lauschte noch einmal. Alles blieb still. Nur der Wind blies durch die oberen Öffnungen. Martin zog Goswins Haken hervor und schob ihn in das Schlüsselloch. Erst wollte es nicht glücken, dann spürte er Widerstand. Das Schloß sprang knackend auf. Die schwere Tür knarrte nicht einmal in ihren Bändern, als er sie öffnete und hinter sich auch wieder schloß.

Er stand in einem niedrigen Gang, der sich unter dem Wehrgang hinzog. Die Fensterluken links in den tiefen Nischen waren fest verschlossen, rechts verlief die gemauerte Wand. Gebückt tappte Martin Schritt für Schritt vorwärts. Handelte es sich wirklich nur um einen Verbindungsgang zwischen dem Dormitorium und dem Danzker? Im Kerzenschein tauchten Stufen auf, die nach unten führten. An ihrem Fuß war eine Tür. Martin betrachtete sie aufmerksam. Kein Zweifel, das war der Zugang vom Schlafsaal.

Enttäuscht wandte er sich um und gewahrte zu seiner Linken eine Öffnung. Stufen führten in eine tiefe Nische, in der ein dunkler Kasten stand. Wilks Truhe, wie er gleich erkannte. Man hatte sie vom Dormitorium hierhergeschleppt.

Als er sie öffnen wollte, bemerkte er das Schloß. Er richtete sich auf und spürte Schmerzen im Rücken. Nein, noch einmal würde ihm so ein Unheil nicht widerfahren. Andererseits – weshalb hatte er sich auf diesen nächtlichen Ausflug begeben, wenn er ihn nicht zu Ende brachte?

Er setzte die Kerze auf einem Mauervorsprung ab und entdeckte einen schmalen Durchgang in der Seitenwand der Nische.

Er fror, doch allmählich wurde die Sache interessant. Zuerst die Truhe. Er horchte. Grabesstille. Kein Luftzug, wie er an der Kerzenflamme sah. Martin griff nach dem klobigen Schloß. Der Haken paßte. Es ging ein wenig schwer, dann war auch das geschafft.

Als er den Deckel aufschlug, überkam ihn ein seltsames Gefühl. Wieder horchte er, beobachtete die Kerzenflamme. Nichts.

Er lehnte den Deckel gegen das Mauerwerk und beugte sich über die Truhe. Sie war nicht mehr leer. Mehrere Ledersäckchen befanden sich darin, manche nur faustgroß, andere wie ein Brotlaib, alle prall gefüllt. Mit Münzen, dessen war er sicher. Wer hatte hier seinen Schatz versteckt? Er nahm alle Beutel heraus und versicherte sich noch einmal, daß ihn niemand belauschte. Dann suchte er auf dem Grund der Truhe nach den Aussparungen, die er schon einmal gefühlt hatte. Tatsächlich ließ sich der Boden leicht herausheben, doch die Öffnung darunter war leer.

Wenn Wilk hier etwas aufbewahrt hatte, so war es verschwunden.

Unzufrieden legte Martin Boden und Beutel zurück. Nur bei einem löste er die Verschnürung und sah sich nicht getäuscht: Gold- und Silbermünzen. Keine Ordensgroschen.

Ohne Skrupel nahm er drei Münzen heraus. Wenn er einen Schlitten nach Prekoll mieten oder über die Nehrung nach Königsberg wollte, brauchte er Geld. Nach kurzem Zögern schob er es in seine Unterhose. Die Beinlinge hatte er im Dormitorium zurückgelassen.

Er schloß den Deckel. Die Kerzenflamme wehte zur Seite. Martin lauschte lange. Alles blieb still. Leise legte er das Schloß vor und griff nach der Kerze. War da ein Geräusch?

Das bildete er sich nur ein. Er hieß nicht Goswin. Bis jetzt war alles gutgegangen. Blieb nur die letzte Tür.

Sie bestand aus grob gefügten Bohlen mit drei starken Eisenbändern. In deren Ösen glänzte Fett. Wer immer sich um die Geheimgemächer kümmerte, er hielt die Türen gut in Schuß.

Martin stellte die Kerze auf den Boden. Diesmal fand der Haken keinen Widerstand im Schloß. Er setzte neu an und vernahm einen Laut. Unwillkürlich trat er einen Schritt zurück. Die Kerze fiel um, und im gleichen Augenblick traf ihn ein mächtiger Hieb an der Schulter. Mit ausgestreckten Armen ging er in die Knie und griff ins Leere. Ein dumpfer Schlag ließ Sterne um ihn sprühen. Dann sank die Dunkelheit auf ihn herab.

17. MAURITIUS HILFT

Lange ritten sie über die Nehrung zur Festung Neuhaus auf dem Schloßberg, dann über das Moor, die faule Brücke genannt. Dort war einst die See zum Haff durchgebrochen. Sie waren eine ganze Ritterschar. Cuntz war nicht dabei, doch dafür Goswin, dem Martin dies und das erklärte. Und sein eigener Oheim, der ihn nicht mehr kannte. Oder war es Wilk?

Plötzlich waren sie verschwunden. Martin irrte durch die Stadt. Die Heilsberger greifen an, so hieß es. Komtur Erich floh mit einer Koppel Pferde über den Steindamm, und Martin fand sich unversehens auf dem Büttelplatz. Ich muß zum Buchdrucker Weinreich, dachte er, doch das Volk stand dicht an dicht und schrie: Die Hex muß brennen, und schon stieg der Rauch auf. Tigges sagte: Bei mir wirst du gut verdienen. Wo kam der auf einmal her? War er der Henker? Weshalb roch es so widerlich?

Martin schlug die Augen auf und erschrak. Mauritius sah ihn aus seinen dunklen Augen an. »Die Kerze«, stammelte Martin, und dann erkannte er, daß sich nicht der Heilige, sondern Bruder Mauritius der Spittler über ihn beugte und zufrieden lächelte. »Das Kraut weckt Tote auf.« Er erhob sich und trug das Räucherbecken hinaus.

Martin wollte den Kopf wenden. Es ging nicht. Er hob den rechten Arm. Der war wie festgenagelt. Links ging es besser. Langsam tauchte die Hand vor seinen Augen auf. Er ließ sie kraftlos fallen, schloß erschöpft die Augen. Da war die Hexe wieder, die sich im Feuer wand. Ein junges Mädchen. Anke! schrie er.

Mauritius beruhigte ihn. »Trink das«, befahl er und hielt ihm einen Becher an den Mund.

Martin roch noch immer die verbrannte Hexe und sah das Schreckensbild. »Du warst auch dabei«, sagte er schwach.

»Wobei?« fragte Mauritius.

»Als die Hexe brannte. In Königsberg, im letzten Sommer …«

Mauritius erinnerte sich mit Schaudern und vergaß für einen Augenblick den Kranken. »Ein wahrer Höllenspaß, selbst für die Lutheraner, die so aufgeklärt sein möchten! Eine üble Krankheit soll sie der Frau des Bartholomäus Götz angehext haben. Ein weltlicher Rat des Hochmeisters und glaubt an Zauberei!«

Er sah auf Martin, dessen Augen halb geschlossen waren.

»Genug der Hexen und der dummen Menschen. Jetzt trinkst du endlich. Du mußt zu Kräften kommen.«

Martin trank in kleinen Schlucken. »Brav«, lobte ihn der Spittler.

Martin lächelte matt. Weshalb lag er in der Firmarie? Hatte ihn ein Fieber übermannt? Was war mit seinem Arm, mit seinem Kopf? Er versuchte sich zu erinnern und sah die gelbe Kerze flakkern, als er sie dem heiligen Mauritius stahl. War das die Strafe?

»Was ist mit mir geschehen?« flüsterte er dem Spittler zu.

»Du weißt es nicht? Goswin fand dich halb erfroren vor dem Danzker im Schnee. Bist du gestürzt?«

»Goswin?« fragte Martin.

»Er war der erste, der zu Vigil aufstand.«

Zu Vigil. »Und jetzt?« fragte er leise und sah zur Fensteröffnung. »Es ist gewiß bald Non.«

Mauritius lachte laut auf. »Es ist Sext. Am Neujahrstag. Du liegst hier seit zwei Wochen.«

Zwei Wochen! Martin versank ins Grübeln. Goswin hatte ihn gefunden. Vor dem Danzker. Langsam formte sich ein Bild. Er stieg die Treppe empor, die gelbe Kerze unter dem Umhang verborgen. Wohin wollte er?

Er würde Wilk fragen. Der wußte alles. Sicher kam er bald. Der Schreck durchfuhr ihn: Wilk war tot! Lange dachte er darüber nach, bis ihm Wilks Truhe einfiel. Ja, er hatte sie gefunden. Und Geld, viel Geld. Dann erlosch das Licht, und er sank wieder in wirre Träume.

Mauritius weckte ihn mit einem neuen Becher. Martin sah nur Schleim und Blut und stöhnte.

»Rotwein mit Ei. Das bringt dich auf die Beine.«

Gehorsam trank er mit geschlossenen Augen.

»Kannst du dich erinnern, ob du auf der Treppe gestürzt bist?« fragte der Spittler.

»Ich weiß nicht ...«, murmelte Martin schwach.

»Du hast eine böse Wunde am Schädel«, zählte Mauritius auf. »Das Schlüsselbein gebrochen. Der Rücken geprellt und voller Schorf die Wirbel. Und überall am Körper braun und blau geschlagen. Dazu die Beine leicht erfroren. Das hätte übel ausgehen können.«

Martin schloß zustimmend die Augen.

»Was meintest du mit der Kerze, als du erwachtest?«

»Ich muß Mauritius eine spenden. Oder besser drei. Ganz dikke, gelbe.«

Kopfschüttelnd sah ihn der Spittler an. »Wenn er dein Schutzengel ist, dann sag ihm, er sollte dich beim nächsten Mal besser vor dem Fall bewahren.«

Martin lächelte. Mein Schutzengel, dachte er. Wenn du wüßtest! Dann überfiel ihn die Sorge. Zwei Wochen, und kein Wort für Anke. Und Tigges jeden Tag im Haus. Allmählich sah er wieder klar.

Goswin kam, ihn zu besuchen. »Wie schrecklich!« jammerte er. »Dein Kopf, der Arm ...«

»Ich bin bald wieder obenauf«, versicherte Martin.

»Wohin wolltest du in jener Nacht?« flüsterte Goswin ängstlich. »Ich sah dich aus dem Schlafsaal schleichen.«

»Goswin, ich danke dir. Ohne dich wäre ich erfroren.«

»Das ist keine Antwort«, gab der Bruder sorgenvoll zurück. »Mein kleines Werkzeug ...«

»Muß als verloren gelten. Du wirst mir ein neues anfertigen.«

Goswin erschrak zu Tode und bekreuzigte sich. »Niemals wieder!« beteuerte er. »Bist du nicht genug gestraft für deine Neugier? Wohin wolltest du damit?«

»Ein andermal. Laß mich nur erst zu Kräften kommen.« Er bewegte seinen rechten Arm, den Mauritius ihm auf die Brust gebunden hatte. Die Schulter schmerzte noch, doch das war auszuhalten.

»Wirst du etwas für mich tun, Goswin?«

Goswin zauderte. »Nur, wenn es nicht gefährlich ist«, sagte er freimütig.

Martin lachte. »Nur ein Brief.« Auch den verboten die Ordensregeln. Und wer weiß, ob die Empfängerin ihn lesen konnte.

»Eine kleine Botschaft«, verbesserte er sich. »Du kannst doch schweigen?«

»Wie ein Grab.« Goswin zog ein bekümmertes Gesicht.

»Du gehst für mich nach Memel. Zum ›Elch‹. Den kann dir jeder zeigen. Du gehst hinein und trinkst etwas. Wenn dann ein junges Mädchen auftaucht ...«

»Nein, nein!« unterbrach ihn Goswin. »Sei mir nicht böse, Bruder Martin, das ist kein Auftrag für mich. In Herbergen trinken, mit Frauen reden ...«

»Sei nicht albern. Selbst Wilk ging manchmal in den ›Elch‹! Es gibt dort einen Wirt. Er heißt Damrau. Mit dem redest du besser nicht.«

Goswin wand sich. »Ich habe gar kein Geld für Wein.«

»Das bekommst du.« Martin dachte an den Beutel, der bei seinen Kleidungsstücken im Dormitorium lag. Und an die drei Gulden, die er aus Wilks Truhe entnommen hatte. Wo mochten die geblieben sein?

»Ich sehe schon«, sagte er finster. »Die Botschaft muß warten.«

Goswin verstand und fühlte sich erleichtert. »Der Trappier hat alle deine Sachen fortgenommen. Es stand auf des Messers Schneide mit dir. Ich habe für dich gebetet.«

»Danke, Goswin.« Er legte seinen linken Arm um den jungen Pfaffen. Der zog sich scheu zurück.

Am nächsten Tag zeigte ihm Mauritius die spannenlange Naht am Kopf in einem Spiegel. »Sieht sehr gut aus«, lobte der Spittler die eigene Arbeit.

Martin war entsetzt. Der halbe Schädel kurz geschoren, eine blutige Narbe von der Stirn bis hinters Ohr.

Mauritius tröstete ihn. »Bei einem jungen Burschen wie dir verwächst sich das. Die Weiber finden's interessant.« Er lachte fröhlich. »Anke«, sagte er. »Den Namen hast du oft geflüstert.«

Martin wurde rot. »Meine Schwester«, log er. Er war sich nicht sicher, ob der Spittler ihn verraten würde. Der hatte Gefallen an dem Kranken gefunden, saß oft an Martins Lager und fragte viel. Auch nach der Schwester. Martin blieb auf der Hut. Was hatte er in seinen wirren Träumen noch ausposaunt – außer Ankes Namen?

Mauritius galt sonst eher als ein stiller Mensch, dem das Schweigegebot leichtfiel. Ob er zur alten Garde des jungen Erich oder zur Preuß-Partei des Hochmeisters zählte, hätte niemand sagen können. »Ich bin ein Ungar«, erzählte er Martin nicht ohne Stolz. »Wir kommen von den Hunnen her und von König Etzel. Ein reiches Land, und nicht so kalt wie hier.«

Die Firmarie war immer gut geheizt. Bald stand Martin auf und ging umher und las in den medizinischen Schriften, die der Spittler gesammelt hatte. Von Tag zu Tag ging es ihm besser, wozu das gute Essen ein übriges beitrug. Auch Rotwein mit Eigelb bekam er, so oft er wollte. Dennoch war er entschlossen: »Ich kann nicht ewig hierbleiben. Ich muß mich bewegen. Ab morgen esse ich wieder mit den Brüdern und schlafe im Dormitorium.«

Mauritius widersprach ihm. »Übereile nichts«, riet er. »Du weißt noch immer nicht, wie es zu deinem Unfall kam. Fehlende Erinnerung ist nach einer Schädelverletzung kein gutes Zeichen.«

Martin erinnerte sich inzwischen sehr genau an die heimtückischen Schläge aus dem Dunkel, doch er schwieg. Spät, wenn auch nicht zu spät, war ihm klargeworden, daß Ruta Damrau möglicherweise recht hatte. Wenn man ihn, der als Wilks Freund galt, niederschlug – wie sah es mit Nauroths Feinden auf der Burg aus?

»Gut«, sagte er zum Spittler. »Ich bleibe noch zwei, drei Tage hier. Du wirst mir dafür sagen, welche verdächtigen Zeichen du an Wilks Leiche vorfandest.«

Mauritius blickte ihn lange an. »Du spielst ein gefährliches Spiel, Bruder Martin«, sagte er und sah sich um, als wären sie nicht allein in der Firmarie. »Du hast den Toten selbst betrachtet. Zu welchen Schlüssen bist du gekommen?«

Martin zögerte. Er sah den Leichnam wieder vor sich und die Marke am Hals. »Er wurde erwürgt. Wahrscheinlich mit einer Schlinge.«

Mauritius nickte, und so fuhr Martin mit steigender Erregung fort: »Man hat ihm die Augen ausgestochen und ihn ins Wasser geworfen wie einen totgeschlagenen Hund! Ich werde herausfinden, wer das getan hat. Und wenn man zehnmal versucht, auch mich umzubringen.«

Der Spittler hob beschwichtigend die Hand. »Nicht so laut. Auch dicke Mauern können Ohren haben. Es ist ein Fehler, viel zu reden und Freund und Feind dabei nicht zu unterscheiden.«

»Darauf bin ich selber auch gekommen«, gab Martin zu.

»Dann handle danach«, sagte Mauritius und wandte sich zum Gehen.

»Halt. Du hast mir noch nicht gesagt, was du bemerkt hast.«

Der Spittler blieb vorerst stumm. Schließlich sagte er: »Versuche dich zu erinnern. Du hast seinen Kopf berührt?«

»Ja. Er fiel zur Seite.« Unwillkürlich schloß Martin die Augen. Er spürte Wilks glitschiges Gesicht in seinen Fingern und vernahm das knirschende Geräusch.

»Was heißt das?«

Martin wollte schon die Achseln heben, dann fiel es ihm ein: »Sein Genick ...«

»... war gebrochen«, flüsterte der Spittler.

»Und das bedeutet?« fragte jetzt Martin.

»Das mußt du selbst herausfinden. Ich bin nur der Arzt.«

18. DITTKO

Es war ein rechtes Elend mit den Weibern. Diesmal weinte die Junge. Tagelang und völlig ungeniert. Wortlos, mit roten Augen, hatte sie das Weihnachtsessen vor Tigges auf den Tisch gestellt. Ich habe also recht gehabt, dachte er grimmig. Er war ihr Liebster, und nun hatte es ihn erwischt. Ein bißchen leid tat ihm der Ritter dennoch. Wer weiß, was auf der Burg wirklich geschehen war. Ein Bursche von kaum zwanzig Jahren stürzt nicht derart vom Turmabort hinunter, daß er, für tot gehalten, liegenbleibt. Nicht mal im Dunkeln.

Sein Gewährsmann hatte es mit leisem Triumph berichtet, auf ein zustimmendes Wort des Kaufherrn hoffend. Der hatte sich wenig angetan von der Nachricht gezeigt. Was gingen ihn die Streitigkeiten auf der Burg an? Wahrscheinlich mehr, als ihm lieb sein konnte. Allmählich wurde er ungeduldig. Der Winter verging, und die Geschäfte kamen nicht in Gang.

Die Nachrichten, die zu ihm drangen, klangen verworren. Noch im Dezember hatte der Hochmeister einen Vertrag mit dem Deutschmeister abgeschlossen, der wohl die endgültige Trennung Preußens vom Orden im Reich bedeutete: für eine lächerliche Summe. Hochmeister Albrecht pfiff anscheinend aus dem allerletzten Loch seines Staatssäckels, wenn er für 7000 Gulden Rheinisch auf die Oberhoheit über den Deutschmeister verzichtete.

Im Januar versammelten sich auf der Burg in Memel die Herren aus Königsberg und die aus Livland, um einen weiteren Handel abzuschließen, der bedeutender als alle Geschäfte eines Tigges war. Wolter von Plettenberg, der Landmeister des Ordens in Livland, stand längst im Verdacht geheimen Einverständnisses mit den Unzufriedenen in Preußen, der Partei Erichs also. Sie hatte ihn angeblich sogar zum Erbherrn ausersehen. Jetzt also schien er seine Besorgnis über die lutherische Wandlung in Preußen über Bord geworfen zu haben. Er zahlte dem Hochmeister billige 24000 Horngulden, gleich 9600 Rheinisch, für einen Richttag mit Polen in Preßburg. In Wahrheit war damit auch Livland endgültig von der Ordenseinheit abgefallen.

Auf dem Schloß von Memel praßten und zechten Freund und Feind beim Abschluß des Revers: die Bischöfe Georg und Erhard, des Hochmeisters treueste Ritter und sein Kanzler mit den Sekretären. Dazu Komtur Erichs Hofstaat und seine Verbündeten aus Barten und Balga.

In der Stadt machte sich der Troß der Königsberger breit, und Tigges meinte, die allgemeine Unruhe nutzen zu müssen, um seine eigenen Angelegenheiten endlich in Fluß zu bringen. Auf der Nehrung war viel Begängnis, die Boten ritten beinahe die Pferde zuschanden. Auch in Richtung Livland waren sie unterwegs. Tiefer ins Land aber ritt niemand, und das gedachte Tigges auszunutzen.

Am Abend verhandelte er lange mit einem Fuhrmann, der versprach, ihn für ein paar Groschen mit dem Schlitten mindestens drei Meilen aus der Stadt zu fahren. Wohin, wollte er neugierig wissen. Tigges winkte ab. »Das erfährst du rechtzeitig.«

Tigges war ein vorsichtiger Mann. Am Morgen wartete der Schlitten wie vereinbart weit vor der Stadt. Der Fuhrknecht wärmte sich aus einer Flasche und betrachtete ihn scheel. »Am Haff entlang«, verlangte Tigges, und eine halbe Stunde später: »Mehr auf Schillgallen zu.«

»Wohin wollt Ihr wirklich?« fragte der Kutscher ärgerlich. »Es ist kein Spaß bei diesem Schnee.«

»Fahr er auf Prekoll zu«, befahl ihm Tigges. Der Mann gefiel ihm nicht. Er hatte gehofft, der Fuhrherr selber würde ihn kutschieren.

»Nicht über den Fluß«, befand der Knecht. »Das kostet extra. Und vorher einen guten Trunk im ›Krug‹.«

Ich dächte, du hast genug getrunken, meinte Tigges im stillen, doch laut sagte er: »Den sollst du haben. Im ›Krug‹ machen wir Rast.«

Es war ihm recht, den Kerl dort loszuwerden. Der brauchte nicht zu wissen, was ihn nach Prekoll zog.

Als sie die ersten Häuser der kleinen Siedlung erreichten, sprang Tigges vom Schlitten. »Erwarte mich im ›Krug‹«, gebot er. »Und einen Trunk auf meine Kosten! Mehr nicht. Verstanden?«

Der Fuhrknecht blickte verständnislos und schaute sich noch einige Male nach ihm um. Tigges wartete, bis er hinter der Wegbiegung verschwunden war. Dann schritt er auf das nächste Haus zu. Aus einem Winkel kroch ein Hund hervor und kläffte immer lauter, je näher Tigges kam. Im Haus, einem elenden Bretterbau mit Strohdach und allerlei Anbauten, rührte sich nichts.

Tigges wollte es umrunden, blieb jedoch im tiefen Schnee stekken. Er fand fluchend in die festgefrorenen Spuren zurück, in denen es sich nicht besser ging. Der Hund bellte sich die Seele aus dem Leib und zerrte an seinem Strick. Tigges formte Schneebälle und warf sie gegen die Wand der Hütte. Auch das vergebens. Der Hund röchelte nur noch heiser.

Wütend machte Tigges sich auf den Weg zum ›Krug‹. Er hätte es sich ausrechnen können, daß der Kerl nicht den ganzen Tag in dieser Hütte hockte. Die alte Nachbarin, vom Hundegebell aufgescheucht und vor die Tür getreten, bestätigte es. »Der Dittko is nich darhejm! Vielleicht im ›Krug‹ ...«

Tigges bedankte sich.

Tatsächlich saß Dittko, ein kleiner Mann mit einem dünnen

Bärtchen, traut vereint mit dem Kutscher in der Gaststube. »Ich dachte mir, daß Ihr es seid!« sagte er nur. »Der Jurgis hat Euch trefflich beschrieben.«

Tigges war erbost. Hatte er dem Dittko nicht deutlich genug erläutert, daß sie sich besser nicht kannten, wenn sie unter fremden Augen aufeinandertrafen?

»Ihr seid alte Freunde, wie?« erkundigte er sich argwöhnisch.

»Das nu nich«, sagte Jurgis, der Kutscher, gemütlich. »Aber Landsleute sind wir allemal. Setzt Euch zu uns, der heiße Würzwein wird Euch guttun.«

Vertraulichkeiten dieser Art verabscheute der Lübecker. Als der Wirt ihm auch schon dienernd den Wein anbot, setzte er sich damit an den anderen Tisch und wandte dem Kutscher den Rükken zu. Sich ein bißchen aufzuwärmen, konnte nicht schaden.

Dittko, merkwürdig still geworden, trat zu ihm. Fast unterwürfig flüsterte er: »Ich habe Euch nicht vergessen, Herr. Es ist nur alles viel gefährlicher geworden ...«

Tigges zischte unterdrückt: »Halt's Maul. Wir sprechen uns da draußen. Verschwinde jetzt.«

Gehorsam zog sich Dittko zurück, warf ein paar Münzen auf den Tisch und verschwand. Auffälliger hätte er es nicht tun können, fand Tigges.

»Möchtet Ihr essen?« erkundigte sich schmeichlerisch der Wirt. »Vom frisch Geschlachteten ...«, fügte er verheißungsvoll hinzu.

Tigges sah sich um. Vertrauenerweckend sah es hier nicht aus. Aber die Aussicht auf einen frischen Braten lockte. »Später«, sagte er ungnädig. »Erst muß ich mir mal die Füße vertreten nach der langen Schlittenfahrt.«

Der Wirt verbeugte sich. »Wie es Euch recht ist. Wollt Ihr noch bis Ragnit heute?«

Darauf gab Tigges keine Antwort. Er ließ Dittko noch eine Weile frieren, dann schlenderte er hinaus.

Dittko wartete hinter dem Stall.

»Was soll das?« herrschte Tigges ihn an. »Während du mein Geld vertrinkst, warte ich vergeblich auf die Ware.«

Dittko sah sich furchtsam um. »Ihr denkt Euch das einfach!« lamentierte er. »Seit der Schäffer tot ist, muß ich um mein Leben fürchten.«

»Deswegen sitzt du im ›Krug‹ und redest Unsinn, wie?« polterte Tigges. »Damit es alle hören.«

Der kleine Mann wehrte sich. »Ich schweige wie das Grab. Dennoch sind sie hinter mir her wie die Wölfe. Zu zweit kamen sie und haben sich genau erkundigt. Sie wissen alles ...«

Er schwieg verstört. Tigges packte ihn an der Schulter und schüttelte ihn derb. »Wer war zu zweit hier, und was wissen sie? Rede endlich!«

»Es war nicht klug von Euch, den Schäffer ...«

Er fuhr mit einer Geste unter seinem Kinn entlang. Rot vor Zorn griff ihm der Kaufmann an das Halsgebinde und hob ihn eine Handbreit hoch. »Du Lump! Du glaubst, ich hätte den Schäffer auf dem Gewissen?«

»Ja, wer denn sonst?« Dittko hielt sich mühsam auf den Zehenspitzen. »Sie haben auch nach Euch gefragt. Wie oft Ihr hierherkommt und was Ihr treibt.«

Das hörte Tigges nicht gerne. Ganz dicht zog er den Kerl zu sich heran. »Und was hast du geantwortet?« erkundigte er sich.

»... nicht mich gefragt«, gurgelte Dittko. »Sie haben sich den Krüger vorgenommen und gedroht, sie kämen wieder.«

»Wann war das?«

»Um Lazarus. Noch vor dem großen Schneesturm.«

Tigges ließ ihn unsanft los. »Na siehst du«, sagte er beruhigt. »Das ist fünf Wochen her. Wenn sie was wüßten, wären sie längst hier. Was waren das für Leute?«

»Na, vom Orden doch. Ein Hagerer mit einer aufgeschlitzten Nase, die Hand am Schwert. Dem möchte man nicht in die Hände fallen. Der andere war noch jung. Ein Milchbart. Aber Fragen wie ein Messer.«

Tigges horchte auf. »Mit einer Narbe überm Auge?«

»Ja. Ihr kennt ihn?«

»Und ob. Vor dem braucht sich niemand mehr zu fürchten.«

Dittko ordnete seine Kleidung. »Ich wollte, ich wäre Euch nie begegnet«, murmelte er.

Der Kaufherr lachte. »Du hast dich aufgedrängt. Vergiß das nicht.«

»Es steht der Tod darauf«, sagte Dittko leise und schaute sich erneut um.

»Na eben.« Tigges sah ihm in die flackernden Augen und setzte ihm seinen dicken Zeigefinger auf die Brust. »Wir können beide nicht zurück.«

19. AUF ABWEGEN

Zum ersten Mal seit Wochen wieder im Freien. Martin atmete die kalte Schneeluft tief ein. Er fühlte sich noch unsicher auf den Beinen, aber länger hatte der Spittler nicht vermocht, ihn zurückzuhalten. An diesem Morgen bereitete ihm Bruder Mauritius die größte Überraschung, als er ihm zum Abschied aus der Firmarie ein kleines, fest umhülltes Päckchen zusteckte. »Das fand ich nach dem Unfall bei dir. Vielleicht ist es wichtig für dich.«

Er ahnte nicht, daß er Martin damit ein gut Teil seiner Sorgen abnahm. Denn Martin hatte Pläne. Und vieles von dem, was er vorhatte, würde Geld kosten.

Beim Morgenmahl begrüßten ihn alle an der Tafel lebhaft und erfreut, wie es schien. Goswin umarmte ihn gar. Unauffällig guckte Martin von einem zum anderen. Niemand wich seinem Blick aus oder benahm sich auffällig. Dabei mußte auch der hier am Tisch sitzen, der die Schläge gegen ihn geführt hatte. Keinem der Brüder stand etwas ins Gesicht geschrieben von jener Nacht.

Der lahme Siewert, der ihm großzügig die besten Happen zuschob, kam nicht in Frage. Simon, wie immer mit aufgespannten Ohrmuscheln lauschend, war zu alt. Martin ging die Reihen der Brüder durch. Da saßen auch ein paar neue Freunde des Komturs. Seit wann waren sie im Schloß? Cuntz würde es ihm sagen. Der trank ihm fröhlich zu, als hätte er darauf gewartet, ihn wiederzusehen. »Wann unternehmen wir den ersten Ausritt?« rief er. Nur Wigamur von Tresten sah nicht recht glücklich aus und fragte quer über den Tisch: »Was war mit dir? Man hört, du seiest gefallen?«

Martin nickte nur. Nach der Stille der Firmarie ging ihm das Gerede an der Tafel wie ein Mühlrad im Kopf herum.

Er hatte die letzten Tage in Bruder Mauritius' Obhut genutzt, noch einmal gründlich nachzudenken. Natürlich über Anke und über ihre Eltern. Über Tigges und seine Geschäfte, über Cuntz und die anderen Ordensbrüder. Schritt für Schritt war er vorgegangen, bis ihm der Schädel dröhnte und die Gedanken sich verwirrten. Er hatte neu begonnen und alles bedacht, was mit Wilks Tod nur irgendwie zu tun haben konnte. Ein paarmal war er selbst entsetzt zurückgeschreckt vor dem, was sich da auftat, wenn wirklich alles so zusammenhing, wie er glaubte.

Einem Menschen das Genick zu brechen, war nicht ganz einfach. Die Mongolen taten es mit einem Arm, hieß es. In Memel gab es keine Mongolen. Und keinen Mann, den Martin für stark genug hielt, dem kräftigen Wilk so etwas anzutun. Es blieb nur eine Möglichkeit: Man hatte den Schäffer aus großer Höhe hinabgestürzt. In Memel kam dafür allenfalls der Kirchturm in Frage. Oder das Schloß ...

Lange Zeit weigerte sich Martin, diese naheliegende Möglichkeit auch nur ins Auge zu fassen. Denn so sehr er seinen schmerzenden Kopf anstrengte, ein einleuchtender Grund dafür, daß man Wilk auf so grausame Weise getötet und zusätzlich gezeichnet hatte, wollte ihm nicht einfallen. Eine Schlinge, das sah nach Hinterlist und Straßenraub aus. Aber ein Straßenräuber ließ den Ausgeraubten liegen oder verscharrte ihn.

Anscheinend hatte Wilk seinem Mörder vertraut und ihn dicht an sich heran gelassen. Der Mann mit der Schlinge mußte Wilk gekannt haben. Einen Unbekannten tötete man nicht auf diese Weise. Und wer auch immer dieser Mörder war, er hatte Wert darauf gelegt, daß die Leiche in der Nähe der Burg gefunden wurde. Am nächsten Morgen schon oder erst im Frühjahr? Und weshalb? Aus abgrundtiefem Haß gegen den Orden oder nur gegen den Schäffer? Oder als Abschreckung für andere Verräter? Was konnte Wilk verraten haben?

Was Wilk vor seinem Tod von Tigges, von den Ritten nach Prekoll und zum Großschäffer gesagt hatte, klang nach Amtspflicht. Nicht nach einer Fehde von Mann zu Mann. Wenn vom Orden jemand in die Angelegenheit verwickelt war, mußte es sich um einen sehr groben Verstoß gegen die Gesetze handeln, dazu um einen, der Wilks Amt betraf. Wilk war nicht der Mann gewesen, sich um die üblich gewordenen Regelverstöße der Ordensbrüder zu sorgen oder sie gar zu melden. Ging es um Unterschleif in den Speichern? Hatte der Hauskomtur Martin und Goswin deshalb mit der Bestandsaufnahme beauftragt? Oder ging es um den Handel? Dann führte die Spur zuerst zu Tigges. Und die Damraus? Und Prekoll? Was gab es in der gottverlassenen Lischke zu handeln?

Um nicht immer wieder von vorn zu beginnen, hatte er es vorgezogen, sich die wichtigsten Namen auf einem Fetzen Pergament aufzuschreiben. *Rasmus* stand dort zuoberst. Tigges' Schiffsknecht galt es über dessen Handel auszuhorchen. Dann kam *Prekoll.* Dort mußte er das Pferd ansehen, die Frau befragen, dem Krüger mit Geld winken.

Großschäffer war das nächste Wort. Was Wilk von dem gewollt hatte, wußte Martin nicht. Entweder hatte Nauroth sich dort rechtfertigen oder ihm etwas melden wollen. Aber was? Es konnte nur etwas sein, das mit den Ordensgeschäften zusammenhing. Ruta Damraus Andeutung von Wilks Feinden auf der Burg klang Martin im Ohr. Wußte sie mehr?

Schlosser hatte er nur zögernd in seine Liste aufgenommen. Er dachte höchst ungern an das nächtliche Abenteuer im Danzker zurück. Hätte der gewaltige Hieb ihm nicht auch das Genick brechen können? Außerdem waren da die mit dicken Bohlen verschalten Fensterluken. Wer dort hinausstürzte, landete im Wallgraben. Martin schauderte bei dem Gedanken. Und dennoch: Wohin führte der Durchgang, vor dem man ihn niedergeschlagen hatte? Er würde sich einen neuen Haken beschaffen und sein Glück noch einmal versuchen. So leicht gab ein Barnhusen nicht auf.

Im Hof hielt ihn Goswin auf, der ihm überschwenglich noch einmal zu seiner Genesung gratulierte, in Wahrheit aber etwas anderes im Sinn hatte. »Bist du sicher, daß niemand erfahren hat, woher das Werkzeug stammte?« fragte er mit scheuem Blick.

Martin beruhigte ihn. »Vielleicht liegt es noch dort ...«

»Wo?« wollte Goswin wissen.

»Ich kann mich nicht erinnern. Was spricht man im Konvent darüber?«

»Über deinen Unfall? Nichts. Allen ist es ein Rätsel, weshalb du die Treppe hinuntergestürzt bist.« Goswin trat noch einen Schritt näher an ihn heran und flüsterte: »Hast du die verborgene Tür im Danzker geöffnet?«

»Was für eine Tür?« fragte Martin unschuldig.

Sein Helfer versetzte ihm einen leichten Schlag auf die Schulter. »Ach, geh! Jeder weiß von dem Geheimgang zum Danzker.«

Sieh an, dachte Martin. Goswin war länger auf der Burg als er. »Was soll denn hinter dieser Türe sein?«

Goswin schwieg beleidigt. »Ich hielt dich für einen Freund«, sagte er schließlich. »Dabei treibst du nur Scherz mit mir. Die Schatzkammer der Burg. Was sonst? Du wirst es selbst am besten wissen.«

Martin griff an die lange Narbe auf seinem Kopf. »Ich weiß gar nichts«, sagte er nachdenklich. »Oder verspürst du Lust, es mit mir zusammen zu erkunden?«

Goswins Augen weiteten sich. »Am Ende hat der Fall deinem Kopf geschadet«, meinte er und wandte sich ab.

Martin machte sich zufrieden auf den Weg. Seine Beine spürte er kaum. Davon ließ er sich nicht schrecken, auch wenn der Weg zur Vitte weit war.

Zu weit, mußte er zugeben, als er in der ersten Wirtsstube auf die Bank sank und heißen Wein bestellte. Die anderen Gäste, Bootsknechte und allerlei Volk, darunter mehrere Frauen, schenkten ihm nur im ersten Augenblick Aufmerksamkeit. Die beiden von der »Möwe« entdeckte Martin nicht.

Nach einer guten Weile rückte eine junge Schöne dicht zu ihm heran. Von nahem sah sie nicht ganz so jung aus. Sie trug ein buntes, nicht sehr sauberes Kleid, und aus dem weiten Ausschnitt quollen ihre runden Brüste. »Nun, Herr Ritter«, sagte sie mit tiefer Stimme und beugte sich zu ihm, »bekomme ich auch einen Wein?«

Hebt Euch hinfort, hätte er antworten müssen, doch er schwieg und gab dem Wirt ein Zeichen. Ich will etwas erfahren, redete er sich ein, da hieß es, gute Miene zu dem Spiel zu machen, dessen Regeln Wigamur oft genug erläutert hatte.

Die Frau, die ein fremdartiger Duft umgab, hielt sich nicht lange auf. Sie umarmte Martin und fuhr ihm mit der Zunge über den Hals, wobei sie ihre Brüste an ihn drängte. »Ich heiße Vida«, sagte sie. »Du hast doch Geld?«

Die Frage ernüchterte Martin ein wenig. »Ich suche die Bootsleute von der ›Möwe‹ …«, begann er. Sie schloß seinen Mund mit ihren weichen Lippen, und ihre lange Zunge fuhr ihm zwischen die Zähne. Martin wußte kaum, wie ihm geschah.

»Niederes Volk«, sagte Vida. »Was hast du mit denen zu schaffen? Komm, ich zeig dir meine Kammer.« Und sie griff nach seiner Hand.

Martin wehrte sich standhaft. »Nein, nein, ich muß weiter …« Als sie daraufhin nicht von ihm abließ, fügte er hinzu: »Im übrigen habe ich kein Geld.«

Das half. Nur stand der Wirt sofort am Tisch und begehrte einen Groschen: »Aber nicht von Euren Achtgroschenklippen, die niemand haben will.«

Martin kannte sich nicht aus mit all den Münzprägungen aus

Kriegszeiten, mit denen sich der Hochmeister die Söldner vom Leib gekauft hatte. Er nestelte eine der drei Goldmünzen aus dem Gürtel und hatte sofort wieder die Frau am Hals, während der Wirt scheel die Münze besah und sie auf achtzehn Groschen taxierte.

»Vierundzwanzig!« forderte Martin kühl. Das war noch zuwenig, so wie drei Schillinge für den schlechten Wein zuviel waren. Doch er wollte keinen Streit.

»Dreißig!« sagte Vida. »Mach dem Herrn einen guten Preis. Es soll dein Schaden nicht sein. Nicht wahr?« Sie wandte sich Martin zu und küßte ihn zärtlich. »Komm, das Geld kann er dir später geben.«

»Ich muß weiter«, beharrte Martin. War es nur die Schwäche, die ihn auf der Bank zurückhielt? Diese Vida verstand ihr Geschäft, fuhr ihm mit der Hand über die festgezurrten Beinlinge und lachte zufrieden. »Deine Bootsleute findest du immer noch. Ich weiß sehr wohl, wo du sie triffst.«

»Dann sag es mir.« Er schob ihr von dem großen Batzen Münzen, den der Wirt vor ihm ablud, einen Teil zu.

Geschwind nahm sie das Tuch von ihrer Schulter. »Nimm dein Geld und komm!« raunte sie ihm zu. Er schaute auf und sah von überall begehrliche Blicke auf den Münzenberg gerichtet. Rasch knotete er ihn in das Tuch. Wahrscheinlich war es besser, für den Augenblick mit ihr zu gehen.

Ihre Kammer war ein düsteres, kaltes Loch mit einem Lager von faulem Stroh. »Warte«, sagte sie und kam gleich darauf mit einem Kohlenbecken zurück.

»Komm, zieh dich aus. Du bist ein ansehnlicher Junge.« Ihre Hände fuhren über seine Leisten. »Hast du besondere Wünsche? Selbst die Herren aus Königsberg waren sehr zufrieden mit mir.«

Sie löste die Bänder und streifte im Nu Kleid und Unterröcke ab. Nackt stand sie vor ihm mit schweren Brüsten und einem dunklen Dreieck zwischen den Schenkeln. Martin wagte nicht, sie anzuschauen.

Sie drängte sich an ihn. »Gefalle ich dir nicht?«

»Doch, doch«, stotterte Martin.

Mit geschickten Fingern begann sie sein Hemd am Hals zu lösen. Seine Männlichkeit drohte die Hose zu sprengen. Furcht befiel ihn: die schrecklichen Franzosen ...

»Du solltest wissen – ich bin krank«, sagte er dumpf.

Sie fuhr zurück, als hätte er die Pest. »Bei wem bist du gewesen?« keifte sie angeekelt. »Sag es mir! Ihr Kreuzherren richtet uns noch alle zugrunde!«

»Schweig doch«, bat er. »Du sollst dein Geld ja haben, wenn du mir sagst, wo ich die Männer von der ›Möwe‹ finde.«

Sie beruhigte sich etwas und stieg in ihre Unterröcke. »Im ›Hecht‹ sind die zu finden«, maulte sie. »Am besten gehst du hinten raus. Das dritte Haus nach links.«

Sie hob die nackten Brüste mit den Händen an. »Es ist ein Jammer«, sagte sie. »Ein junger, hübscher Kerl wie du ...«

Statt zu betrachten, was ihm da entging, klaubte Martin eine Handvoll Schillinge aus seinem Münzschatz und reichte sie ihr. Sie schob sie achtlos unter das Stroh.

Er fand den Weg über den Hof und kletterte mit Mühe übers Tor. Schwäche übermannte ihn. Er mußte sich anlehnen, um nicht zu Boden zu sinken. Wahrscheinlich war es besser, er ginge jetzt zurück. Im »Hecht« würden die Knechte auch morgen noch sitzen.

Er erfrischte sich mit ein paar Händen Schnee. Langsam kehrten seine Kräfte wieder. Ein Barnhusen gibt nicht auf, dachte er und bog nach links.

Im »Hecht« hockte eine ähnlich gemischte Gesellschaft wie in dem Wirtshaus zuvor. Hier waren auch Fischer darunter. Und nur zwei ältere Frauen. Martin kroch dennoch in eine Ecke, wo sich niemand neben ihn setzen konnte. Den Rasmus hatte er gleich bei seinem Eintritt bemerkt. Er saß mit anderen beim Würfelspiel.

Die Wirtin, eine mütterliche Frau, kam und betrachtete den Gast besorgt. »Ist Euch nicht wohl, junger Herr? Ihr seid bleich wie Gevatter Tod.«

»Bringt mir etwas Kräftiges. Das wird mir wieder auf die Beine helfen.«

»Hühnersuppe«, riet sie. »Und zuvor ein guter Schluck.«

Der gute Schluck in einem tönernen Gefäß roch scharf und aromatisch. Martin hustete, als er davon probierte. Branntwein hatte er noch nie getrunken. Der reizte seine Kehle, wärmte die Glieder durch und ließ sie erschlaffen. Als die Suppe kam, war er fast eingeschlafen.

»Nun, Herr, mal wieder Ausschau nach den Dirnen halten? Ich hab Euch lange nicht gesehen.«

Ein vertrauter Sprachklang. Martin sah vom Teller auf und erblickte Rasmus. Der hatte ihn also auch erkannt. »Setzt Euch zu mir«, lud er ihn ein. »Ich bin Euch noch das Bier für die letzte Überfahrt schuldig.«

Rasmus lachte dröhnend und ließ sich Martin gegenüber nieder. »Der Jörgens ist ein Narr«, tat er seine Meinung über den Kumpan kund. »Ein Wichtigtuer. Genau wie der Tigges, wenn Ihr mich fragt.«

Martin nickte ihm aufmunternd zu und aß weiter seine Hühnersuppe. »Wollt Ihr auch eine Suppe?« fragte er, als die Wirtin wieder an den Tisch trat.

Rasmus lehnte ab, aber Martin bemerkte seinen begehrlich auf den Tonbecher gerichteten Blick. »Einen guten Schluck?« fragte er.

»Da sage ich nicht nein«, lautete die prompte Antwort. Als der Branntwein vor ihm stand, trank er ihn in einem Zug. »Eine hübsche Narbe ziert Euch da«, bemerkte er und wies auf Martins Schädel.

Der lachte. »Nachts ist es auf der Burg sehr dunkel.«

Rasmus war ein schlauer Fuchs, das merkte Martin schnell.

»Ihr wolltet neulich etwas über Tigges erfahren und über die ›Möwe‹. Stimmt's?« Er griente listig.

Martin gab es zu. Und eine passende Geschichte hielt er auch bereit: »Nun ja, seit der Schäffer tot ist, sucht unser Herr Komtur einen Nachfolger für ihn. Ich bin noch jung. Aber wenn ich wüßte, wie alles so läuft im Handel, würde es mir sehr helfen ...«

»Verstehe!« Rasmus bleckte die schadhaften Zähne. »Da läßt sich sicher mancher Schilling nebenbei verdienen.«

Martin nickte und schob ihm den eigenen Becher hin. Rasmus griff danach und trank. »Was glaubt Ihr, weshalb kauft der Tigges so viel Wachs?« fragte er mit seinem füchsischen Grinsen.

Martin hatte keine Ahnung. »Vielleicht verdient er daran besonders gut?« vermutete er.

»Eben nicht. Zwar geht das meiste Wachs nach Brügge und nach England. Tigges aber verschifft es nach Venedig. Und das nicht einmal offen. Im vergangenen Jahr haben wir es in einer Bucht bei Schleswig umgeladen. Um das Pfund- und das Pfahlgeld im Hafen zu sparen, hieß es.«

»Das ist nicht Hanseart, nicht wahr?«

Rasmus schüttelte den zottigen Schädel. »Natürlich nicht. Seitdem bin ich wachsam, auch wenn der Jörgens mich einlullen will mit seinen Reden. Ich bin auf manchem Schiff gefahren, und ich sage: Etwas ist da faul. Nicht umsonst tut Tigges so geheimnisvoll mit seinem Wachs. Alles prüft er selber. Im Laderaum hat er dafür eine Art Ofen aufgebaut. Die ganze ›Möwe‹ wird noch eines Tages abbrennen.«

»Zum Prüfen einen Ofen?« Das verstand Martin nicht.

Rasmus versuchte es zu erklären: »Er erhitzt das Wachs, um seine Güte festzustellen.« Das klang einleuchtend, doch Rasmus ergänzte kopfschüttelnd: »So etwas habe ich nie vorher gesehen. Und es darf auch niemand von uns dabeisein.«

»Wißt Ihr, woher das Wachs stammt?«

Der Schiffsknecht hob die breiten Schultern. »Aus Litauen. Und aus dem Rus. Die Händler bringen es im Herbst hierher nach Memel.«

»Habt Ihr jemals gehört, ob Wachs aus Prekoll dabei war?«

»Prekoll? Das liegt an der Minje, nicht wahr? Von dort kommt kein Wachs, da bin ich sicher.«

»Erzählt mir genauer, was Tigges mit dem Wachs tut«, bat Martin. Rasmus blieb ein Weilchen stumm, bis Martin ihm unter der Hand ein paar Groschen aus seinem Vorrat zuschob. Der Schiffsmann legte seine Pranke darüber und guckte auf das Geld. Er schien nicht zufrieden. »Er kauft das Wachs und prüft es dann. Manchmal erst Tage später«, sagte er lustlos.

»Was vermutet Ihr, warum er das tut?«

»Ich habe lange darüber nachgedacht …«

»Na, Rasmus, wieder flott am Reden?« unterbrach ihn eine harsche Stimme. Martin sah erschrocken auf. Hinter Rasmus stand Jörgens, der andere Schiffsknecht, der ihn gerudert hatte.

Rasmus wandte sich träge um. »Ich habe lange darüber nachgedacht, ob ich noch einen Becher trinke«, vollendete er seinen Satz und zwinkerte Martin zu. Der verstand.

»Trinkt auch einen Schluck mit«, lud er Jörgens ein. Der ging nur zögernd darauf ein.

»Trink nur, wir zechen mit dem künftigen Schäffer des Ordens«, klärte Rasmus ihn auf.

Martin wehrte ab, doch Jörgens brummte: »Das ändert die Lage ein wenig«, und ließ sich neben Rasmus nieder. Der blieb fortan stumm, während Jörgens allerhand über den Orden wissen wollte. Vergebens versuchte Martin, das Gespräch auf den Mittwoch vor Martini zu bringen. Drei Becher weiter, bei denen Martin nur zum Schein mitgehalten und keine Neuigkeit erfahren hatte, räsonierte Jörgens: »Euer Orden ist längst verfault an Haupt und Gliedern wie die ganze Kirche. Im Reich, da lösen sie die Klöster auf. Ich rate Euch, sucht Euch einen Dienst, der eines wahren Christenmenschen würdig ist.«

Martin nickte. »Zum Beispiel bei der Hanse. Das hat mir auch der Tigges vorgeschlagen.«

In der Schenke gab es Rumor. Böse Worte erklangen, dann flogen Humpen, schließlich Fäuste. Vergebens schrie die Wirtin auf die Streithammel ein. Ein Mann mit nur einem Auge torkelte gegen ihren Tisch. Er fiel Martin auf. War das nicht einer aus der vorigen Schenke?

Rasmus, einmal unsanft angestoßen, erhob sich und schlug wie mit Dreschflegeln um sich. Jörgens zögerte nicht lange und tat es ihm gleich. Im Nu waren die beiden in einem Knäuel von Leibern verschwunden. Martin, mit dem Rücken immer noch zur Wand, traf ein Geschoß an der verletzten Schulter. Vom Schmerz gepeinigt, sprang er auf und stürzte sich in das Getümmel.

Als ihn Rasmus und Jörgens aus dem Schneematsch vor der Tür klaubten, sah er übel aus. Blut lief ihm aus Mund und Nase, die Schulter schmerzte höllisch. Der Umhang fort, ein Joppenärmel abgerissen. Und das Geld war weg, samt Gürtel, Dolch und Tuch.

20. DA IST EIN KREUZHERR

Anke fühlte sich todunglücklich. Manchmal wünschte sie, sie hätte nicht so schroff auf die Frage der Mutter nach dem Witwer Solf reagiert. Alles erschien ihr besser, als den ganzen Tag für dieses Ordensvolk zu springen, dem der Sinn nur nach Fressen, Saufen und Unsittlichkeit stand.

Seit der Vater krank war, hatte sie noch mehr Arbeit als üblich. Vom frühen Morgen an gab es im Haus zu tun, im Stall, beim Brauen. Die Gäste aus Königsberg und Reval waren anspruchsvoller als der bequeme Tigges. Dazu ihre frechen Reden, die Anzüglichkeiten und dreisten Griffe, die nicht einmal vor der Mutter haltmachten. Nur Daina, die grobe Magd, wurde mit denen fertig.

Die Mutter tröstete sie, so gut es ging, und hielt ihr die übelsten Halunken vom Leibe. Mitunter, wenn sie der Tochter übers Haar strich und sie an sich drückte, glaubte Anke, sie verstünde, was in ihr vorging.

Sie konnte Martin nicht vergessen. Seit Tigges mit der Schrekkensnachricht aufgekreuzt war, der Ritter hätte sich des Nachts zu Tode gestürzt, war Anke nicht mehr dieselbe. Jemand hatte Martin umgebracht, das schien ihr sicher. Immerhin erschien es auch der Mutter seltsam, daß nach Wilk von Nauroth ausgerechnet Martin der nächste Tote auf dem Schloß war. Später hieß es dann, er lebe, sei nur schwer verletzt und ohne Besinnung. Genaues wußte niemand. Weihnachten verging. Vergebens hoffte Anke auf eine gute Nachricht. Dann war das neue Jahr gekommen. Nichts. Sah sie in der Stadt einen vom Orden, war sie versucht, ihn anzusprechen, wagte es aber nicht und hoffte weiter.

Die fremden Gäste brauchte sie nicht zu fragen. Die dachten nur an sich und wußten nicht, was auf dem Schloß geschah. Selbst Tigges zuckte die Achseln, ein wenig hämisch, schien ihr. Auch er erfuhr nichts Neues. Das einzige Gerücht, das umging, besagte, daß der Hochmeister die polnische Königstochter ehelichen wolle.

Endlich zogen die Königsberger ab, und die Livländer machten sich auf den Weg nach Norden. Es wurde ruhig im Haus. Der Vater fühlte sich ein wenig besser. Am Sonntag abend saß Anke zum ersten Mal seit Wochen mit der Mutter am Feuer. Tigges war ausgegangen. Die Mutter nähte, und Anke half ihr. Es war wie in den guten alten Zeiten vor dem Krieg.

»Du denkst an den Ritter, nicht wahr?« fragte die Mutter.

»Manchmal schon«, gab Anke zu. »Ein schmucker Kerl, das kannst du nicht bestreiten.«

»So wie der Wilk einst einer war ...«

Anke blickte von der Hose auf, die sie gerade flickte, und fragte leise: »Du hast ihn geliebt?«

»Ach, Kind«, sagte die Mutter. »Was du so glaubst ... Er war der dritte Sohn vom alten Nauroth, dem Orden früh versprochen. Dann zog er in die Welt, bis nach Westfalen ...«

Anke schwieg. Aus dem fernen Westfalen stammte auch Martin, das wußte sie von Tigges, der ihn einen Landsmann genannt hatte.

»Wilk war lange dort«, fuhr die Mutter fort. »Wer weiß, was er dort trieb ...«

»Hat er es dir nie erzählt?«

Die Mutter lächelte bekümmert. »Es ist ein großer Unterschied zwischen dem, was Menschen reden, und dem, was sie tun. Weißt du, wie alt dein Ritter Martin ist?«

Dein Ritter Martin! Anke schoß die Hitze ins Gesicht. »Gerade neunzehn. Er ist am Martinstag geboren.«

Die Mutter schien zu überlegen, doch bevor sie es aussprechen konnte, wurde die Hoftür aufgetan. Der Vater kam herein.

»Ihr sitzt am Feuer, und mich laßt ihr in der Kammer frieren«, sagte er händereibend. Es war kein Vorwurf in seiner Stimme, eher eine Spur von Fröhlichkeit. Er sah besser aus und setzte sich zu ihnen. Sie tranken Wein und blieben an diesem Abend noch lange wach. Von Martin und von Wilk war nicht mehr die Rede.

Auch in den nächsten Tagen kam die Mutter nicht darauf zurück. Ein paarmal war Anke kurz davor, das Gespräch fortzusetzen, doch immer kam jemand dazwischen: der Vater, der beständig durch das Haus geisterte und davon sprach, was er im Frühjahr daran instandsetzen würde, die Magd mit tausenderlei Anliegen oder Tigges, der stundenlang in der Gaststube am Tisch hockte.

Heute aber war es ruhig. Tigges war frühzeitig ausgeflogen. Die Eltern hatten es zum ersten Mal seit langem gewagt, sich gemeinsam auf den Weg zu machen. Daina mistete im Hof die Ställe aus, und Anke nutzte die Gelegenheit, in der Schankstube Ordnung zu schaffen. Sie hörte Sunis draußen kläffen, achtete aber nicht darauf, bis plötzlich Daina in die Stube stürzte wie ein aufgescheuchtes Huhn. »Komm schnell«, rief sie. »Da ist ein Kreuzherr …«

Für einen Augenblick stand Anke starr. Endlich eine Nachricht von Martin? Sie wischte ihre Hände ab und zog die Schürze straff. Weshalb kam der Mann nicht durch die Vordertür? dachte sie noch. Dann sah sie ihn im Hof und hätte ihn beinahe nicht erkannt. Wie von den Toten auferstanden, lehnte der stolze Ritter Martin an einem Pfahl: Gesicht und Hände blutverkrustet, ein Auge geschwollen, die Kleider verschmutzt und zerrissen. Selbst Sunis hatte Mitleid. Er leckte Martins Hand und winselte.

Vor Bestürzung wußte sich Anke kaum zu fassen. »Martin!« stieß sie hervor. »Um Gottes willen!«

Er verzog das Gesicht. Ein Lächeln wurde es nicht.

Die resolute Daina hielt sich nicht mit Reden auf und brachte Wasser und ein Tuch, um sein Gesicht zu reinigen.

»Er muß liegen«, befahl sie dann. »Im Haus sind Kammern frei.«

Anke schüttelte den Kopf. »Wir bringen ihn ins Stroh. Und du sagst nichts der Mutter und dem Vater. Versprichst du das?«

Der Magd war anzusehen, was sie von diesem Vorschlag hielt. Dennoch hob sie entschlossen Martins Arm um ihre Schultern. Der schrie auf. »Hab dich nicht so, bist doch ein Ritter«, sagte Daina, und noch etwas auf prussisch. Anke schlug das Herz bis zum Halse.

Sie hatten einige Mühe, ihn im Stroh unterzubringen. Und kaum war das getan, kehrten die Eltern zurück, der Vater fast so schwach auf den Füßen wie der Ritter. »War doch ein bißchen viel«, keuchte er. Sie brachten ihn hinauf in die Kammer über dem Stall, wo die Eltern im Winter schliefen und wenn Gäste im Haus waren. Er hustete, und seine Augen glänzten fiebrig.

Anke suchte einen Vorwand, um Martin zu versorgen, und fand ihn schnell: Die beste Freundin Marie, die hatte sie so lange nicht besucht. Die Mutter, von anderen Sorgen geplagt, stimmte zu. Also machte Anke heimlich ein Bündel mit Leckerbissen zurecht, dazu einen Topf mit frischer Milch, ging vorn aus dem Haus und schlich sich von hinten in den Hof. Das Tor hatte Daina aufgeriegelt, doch schüttelte die Magd bedenklich den Kopf.

Martin lag oben im Stroh und war von unten nicht zu sehen. Anke zog die Leiter herauf, damit niemand ihr folgen konnte, und verscheuchte Sunis, der unruhig winselte. Dann kroch sie zu Martin. Im Halbdunkel ahnte sie ihn mehr, als sie ihn sah.

»Anke!« flüsterte er erfreut.

»Man hat erzählt, Ihr hättet Euch den Hals gebrochen«, entgegnete sie beklommen.

»So schlimm war es nicht. Man hat mir kräftig auf das Haupt geschlagen. Mehr nicht.« Er griff nach ihrer Hand und strich damit über seinen Kopf. »Alles gut verheilt.«

Sie fühlte die lange Narbe und fuhr zusammen. Allmählich gewöhnten sich ihre Augen an die Dunkelheit. Martin trank die Milch, die sie ihm anbot. »Und was ist heute passiert?« wollte sie wissen.

Er fühlte sich schon wieder obenauf. »Eine Rauferei, mehr nicht. Man hatte es anscheinend auf mein Geld abgesehen.«

Anke erschrak. »Man hat Euch ausgeraubt?«

»Es war meine eigene Dummheit. Ich hätte dort kein Goldstück vorzeigen dürfen.«

»In welcher Schenke wart Ihr?«

»Im ›Hecht‹. Und vorher ein paar Häuser daneben.«

»Das ist eine üble Gegend«, sagte Anke abweisend. Sie machte sich so ihre Gedanken. Also auch der Ritter Martin! Kaum war er von den Toten auferstanden und es ging ihm leidlich, zog es ihn zu den Dirnen in der Vitte. Spitz fügte sie hinzu: »Und nach dem Raub und allem bin ich Euch eingefallen.«

Er schien zu begreifen, was sie meinte, und versuchte eilig, sie zu beruhigen: »Du irrst dich! Ich wollte dort nur einen von Tigges' Schiffsknechten sprechen.«

»Bist du noch immer auf der Jagd nach Wilks Mörder?«

Jetzt hatte sie ihn doch geduzt. Sie biß sich auf die Lippen.

»Noch immer. Jetzt erst recht.«

Ihre Anteilnahme siegte. »Hat man dich deshalb so schrecklich auf den Kopf geschlagen?« fragte sie mitleidig.

Darauf gab er keine Antwort. Jedenfalls nicht sofort. Er versuchte, sie mit beiden Händen an sich zu ziehen. Sie sträubte sich.

»Ich muß gehen. Die Mutter wartet.«

Er gab es auf. »Es kann schon sein, daß es Wilks wegen war«, sagte er nachdenklich. »Woher weißt du davon?«

»Tigges brachte die Neuigkeit ins Haus.«

»Sieh an. Wie geht es unserem dicken Freund?«

»Er wird bald abreisen. Er trifft schon alle Vorbereitungen.«

Martin setzte sich auf. »Richtig. Ich habe nicht mehr viel Zeit.«

»Du mußt dich ausruhen. Wenn du dich still verhältst, kann ich dich ein, zwei Tage pflegen.«

Er lachte leise. »Eine ganze Woche. Oder zwei …«

»Das ist ein bißchen lange«, wandte sie ernsthaft ein.

»Verzeih. Ich wollte dich nur necken. Ich muß auf schnellstem Wege ins Schloß zurück.«

»Aber nicht mehr heute«, widersprach sie.

Er streckte die Arme nach ihr aus. »Hältst du mich hier fest?«

»Du bist nicht gesund.«

»Das werden wir gleich sehen.« Er umarmte sie und stieß einen Schmerzenslaut aus.

Anke schob seinen Arm behutsam weg und lachte. »Siehst du!«

Stöhnend gab er nach. »Ich gehe nicht sofort. Erst wenn es völlig dunkel ist.« Das war nicht mehr lange.

»Was hast du auf dem Schloß so Dringendes zu tun?« wollte Anke wissen.

»Ich muß herausfinden, ob jemand mit Tigges Geschäfte macht, von denen der Schäffer nichts wissen durfte. Und was für Geschäfte.«

»Du meinst, Tigges hat Wilk – betrogen?«

»Nicht unbedingt. Aber wenn einer über einen Kaufmann sagt: Diesmal entgeht er mir nicht! Was kann er damit meinen?«

»Das kann auch harmlos sein. Findest du nicht?«

»Nicht, wenn derjenige, der es gesagt hat, drei Tage später tot im Graben schwimmt. Just nachdem die Kogge des Kaufmanns im Hafen angelegt hat.«

Das Mädchen schwieg erschrocken.

»Ich kann es gar nicht glauben«, sagte sie nach einer ganzen Weile. »Es gab nie Ärger mit Tigges …«

»Er muß es nicht selbst getan haben. Ich habe heute am eigenen Leib erfahren, für wie wenig Geld mancher bereit ist, einen Menschen notfalls zu erschlagen.«

»Solche gibt es anscheinend auch auf dem Schloß.«

Martin stutzte. »Richtig. Das darf man nicht übersehen. Obwohl es da vielleicht nicht so sehr um Geld ging.«

Anke dachte nach. »Wenn sie vorne in der Schenke streiten, geht es selten um etwas anderes als um Geld. Worum sonst?«

»Wenn ich das wüßte … Sagt dir Wachs etwas? Der Tigges soll davon viel kaufen.«

»Das kann gut sein. Er treibt seinen Handel nicht in unserm Haus.«

»Niemals? Kam nie jemand mit besonderer Ware zu ihm? Über die Nehrung vielleicht? Oder aus Prekoll?«

Sie schüttelte den Kopf. »Aus Prekoll? Das liegt nicht weit von Wowerischken, wo Mutter her ist.« Ihr fiel etwas ein, was sie aufmerken ließ. »Und Wilk. Der stammte auch von dort.«

Martin rückte dicht an sie heran. »Denk nach. Wilk hat vom Minjekrug gesprochen. Was hatte er dort zu tun?«

»Ich weiß nicht.« Das Mädchen überlegte. »Einmal fragte ein Mann, der dort lebt, nach Tigges. Mutter kannte ihn. Das schien ihm nicht zu passen.«

»Brachte er Ware für Tigges? Vielleicht auch Wachs?«

»Möglich. Es war ein kleiner Kerl mit einem Bärtchen wie ein Ziegenbock.« Sie versuchte sich zu erinnern. »Ich glaube, Mutter sprach ihn mit Dittko an.«

Martin zog sie mit dem linken Arm an sich und drückte sie. »Das hilft mir vielleicht weiter«, sagte er begeistert. »Jetzt muß ich los …« Das klang schon weniger freudig.

»Es ist noch nicht ganz dunkel«, sagte Anke. »Was wirst du auf dem Schloß tun?«

»Kennst du einen Schlosser?«

Das war keine Antwort. »Wozu brauchst du den?«

»Ich benötige einen Sperrhaken, mit dem sich Türen öffnen lassen.«

Neugierig fragte sie: »Was befindet sich hinter diesen Türen?«

»Ein Geheimnis«, antwortete er und tupfte ihr mit dem Zeigefinger auf die Nase.

»Du wirst dich wieder in Gefahr begeben.«

»Das kann gut sein. Davor darf sich ein Ritter niemals fürchten.«

»Ihr seid alle gleich«, Anke rümpfte die Nase, »Ritter oder nicht. Starrsinnig wie mein Vater.«

»Und wie Wilk ...«, setzte er gedankenverloren hinzu. »Der wich von keinem Weg ab, den er für richtig hielt. Das hat ihn wahrscheinlich das Leben gekostet.«

Anke nahm all ihren Mut zusammen. »War er dein – leiblicher Vater?« fragte sie befangen.

Martin war erstaunt. »Wie kommst du darauf? Ich stamme aus dem Teutoburger Wald. Wilk hier aus Preußen.«

»Als er ungefähr in deinem Alter war, hielt er sich länger in Westfalen auf ...«

Nun lachte Martin laut. »Aber nicht auf unserer Burg. Er war in Soest. Das liegt zwei Tagesritte von Barnhusen entfernt. Als er an unserer Burg vorbeizog, war ich drei Jahre alt. Das haben wir einmal ausgerechnet.«

»Bist du sicher?«

Martin wurde ernst. »Wer zweifelt daran?«

Das Mädchen schüttelte den Kopf. »Es war sehr dumm von mir. Entschuldige.«

»Deine Mutter, nicht wahr?«

Anke nickte.

Er zog sie zu sich heran und küßte sie. Sie sträubte sich nicht länger.

21. DER TOTE IM MOOR

So einfach, wie es sich Martin gedacht hatte, war es nicht, die Burg noch einmal zu verlassen. Nachdem ihn Mauritius verarztet hatte, mußte er beim Statthalter antreten, weil man ihn nach dem Komplet noch vermißt hatte. Daß er in eine Rauferei geraten war, ließ sich nicht leugnen. Über den Ort schwieg sich Martin aus.

»Bruder Martin, Bruder Martin!« mahnte Schönberg. »Es wird ein schlimmes Ende mit dir nehmen. Auf Abwesenheit und liederlichen Lebenswandel steht die Jahresbuße, ja, wenn es sein muß, selbst die Haft in Eisen.«

Beinahe hätte Martin aufgelacht. Das wagte ihm ein Liederjan wie Schönberg anzudrohen, der seine Tage mit Erich auf der verbotenen Jagd und bei jedem anderen Laster verbracht hatte. Jetzt, da Erich samt Dienerschaft und Sekretären endlich Richtung Koblenz abgereist war, genoß Engelhard von Schönberg seine Macht als dessen ständiger Vertreter.

Seine Klugheit riet Martin, nicht zu lachen und sich statt dessen reumütig zu zeigen. »Es wird nicht wieder vorkommen«, murmelte er bußfertig.

Der Statthalter gebot ihm einen zusätzlichen Fasttag. Und als ahne er, was Martin vorhatte, verbot er ihm das Reiten.

Zähneknirschend begab sich Martin ins Dormitorium. Er war sicher, es würde ihm etwas einfallen gegen Schönbergs Strafgebote.

Der Ausweg, der ihm beim Morgengebet in den Sinn kam, hieß Goswin. Der bedauerte ihn heftig wegen seiner neuen Wunden. »Weshalb begibst du dich in immer neue Gefahren?« wollte er wissen. »Wo bist du diesmal gewesen?«

Martin behauptete, finstere Gestalten hätten ihm am Hafen aufgelauert. Das war nur die halbe Wahrheit, doch Goswin war entsetzt.

»Ich gehe nie mehr in die Stadt!« sagte er.

Martin fragte ihn: »Willst du mir helfen?«

Goswin nickte unsicher.

»Dann schaff einen neuen Haken herbei.«

Goswin hob abwehrend die Hände. »Niemals! Es war eine große Sünde ...«

Martin stimmte ihm mit ernster Miene zu. »Da hast du recht. Es wird besser sein, ich beichte, woher das Werkzeug stammte.«

Der Gehilfe starrte ihn offenen Mundes an. »Das kannst du nicht tun, Martin! Wie stehe ich dann da?«

»Wie ein Sünder eben. So ein Haken ist keine gravissima culpa. Ich brauche ihn. Du hast sicher schon einen neuen.«

»Ich schwöre dir ...«, beteuerte Goswin.

»Keinen Meineid, Bruder. Gib mir das Ding, und ich werde schweigen.«

»Und dann gibt es wieder ein Unglück!« jammerte der Hasenfuß bekümmert. »Was hast du vor?«

Martin sagte leichthin: »Warum soll ich dich damit belasten? Vielleicht brauche ich Geld.«

»Ich leihe dir etwas«, bot Goswin eilig an und machte sofort eine Einschränkung: »Aber ich habe nur ein paar Groschen ...«

Martin hob die Achseln. »Die müssen eben fürs erste reichen.«

»Was hast du damit vor?« Goswin blieb ängstlich.

Martin beruhigte ihn: »Nichts, was der Schönberg mir verboten hat.«

Erichs Statthalter hatte ihm das Reiten untersagt. Nicht das Fahren. Um einen Schlitten zu mieten, brauchte er Geld. Unter tausend Vorsichtsmaßregeln lieh ihm Goswin einen halben Gulden. Besser als nichts, dachte Martin. Ungeduldig erwartete er den nächsten Tag.

Aus der Reise wurde nichts. Unruhe breitete sich auf der Burg aus, hatte doch Polenz, der Regent des Hochmeisters, Erichs Statthalter Engelhard von Schönberg nach Königsberg bestellt. Er habe vernommen, daß sich Engelhard und der Hauptmann Michael Preuß mit dem Herzog von Braunschweig vereinigt und ihm mit Gelübden zugesagt hätten, das Schloß bis zu Erichs Rückkunft zu halten und niemandem einzuräumen, auch nicht aufgrund einer Zuschrift oder eines Befehls des Hochmeisters. Schönberg rief den Konvent zusammen, zu dem nun plötzlich Erichs jüngste Gefolgschaft zählte. Sie hatte sich in den Komturgemächern auf der Burg, aber auch auf der Vorburg und in der Stadt einquartiert und verstärkte die braunschweigische Partei. »Der Bischof will uns Memel nehmen«, hieß es, und es fiel Schönberg und seinen Anhängern nicht schwer, vom Konvent die Ablehnung der Reise nach Königsberg zu erreichen: es sei denn, der Bischof stimme der Forderung nach sicherem Geleit für Engelhard von Schönberg auf dem Rückweg zu.

Es wurde eine stürmische Konventssitzung, die Martin mit allen ihren ausgesprochenen und unterdrückten Finten und Finessen sehr ermüdete. Die Partei des Bischofs und des Hochmeisters, zu der mancher wenigstens den Preuß gerechnet hatte, stand nicht hoch im Kurs. Selbst Cuntz von Hawkenstein schwieg bald betreten, und Wigamur schlief einfach ein, bevor noch der Bote mit der Antwort abgefertigt war. Martin hätte ihn gerne auf seinem Weg über die Nehrung begleitet. Oder ritt er einfach übers Eis? Das Haff war schon seit Wochen zugefroren. Nur vor Memel blieb die Rinne des Tiefs offen.

Die allgemeine Unruhe brachte immerhin den Vorteil mit sich, daß sich niemand um Martin scherte, als er zwei Tage später am frühen Morgen die Burg zu Fuß verließ. Anke oder notfalls ihre Eltern würden ihm helfen, eine Fahrgelegenheit zu finden.

Im »Elch« traf er nur Vater Damrau an. Der zeigte wenig Anteilnahme an seinem Vorhaben, verwies ihn jedoch an seinen Nachbarn, den Fuhrmann Stache. Mit dem war schwierig zu verhandeln, weil er auf den ungewissen Wegen nicht so weit über Land fahren wollte. Jedenfalls nicht heute.

Während Martin noch mit ihm feilschte, erschien plötzlich Anke im Hof des Fuhrmanns.

»Martin, gut, daß du noch da bist!« rief sie. »Wenn ihr nach Prekoll fahrt – wir hätten etwas für die Großmutter nach Wowerischken zu besorgen. Das liegt fast am Wege ...«

Der Fuhrmann Stache betrachtete sie wohlwollend. »Ich spanne den Schlitten an. Sag deiner Mutter, wir holen die Besorgung gleich ab«, versprach er.

Anke winkte Martin zu und verschwand so schnell, wie sie gekommen war. Stache blickte ihr hinterher. »Ich wußte nicht, wie gut Ihr Euch mit Damrau steht«, sagte er zu Martin.

Kaum eine halbe Stunde später jagte der Schlitten aus der Stadt. Die Landschaft erstreckte sich weiß und weit bis hin zum flachen Horizont. Rechts versank das Haff im Nebel.

Stache knallte mit der Peitsche. »Wir gehen bei Dittauen über die Minje und kehren in Prekoll zum Krug zurück.«

Martin, der in dem schmalen Schlitten hinter ihm saß, hatte nichts dagegen einzuwenden. »Fahrt Ihr die Strecke oft?« fragte er.

»Gelegentlich. Mitunter bis nach Ragnit oder Tilsit, erfordert es der Handel.«

»Was holt Ihr von dort?«

»Im Herbst Getreide und Flachs, wenn es die Wege zulassen. Heu und Stroh. Manchmal auch Schweine oder Rinder.«

»Auch Wachs?«

Stache schüttelte den Kopf. »Das ist nicht der Weg dafür. Wachs bringen die Händler über den Memelfluß und über das Haff. Wollt Ihr welches kaufen?«

»An wen müßte ich mich in Memel wenden?«

Der Fuhrmann wandte sich um. »Fragt nach Johann Tigges. Ein breiter Kerl mit einem Bart. Vielleicht habt Ihr ihn bei Damrau schon gesehen.«

»Und von wem bezieht der sein Wachs?«

Stache hob die Schultern.

Ein Weilchen schwiegen sie. Es ging flott voran. Nur manchmal rumpelten sie in eine tief ausgefahrene Spur. In der Ferne zeigten sich schwarze Punkte, die sich rasch bewegten.

»Habt Ihr eine Waffe bei Euch?« fragte der Fuhrmann.

»Einen Dolch«, antwortete Martin.

Stache lachte. »Gegen Wölfe hilft ein Knüppel besser.« Er schien keine übermäßige Furcht zu haben. Martin setzte das Gespräch fort.

»Ihr kanntet den Schäffer des Ordens in Memel?«

»Wilk von Nauroth. Er stammte hier aus der Gegend.«

»Ihr wißt, was mit ihm passiert ist?«

Das Thema behagte Stache nicht. »Die Leute reden dies und das«, lautete die einsilbige Antwort.

»Ist er gelegentlich mit Euch gefahren?«

Stache verneinte. »Er ritt einen guten Grauschimmel.«

»Richtig«, sagte Martin. »Wo mag der geblieben sein?«

Der Fuhrmann drehte abermals den Kopf nach hinten. »Wie meint Ihr das? Steht er nicht auf der Burg im Stall?«

»Eben nicht. Der Schimmel ist Euch nirgendwo begegnet?«

Stache schwieg. Dann brummte er: »Ich bin kein Pferdehändler.«

In Dittauen führte eine breite Spur über das vereiste Flüßchen. Sie wandten sich nach Süden. Silbern schimmerte die Sonne am grauen Himmel. Bald darauf fuhren sie in Wowerischken ein. »Bringt Ihr der Alten das Zeug rein?« fragte Stache.

Martin wollte ablehnen, besann sich jedoch eines Besseren. Vor einer halb im Schnee versunkenen Hütte ließ er sich den

Korb und das Paket aus dem Schlitten reichen und klopfte an die niedrige Tür.

Nach einiger Zeit öffnete eine zusammengekrümmte alte Frau, die zu Tode erschrak, als sie den Ritter vor sich sah. Martin gelang es mit Mühe, sie zu beruhigen. Er streckte ihr Korb und Paket hin. »Von den Damraus aus Memel«, wiederholte er mehrfach. Endlich schien sie zu verstehen. »Von Ruta?« fragte sie noch immer furchtsam. »Geht es ihr gut?«

»Aber ja. Sie schickt das mit für Euch.« Er setzte den Korb neben der Tür in den Schnee und lehnte das Paket an die Wand. Die Alte guckte ihn dankbar an, bekreuzigte sich und murmelte in ihrer fremden Sprache etwas wie: »Deiwas does dantes, deiwas does geitka ... – Gott gibt Zähne, Gott gibt Brot«, fügte sie im Dialekt der Gegend hinzu, als sie Martins verständnisloses Gesicht bemerkte.

»Und meine Anke?« fragte sie dann.

»Der geht es auch gut. Sie ist munter und gesund.« Martin lächelte ihr freundlich zu und mußte sich bücken, um es ihr ins Ohr zu schreien.

Sie hielt seinen Ärmel fest. »Kommt herein. Erzählt mir von der Anke. Und trinkt einen Schluck.«

»Danke. Wir müssen weiter«, sagte Martin.

»Aber der Heinrich«, wollte sie wissen. »Hustet der noch immer?«

»Dem Heinrich geht es auch gut«, behauptete Martin vernehmlich, hob grüßend die Hand und stapfte zum Schlitten zurück.

»Ist schon ein bißchen wunderlich, die Alte«, meinte Stache. »Wäre besser, der Damrau würde sie zu sich in die Stadt nehmen.«

Bis nach Prekoll war es jetzt nur noch ein Katzensprung. Wieder überquerten sie die zugefrorene Minje und näherten sich dem Fährkrug.

Dem Wirt merkte man die Überraschung an. »Daß Ihr so schnell kommt, habe ich nicht erwartet«, äußerte er verwirrt. »Wo ist Euch der Bote begegnet?«

»Welcher Bote?« fragte Stache.

»Der von Ragnit doch.« Der Wirt schien aufgeregt. »Dem habe ich es mitgeteilt, das mit dem Unfall. Er soll es in Memel melden.«

Stache und Martin sahen sich an. »Was für ein Unfall?« fragte Martin, den eine böse Vorahnung beschlich.

»Na, der Dittko doch. Er ist im Moor versoffen. Und das bei diesem Frost ...« Der Krüger schüttelte verständnislos den Kopf. »Dabei kennt er hier Weg und Steg.«

Sie folgten ihm in die Schankstube, wo sich niemand aufhielt. Der Krüger brachte wärmende Getränke. Martin hielt ihn zurück. »Als ich neulich hier war, da saß der Dittko in der Ecke, nicht wahr?«

Der Wirt tat, als müsse er überlegen. »Kann schon sein ...«

Martin versuchte, ihm in die Augen zu schauen. Es gelang ihm nicht. »Nun erzählt mal ganz genau, wie das mit dem Dittko im Moor passiert ist.«

Daran lag dem Mann anscheinend wenig. Er hob die feisten Schultern und erklärte maulfaul: »Seit drei Tagen war er doch verschwunden. Sagt die Donaitiene.«

»Und weiter?«

»Na, weiter nichts. Er war schon steif und tot. Wir haben die Leiche kaum herausgebracht aus dem Loch.«

»Wer hat ihn gefunden?«

Der Wirt wirkte wie das leibhaftige schlechte Gewissen. »Na, der Junge doch!« sagte er. »Der läuft hierhin und dorthin. Der hat ihn aufgespürt.«

»Dann laßt mich mit dem Jungen reden.«

»Der weiß auch nicht mehr ...«, murrte der Krüger, ging aber nach einigem Hin und Her doch hinaus.

Martin wandte sich an Stache. »Kanntet Ihr diesen Dittko?«

Der Fuhrmann schüttelte voller Abwehr den Kopf. Martin hatte das Gefühl, er wolle nichts mit der Sache zu tun haben. »Ein unauffälliger, kleiner Kerl mit einem schütteren Bärtchen«, beschrieb er.

»Kann sein. Ich kenne nicht jeden Wirtshausgänger.«

Martin fühlte sich unbehaglich. »Ist Eure Frau im Hause?« rief er dem Wirt nach. Niemand antwortete. Er trat zur Stiege, rief hinauf: »Holla, ist da wer?«

Auch hier kam keine Antwort. »Wartet hier auf mich«, sagte er kurz entschlossen zu Stache und folgte dem Wirt.

Der stand vor dem Stall und redete auf den Jungen ein. Als er den Ritter bemerkte, schwieg er.

»Komm mal her!« Martin winkte dem Jungen. Der kam zögernd näher und blickte auf seinen Vater. »Euch brauche ich nicht«, sagte Martin zum Krugwirt. »Ihr wißt ja ohnehin nichts.«

Der Krüger zuckte zusammen und trollte sich ins Haus. Vielleicht, so dachte Martin, war für so einen Cuntzens Art doch die rechte.

Der Wind pfiff frisch zum Haff hinunter. »Wir gehen in den Stall«, sagte Martin freundlich zu dem Jungen. »Und du erzählst mir alles, was du über Dittko weißt.«

Der Junge schwieg. Nur zögernd kehrte er mit dem Ritter zum Stall zurück. Er wirkte irgendwie bedrückt.

»Wie heißt du?«

»Christof.«

Martin legte ihm die Hand auf die Schulter. »So heißt einer meiner Brüder«, sagte er. »Und wie alt bist du?«

»Palmarum werde ich elf.«

Im Stall standen links drei Kühe. Rechter Hand neben Staches Pferd versuchte die kleine Stute, etwas von dessen Futter abzubekommen.

»Ihr hattet beim letzten Mal einen Grauen hier im Stall«, meinte Martin harmlos.

Das Gesicht des Jungen lief rot an. »Ein alter Klepper. Der ist nach Ragnit hin verkauft.«

»Und woher stammte er?«

Christof senkte den Blick und hob die schmalen Schultern. »Irgendwo aus dem Litauischen.«

Martin beließ es dabei. Sie setzten sich ins Stroh. »Nun erzähle mal von Dittko. Saß der oft bei euch im Krug?«

Der Junge nickte befangen.

»Hatte er so viel Geld? Wovon lebte er?«

»Darüber hat sich Mutter oft gewundert. Er hatte nur die kleine Wirtschaft dicht am Moor …«

»War er betrunken, als er ins Moor fiel?«

Wieder zögerte Christof. »Ich weiß nicht. Niemand war dabei.«

»Das Moor ist sehr gefährlich?«

Der Junge taute ein bißchen auf. »Ich fürchte mich nicht. Ich kenne alle Wege. Und ich bin leicht.«

»Der Dittko wog doch auch nicht viel und kannte alle Wege«, gab Martin zu bedenken.

Christof überlegte. »Das stimmt. Das Moor ist jetzt gefroren. Bis auf ein paar Stellen, wo es immer gluckert. Die weiß ich aber alle.«

»Und der Dittko?«

»Der auch. Dort ist er ja auch nicht versunken. Es sah aus, als hätte wer ein Loch gegraben.«

»Du wirst mir die Stelle zeigen.« Martin fingerte einen von Goswins Groschen hervor und gab ihn dem Jungen. Dessen Augen leuchteten auf.

»Wollt Ihr auch die andere Stelle sehen, wo der Dittko manchmal gegraben hat?«

»Er hat im Moor gegraben?«

»Nicht im Moor. Drüben zur Minje hin. Wo sie den Lehm für die Ziegel ausgebuddelt haben.«

»Vielleicht brauchte er Lehm für sein Haus?«

Christof schüttelte entschieden den Kopf. »Es muß was anderes gewesen sein. Er schlich immer heimlich dorthin und hatte nicht mal eine Karre bei sich. Nur einen Sack. Viel war da nicht drin.«

Damit wußte Martin nichts anzufangen.

»Ich habe auch mal da gebuddelt …«, sagte Christof zaghaft.

»Und? Was hast du gefunden?«

»Ihr dürft mich aber nicht verraten. Der Vater sagt, euch Kreuzherrn ist nicht zu trauen.«

Martin lächelte. »Wahrscheinlich hat er recht. Mir darfst du es trotzdem sagen.«

Statt einer Antwort sprang der Junge auf und kletterte gewandt wie eine Katze ins Dachgebälk. Genauso flink war er wieder zurück und reichte Martin einen länglichen Stein, größer als seine Hand. Unschlüssig betrachtete Martin im Schummerlicht des Stalls den lehmigen Brocken. Er wirkte unansehnlich und war für einen Stein zu leicht, doch ließ er sich nicht zerbrechen. Martin klopfte mit ihm gegen einen Balken. Es klang dumpf. Er kratzte mit dem Fingernagel. Fest wie ein großer Kiesel. Achselzuckend wollte er ihn Christof zurückreichen. Dann besann er sich: »Verkauf ihn mir.«

Ungläubig starrte ihn der Junge an.

»Für einen Groschen.«

Christof glaubte es nicht, bis Martin ihm den Groschen in die Hand schob.

»Wenn Ihr wollt, hole ich noch mehr davon«, schlug der Junge vor. Martin verneinte.

Die Fundstelle der Leiche enttäuschte ihn. Abseits eines im Schnee deutlich markierten Pfades hatte wohl ein Dutzend Männer um das Loch herumgetrampelt, in dem eine dünne Eisschicht glänzte. Schneematsch mischte sich ringsum mit schwarzer Erde.

»Wie hast du ihn entdeckt?« wollte Martin von Christof wissen.

»Sein Schuh lag dort am Weg. Und hier saßen die Krähen.«

»Wo ist der Leichnam geblieben?«

»Die Donaitiene hat ihn gewaschen und ihm ein Hemd angezogen. Jetzt liegt er in der Kapelle.«

»Ich möchte ihn sehen.«

Daran fand Christof nichts auszusetzen und führte ihn an Dittkos Anwesen vorbei ins Dorf.

»Warte. Ich will einen Blick hineinwerfen«, sagte Martin, als sie schon an der schäbigen Hütte vorbei waren.

»Da gibt es nichts zu sehen«, wandte Christof ein und wollte ihn weiterziehen. Das fiel Martin auf. Weshalb versuchte der Junge, ihn zurückzuhalten?

Die Tür schlug lose in den Angeln. In dem einzigen, fast leeren Raum sah es aus, als hätte Dittko auf dem kahlen Lehmboden gehaust. Neben der Feuerstelle war der festgestampfte Lehm frisch aufgebrochen, als hätte jemand dort gegraben.

»War dein Vater hier?« fragte Martin.

Christof schwieg angstvoll und mit großen Augen. Martin beließ es dabei.

»Zeig mir jetzt die Leiche.«

Sie lag aufgebahrt in der windschiefen Kapelle von Prekoll. Im Schein einer trüben Ölfunzel hielt ein altes Weiblein die Totenwache. Als sie eintraten, erschrak sie.

»Ihr habt ihn gewaschen und ihm das Totenhemd angezogen. Ist Euch an seinem Körper etwas aufgefallen?«, fragte Martin. »Eine Wunde vielleicht?«

Die Alte wackelte mit dem Kopf und schien ihn nicht zu verstehen. Martin nahm das armselige Öllicht in die Hand. Er beugte sich über Dittkos halb verhüllten Kopf und schlug das Tuch zurück. Die Krähen hatten Schädel und Gesicht übel zugerichtet, und den Hals hatte die alte Donaitiene nicht besonders gut gereinigt. Martin war nicht sicher, ob es da eine Marke gab wie bei Wilk. Er wischte mit dem Tuch. Ein roter Streifen, viel blasser als die von den Krähen hinterlassenen Spuren, blieb erkennbar.

»Es muß alles seine christliche Ordnung haben«, sagte die alte Frau vorwurfsvoll. »Der Pfaffe muß von Memel kommen. Vielleicht bezahlt ihn ja der reiche Kaufherr.«

Martin horchte auf. »Welchen Kaufherrn meint Ihr?«

»Womöglich könnt Ihr es ihm sagen«, sagte die Alte.

Martin wiederholte seine Frage. Waren denn hier alle alten Weiber taub?

»Na, der zuletzt bei ihm war. Ein richtiger Herr. Ich habe ihm gesagt, wo er den Dittko findet.«

Mehr war nicht von ihr zu erfahren. Vor sich hin murmelnd ordnete sie das Tuch um den Kopf des Toten neu.

Auch Christof wich ihm aus, als Martin ihn nach dem Kaufherrn fragte: »Kanntest du ihn?«

»Ich war mit der Mutter rüber nach Klooschen wegen Holz ...«

»Wann war das?«

Schweigen.

»Wie viele Tage, bevor der Dittko verschwand?«

»Ein oder zwei ...«

»Du hast ihn danach gesehen?«

Der Junge nickte zögernd.

»Und den Kaufherrn auch? Ein kräftiger Mann mit einem Bart?«

Christof schwieg.

»Der Vater hat dir verboten, darüber zu sprechen«, vermutete Martin. Er zog einen weiteren Groschen hervor und zeigte ihn dem Jungen.

»Er hat dem Vater gesagt, daß es niemand wissen muß«, gab der schließlich zu.

Martin reichte ihm den dritten Groschen. Eine Menge Geld für einen kleinen Jungen.

Als sie zum Krug zurückkehrten, wartete Stache bereits mit dem angespannten Schlitten und drängte zum Aufbruch. »Für ein paar Groschen laß ich mich nicht gerne von den Wölfen fressen«, sagte er ungeduldig.

Der Wirt stand in der Tür und schien nicht verärgert, die Gäste rasch loszuwerden.

22. DER GEFANGENE IM TURM

Wieder war es spät geworden. Zu spät, um bei der Rückkehr nicht aufzufallen. Martin stieg vor der Brücke aus Staches Schlitten und beeilte sich, auf die Burg zu kommen. Es nützte wenig. Das Komplet war bereits vorüber. Die Wache empfing ihn am Tor mit dem barschen Befehl, sich umgehend beim Statthalter zu melden.

Cuntz lungerte noch im Hof vor dem Stall herum, um ihn zusätzlich mit der Nachricht zu erschrecken, der Statthalter habe für die nächste Woche den Konvent einberufen. Dabei solle es um die Verteidigungsvorbereitungen für die Burg, aber auch um die ständige Abwesenheit einzelner Brüder vom Ordensdienst gehen – mit deutlicher Adresse an Martin von Barnhusen-Asseberg.

Martin hörte kaum zu. »Du erinnerst dich an den Mann, der im Minjekrug in der Ecke saß?«

»Hast du keine anderen Sorgen?« brauste Cuntz auf, besann sich jedoch. »Du meinst den Betrunkenen?«

»Ich glaube nicht, daß er betrunken war. Wahrscheinlich ist ihm kein Wort entgangen, das wir gesprochen haben.«

»Na, wenn schon.« Cuntz hob die Achseln. »Wir haben keine Geheimnisse verraten.«

»Ich weiß nicht ...«, sagte Martin nachdenklich. »Jedenfalls ist er tot.«

Cuntz starrte ihn an. »Du warst noch einmal in Prekoll? Schönberg hat dir das Reiten verboten!«

Martin fand das nicht wichtig. »Er lag aufgebahrt in der Kapelle. Ein gewisser Dittko. Angeblich ist er im Moor umgekommen.«

»Das Moor ist gefährlich.« Cuntz blieb die Ruhe selbst. »Hast du gehört, daß wir die Burg notfalls auch gegen den Regenten verteidigen sollen?«

Die dauernden Auseinandersetzungen zwischen dem Komtur und seinen Anhängern auf der einen und dem jähzornigen Regenten Polenz in Königsberg auf der anderen Seite interessierten Martin im Augenblick wenig. »Aber verstehst du nicht?« fuhr er Hawkenstein an. »Dieser Dittko hat genau gehört, wonach wir uns erkundigt haben. Und er hat mit dem Handelsherrn aus Lübeck Geschäfte gemacht. Ein paar Tage später liegt er tot im Moor.«

»Du meinst, da besteht ein Zusammenhang?« Cuntz sah den jungen Bruder zweifelnd an.

»Vielleicht der gleiche wie bei Wilk. Ich will endlich wissen, was ihm passiert ist. Und weshalb. Wir müssen diesen Tigges ein wenig bedrängen, verstehst du? Du bist der richtige Mann dafür.«

Cuntz lehnte rundweg ab. »Daraus wird nichts. Der Statthalter hat streng untersagt, dich bei deinen Abenteuern zu unterstützen. Am liebsten hätte er dich gleich mit in den Turm gesperrt.«

»Seit wann hörst du so brav auf Schönberg?« fragte Martin. Das *mit in den Turm* fiel ihm gar nicht auf.

Cuntz schwieg. Vor allem wohl, weil zwei von Schönbergs Knappen plötzlich im Hof auftauchten, Martin wortlos in die Mitte nahmen und ihn zum Statthalter schleppten.

Engelhard von Schönberg empfing ihn im großen Komturgemach mit grimmiger Miene. An der reich gedeckten Tafel saßen Erichs Freunde um ihn herum, die es sich hier seit Wochen wohl ergehen ließen: Hofmarschall Wolffrodt, der Pfleger zu Barten, der Hauskomtur zu Balga, der Oberkompan von Heydeck und ein paar andere, die Martin nicht kannte.

Der Statthalter unterzog Martin einem strengen Verhör.

»Ihr habt zu wiederholten Malen grob gegen die Regeln unseres Ordens verstoßen. Wo seid Ihr gewesen?« begann er.

Martin tat harmlos. »Ich bin ein wenig herumgelaufen und wurde aufgehalten. Man berichtete mir, es läge ein Toter im Moor.«

»Mehr als drei Meilen von hier! Das wissen wir. Der Briefbote, der von Ragnit kam, hat es uns mitgeteilt.«

Der hochfahrende Ton des Statthalters gefiel Martin nicht. Über einen Ritterbruder konnte nur der Konvent zu Gericht sitzen, nicht diese Versammlung.

»Sagte der Bote auch, daß der Tote im Moor kaum von allein in das Loch gestürzt sein kann, aus dem man ihn zog?«

»Wer behauptet das?«

Martin hatte nicht vor, sich allein durch Reden unterkriegen zu lassen. Er stellte sich in Positur. »Ich, Martin von Barnhusen und Asseberg …«

Schönberg unterbrach ihn scharf: »Wer hat Euch dazu befugt, eigenmächtige Untersuchungen anzustellen? Der Gerichtsherr im Ordensland ist der Komtur, dessen Statthalter ich bis zu seiner Rückkehr bin. Ich allein habe zu entscheiden, welche Nachforschungen wir hier führen. Ob wir in diesen unruhigen Zeiten, in denen wir uns auf die Verteidigung der Burg einrichten müssen, allen Streit- und Todesfällen auf dem platten Land nachgehen wollen, ist fraglich. Was also führte dich nach Prekoll? Du hattest Reitverbot!«

»Das habe ich nicht übertreten«, entgegnete Martin stolz. Die Nachricht, daß Schönberg bis zu einer Rückkehr Erichs das Kommando führen wollte, machte ihn wütend. War der Befehl des Hochmeisters nicht eindeutig?

Des Statthalters Schläfenader schwoll an. »Du verläßt die

Burg nicht ohne meine Zustimmung und wirst drei zusätzliche Fasttage einlegen. Den Rest mag der Konvent beschließen.«

Martin wandte sich straff um und wollte gehen. Schönbergs Stimme hielt ihn zurück.

»Es heißt, du hättest Geld ...«

Martin lächelte respektlos. Zum Schluß hatte Stache doch noch mit ihm um den Fahrpreis gefeilscht. »Zwei Groschen und einige Schillinge. Ihr könnt mich untersuchen.«

»Es heißt weiter, du unterhieltest in Memel eine Dirne.«

Martin wurde feuerrot. »Das ist gelogen!« rief er aus. Man hatte ihm nachgeschnüffelt. Das war kein ritterlicher Brauch.

Schönberg schien zufrieden mit der Wirkung seiner Worte. »Es wird sich alles herausstellen bei den Untersuchungen, die wir führen. Begib dich jetzt ins Dormitorium, bis zur Entscheidung, ob du künftig bei den Knechten nächtigst oder gar im Kerker.«

Es fiel Martin schwer, auf Widerworte zu verzichten. Die hob er sich besser für den Konvent auf. In Anwesenheit der anderen Ritter würde Schönberg nicht so mit ihm umspringen können.

Erst am nächsten Morgen erfuhr Martin, was Cuntz mit seiner Bemerkung über den Kerker gemeint hatte. Das Frühstück verlief in einer seltsam bedrückten Stimmung. Niemand sprach mit Martin, der abgesondert von allen sitzen mußte. Selbst Cuntz wich seinem Blick aus, und am Tisch der Pfaffen beugte sich Goswin tief über seine Mahlzeit. Es war schließlich Wigamur, der einen Gefangenen im Turm erwähnte und dabei Martin vielsagend über den Schüsselrand anstarrte.

Der fühlte sich nicht betroffen von der Nachricht. Seit er dem Orden in Memel diente, hatte nur einmal ein Bruder im Kerker geschmachtet, der des Diebstahls überführt war und nach dem Beschluß des Konvents in Unehren ausgestoßen wurde. Um die Angelegenheiten der Memeler, gleich, ob Diebstahl oder Ehebruch, und um die Bestrafung der Schuldigen kümmerte sich Erich nicht, solange sie ihn nicht betrafen.

Kaum war das Benedictum gesprochen, liefen alle eilig auseinander. Siewert hinkte hinter Reinfried aus dem Raum. Bruder Reinfried wandte sich zu ihm um und erkundigte sich mit der lauten Stimme des Schwerhörigen: »Ist es sicher, daß es sich um Nauroths Mörder handelt?«

Martin erstarrte. Siewerts böser Blick traf ihn, dann zog der Lahme Reinfried mit sich fort.

War es möglich, daß man tatsächlich den Mörder gefaßt hatte? Weshalb erfuhr er nichts davon? Er machte sich auf und suchte Cuntz. Hawkenstein steckte wie meistens bei den Pferden und war gerade dabei, das seine zu satteln.

»Weshalb hast du mir nichts von dem Gefangenen im Turm gesagt?« fuhr ihn Martin aufgeregt an.

Cuntz zog umständlich die Gurte fest und prüfte gewissenhaft den Sitz des Sattels. »Die Untersuchung führt der Statthalter selber«, brummte er. »Du bist davon ausdrücklich ausgeschlossen. Niemand darf mit dir darüber reden.«

In Martin loderte der Zorn auf. Mühsam hielt er sich zurück. »Wer ist der Mann? Ich muß ihn sehen!«

Cuntz sah sich um, als fürchte er, jemand könne ihnen zuhören, dann sagte er: »Als ich so jung war wie du, war ich gleichermaßen ungestüm. Heute kümmert mich nur noch, was mich selber angeht. Oder meinen Gaul. Das solltest auch du dir zu Herzen nehmen.«

»Du kriechst vor Schönberg?« fragte Martin verächtlich. »Was hat er dir versprochen?«

Einen solchen Ton hatte noch niemand dem alten Haudegen Cuntz gegenüber angeschlagen. Er griff denn auch zum Schwert, doch seine Hand sank herab, und sein narbiges Gesicht verzog sich zu einem breiten Grinsen. »Besser, man brunzt nicht gegen den Wind, Ritter Martin«, sagte er weise und schwang sich auf sein Roß.

Langsam schritt Martin über den Hof. Er fühlte sich ausgestoßen und von aller Welt verlassen. Wer mochte der Mann im Kerker sein? Er mußte es erfahren.

Das Verlies lag tief unter dem Danzker. Oben war der Zugang mit einem rostigen Gitter abgeschlossen. Seltsamerweise erinnerte sich Martin bei dessen Anblick wieder der elenden Frau in Königsberg, die man aus dem Dinghaus am Steindamm zum Schafott geführt hatte, und an den beißenden Geruch der brennenden Hexe. »So mögen alle Missetäter enden, die vom rechten Glauben abweichen!« hatte ein Altstädter Bürger neben ihm aus tiefster Seele gesagt.

Und er, Martin? War er nicht auch ein Missetäter, der seinem Orden nur noch oberflächlich diente? Es kam einiges zusammen: versäumte Gebete, ketzerische Reden und hunderterlei andere Verstöße. Der nutzlose Diebstahl aus der Truhe, die Hure Vida. Und Anke?

Er stand vor dem Gitter, rief hinunter: »Holla! Gib Antwort!«

Unten blieb es still. Oder drang da ein Stöhnen herauf?

Im Laufschritt kam ein Bewaffneter, den Martin nicht kannte, über den Hof. Einer aus dem Gefolge von Erichs Freunden. »Es ist nicht erlaubt, mit dem Delinquenten zu reden!« schnauzte er.

»Bist du beauftragt, ein Auge auf ihn zu haben?« fragte Martin streng.

Der Kerkermeister nickte.

»Ich wollte dich nur prüfen. Wer ist der Kerl im Kerker?«

Der Mann sah sich um. Niemand befand sich in der Nähe. »Er soll dem Schäffer aufgelauert haben, um ihn zu berauben«, verkündete er wichtig. »Ein Schankwirt, heißt es. Hier aus Memel …«

In Martins Brust wurde es eiskalt. »Ein Schankwirt?« fragte er tonlos. »Weißt du seinen Namen?«

Der Bewaffnete schüttelte den Kopf und nahm Haltung an. Gravitätisch schritt der Hauskomtur Georg die Treppe des Danzkers herab.

Martin sprang ihm in den Weg. »Ich muß den Gefangenen sprechen.«

Georg von Mielen, rotgesichtig wie immer und von einer Dunstwolke umgeben, schien durch ihn hindurchzusehen. »Hinweg, Abnormer!« knurrte er und wollte Martin beiseite schieben wie einen lästigen Bittsteller. Als der nicht wegging, stutzte er und murrte: »Das kann nur der Statthalter genehmigen.«

»Dann laßt mich beim Statthalter vor!«

Doch der Statthalter war mit den Herren zur Jagd ausgeritten. Ordensritter dürfen nicht um des Vergnügens willen jagen, nur Wölfe und Bären, um das Land zu schützen, dachte Martin bitter. Daran würden sich die Herren kaum halten. An welche Regel hielten sie sich überhaupt noch?

Ziellos lief er umher und traf vor dem Remter schließlich auf Wigamur von Tresten. Martin hielt ihn auf. »Weißt du etwas über den Gefangenen im Turm?«

»Nichts!« behauptete Wigamur. Die Scheinheiligkeit stand ihm ins Gesicht geschrieben. Dann siegte seine Wichtigtuerei.

»Er soll dem Wilk schon längere Zeit nachgestellt haben«, raunte er geheimnisvoll. »Sogar Frau und Tochter hatte er dazu eingespannt, mit denen Wilk verkehrte.«

Martin erblaßte. »Woher weiß man das? Hat er ein Geständnis abgelegt?«

Wigamur lachte giftig. »Laß ihn erst eine Woche im eigenen Kot liegen, dann gesteht er alles. Falls er nicht verhungert ist. Dann ein wenig auf die Streckbank ... Und wenn du mich fragst: Ich hätte auch die Weiber gleich ins Verlies geworfen.«

»Das kann ich mir vorstellen. Und du als Kerkermeister!« Martin spuckte aus. »Du bist nur die Spottfigur eines Ritters!«

Behender, als Martin es je geglaubt hätte, packte ihn Wigamur mit festem Griff an der Joppe. Seine Augen funkelten gefährlich. »Sieh dich vor, Bürschchen!« stieß er hervor. »Du bist ein Nichts! Du könntest ebenso im Kerker enden wie der da unten! Oder auf der Treppe zum Abort ins Stolpern geraten. Man bricht sich leicht das Genick dabei!«

Martin riß sich los. »Wie Wilk, meinst du?« fragte er verächtlich und ließ Wigamur stehen.

Herausfordernd ging er zum Tor. Die Wachen kreuzten vor ihm die Hellebarden und ließen ihn nicht passieren. »Verbot des Statthalters«, schnarrte der eine. Wütend wandte Martin sich ab. Er war gefangen. Doch er gedachte nicht, sich damit abzufinden. Immerhin kannte er die Burg besser als die meisten anderen Ordensbrüder.

Obwohl er überall Augen vermuten mußte, die jeden seiner Schritte verfolgten, gelangte er auf Umwegen schnell zu den oberen Speicherräumen über dem Stall. In einer Ecke unter den Dachsparren fand er, was er suchte: allerlei unnützen Trödel, aber auch Schiffszubehör und Seilerwaren. Er horchte, legte seine Joppe ab und wickelte sich einen mehr als daumendicken Strick um den Leib. Das war einfacher gedacht als getan, doch es gelang. Nur die Joppe wollte nicht mehr so recht passen.

Im Hof lief er ausgerechnet Goswin in die Arme. Der drückte sich scheu zur Seite, bemerkte dann jedoch mit einem Blick auf Martins Oberkörper: »Das Fasten scheint bei dir gut anzuschlagen.«

»Ich ziehe mich eben warm an.« Martin war nichts Besseres eingefallen.

Goswin fuhr ihm mit den Fingerspitzen über den Leib und spürte ganz sicher den Strick. »Was hast du vor?« In seinen Augen spiegelte sich schon wieder Furcht.

»Wann gibst du mir den Haken?« fragte Martin grob zurück.

Sein ehemaliger Gehilfe zuckte zusammen und blickte sich ängstlich um. »Du bringst mich in Teufels Küche!« zischte er.

»Kein übler Platz für einen Pfaffen«, entgegnete Martin spöttisch und griff nach Goswins Handgelenk, das er preßte, so stark er konnte. »Den Haken her, sonst frage ich dich laut danach!«

Angstschlotternd zog ihn Goswin ins Stiegenhaus. »Ich bitte dich inständig: Schwöre mir, daß du mich nicht verraten wirst!«

Martin wurde ungeduldig. »Hast du den Haken?«

Goswin schüttelte den Kopf. »Ich werde für dich beten«, flüsterte er salbungsvoll. »Wenn du dich allen Versuchungen widersetzt und schweigst.«

Was für ein Narr! Martin ließ von ihm ab und gelobte mit spöttischer Würde: »Ich schweige, lebend oder tot.«

Goswin zuckte zusammen. »Nicht tot!« bat er.

Martin lachte. »Natürlich nicht. Was würde dann aus deinem halben Gulden?«

Goswin schwieg und blickte besorgt um sich.

»Du bekommst einen ganzen zurück«, beruhigte ihn Martin. Woher er den nehmen wollte, wußte er noch nicht. Der unbedarfte junge Pfaffe tat ihm leid. Immerhin hatte Goswin ihm das Leben gerettet. Er legte ihm freundschaftlich die Hand auf die Schulter und sagte: »Du bist ein guter Kerl, Goswin. Der Herr wird es dir entgelten.«

Unwillig schüttelte Goswin die Hand ab und entschwand mit bekümmertem Gesicht im Halbdunkel des Stiegenhauses. Wahrscheinlich lag ihm weit eher an einer irdischen Belohnung.

23. TRAUER

Im »Elch« herrschte Trauerstimmung. Sunis, den die Sendboten des Ordens als ersten niedergestochen hatten, lag apathisch auf einer Decke am Feuer und jaulte manchmal vor Schmerzen auf. Die Frauen hielten Tür und Tor ängstlich versperrt, als könnte das gegen äußere Gewalt helfen. Gegen die bewaffneten Häscher des Ordens war damit nicht anzukommen, wie sich bei der Gefangennahme Heinrich Damraus gezeigt hatte. Was für eine Schande, unter dem Vorwurf, ein Mörder zu sein, im eigenen Hause ergriffen und verschleppt zu werden! Ein angesehener, braver Bürger und herzensguter Mann wie Heinrich Damrau ein Mörder, welch abseitiger Vorwurf!

Die Büttel hatten Haus und Stall durchwühlt, Geldstücke beschlagnahmt und verschiedene Waren als Eigentum des Schäffers und damit der Ordens bezeichnet, und wäre Johann Tigges nicht gerade noch im rechten Augenblick aus der Stadt zurückgekehrt, wer weiß, was sie alles weggeschleppt hätten. So aber bestand der Kaufherr auf seinem Recht und erklärte das meiste, was die Schergen zusammengetragen hatten, kurzerhand zu seinem Eigentum, durch das Gesetz von Hanse und Orden gleichermaßen geschützt.

Und wer weiß, ob die Schergen ohne Tigges' lauten Einspruch nicht sogar Ruta und Anke festgenommen und auf die Burg gebracht hätten. Daina, die sich der Durchsuchung ihrer bescheidenen Besitztümer widersetzte, kam mit einem groben Hellebardenstoß davon. Sie blutete aus einer tiefen Wunde am Arm.

Kaum waren die Bewaffneten mit ihrem unglücklichen Gefangenen verschwunden und war Daina verbunden, war Ruta in die Stadt geeilt, um Hilfe aufzutreiben. Zu jedem war sie gelaufen, von dem sie Beistand erhoffte. Und jeder, den sie sprach, ob Bürgermeister, Ratsherr oder Kaufmann, war empört über diese neue Willkür der Herren auf dem Schloß. Doch was ließ sich gegen die immer noch allmächtigen Kreuzherren ausrichten? Sollten sie die Burg belagern, um den Gefangenen freizupressen?

Wartet erst einmal die Anklage ab, hieß es überall.

Abwarten? Das konnte bei Heinrich Damraus angegriffener Gesundheit in wenigen Tagen seinen Tod bedeuten.

So war sie zum Schluß auch noch zum Herrn von Mielen gegangen, der neben seinem Gut bei Tauerlauken eines der schönsten Häuser in der Stadt besaß und am Teich nahe der Dange eine eigene Badestube unterhielt. Wilhelm von Mielen war der Bruder des Hauskomturs, und Ruta versprach sich viel von seinem Einfluß und seiner Fürsprache. Vergebens, wie sich herausstellte. Es gelang ihr nicht einmal, bis zu ihm vorzudringen; ein hochmütiger Bediensteter wies die lästige Bittstellerin ab.

Ruta Damrau flüchtete sich selten in Gebete. Heute hatte sie in aller Herrgottsfrühe eine halbe Stunde in Sankt Nikolai auf Knien zugebracht, eine Kerze gespendet und zu Hause Anke und selbst Daina zum Beten angehalten.

Anke bat inbrünstig für ihren Vater, auch für Sunis, und bezog heimlich Martin in ihre Fürbitte ein. Demütig hoffte sie auf ein Wunder. Martin wußte doch, daß Heinrich Damrau niemanden getötet hatte. Er würde kommen und den Vater gleich mitbringen.

Tigges saß beim Frühstück und träufelte Gift in die Wunden. »Man sieht in keines Menschen Herz«, sagte er. »Nicht einmal in das des eigenen Mannes oder Vaters. Seid Ihr ganz sicher, daß er dem Wilk nichts angetan hat? Die Ritter sind wohl nicht von ungefähr auf ihn verfallen …«

»Ihr solltet Euch schämen!« widersprach ihm Ruta heftig. »Wilk und er waren wie Freunde …«

Tigges' Blick drückte Zweifel aus. Er erhob sich und verkündete, er käme spät zurück.

Ganz gegen ihre Art erkundigte sich Ankes Mutter: »Wohin geht Ihr?«

»Nicht auf die Burg«, antwortete Tigges knapp.

»Klopft, wenn Ihr wiederkommt, ein Signal, damit wir Euch erkennen.«

Tigges versprach, daran zu denken.

Als er aus dem Haus war, sagte Ruta: »Er hat sich sehr verändert in den letzten Wochen. Er ist gereizt und ungeduldig.«

Anke war nur aufgefallen, daß er sie nicht mehr so aufmerksam mit seinen Blicken verfolgte. Das sprach sie nicht aus. Sie hockte sich zu Sunis, der dankbar zu ihr aufblickte. Scheinbar beiläufig fragte sie: »Waren Wilk und Vater wirklich Freunde?«

Ruta sah sie an und seufzte. »Ach, Anke, wenn du wüßtest«, war alles, was sie dazu sagte. Sie sank auf die Bank und brach in Tränen aus.

Anke ging der Kummer der Mutter nahe. Um nicht selber zu weinen, stand sie auf und ging zu ihr. Sie strich der Mutter übers Haar und versuchte, sie zu trösten, als wäre sie die Ältere.

»Heinrich ist ein herzensguter Mann«, sagte Ruta unter Tränen. »Er hat mich genommen, obwohl …« Sie schniefte nur.

»Obwohl …?« fragte Anke.

Ruta sah auf. »Ich war keine Jungfrau mehr. Verstehst du?«

Natürlich verstand Anke. Einige Male in den letzten Monaten hatte die Mutter mit ihr über eine künftige Ehe und über das Kinderkriegen gesprochen. Sie wußte, welch ein Makel die verlorene Jungfernschaft für ein Mädchen war. Aber dunkel spürte sie auch, daß da noch mehr war, was die Mutter ihr verschwieg.

Sie fragte sanft: »Wann habt ihr geheiratet?«

Die Erinnerung an die Hochzeit schien Ruta ein wenig aufzumuntern. »Es war ein großes Fest. Heinrich hat die halbe Stadt eingeladen. Dabei war ich seine zweite Frau. Die erste starb ganz jung an einer Blutvergiftung. Ich sei ihr ähnlich, sagte er immer.«

»Hatte er mit ihr keine Kinder?«

Ruta schüttelte den Kopf. »Nein. Er ...« Sie verstummte.

»Er wollte immer Kinder«, fuhr sie schließlich fort. »Wohl einen Sohn, der den ›Elch‹ erbt.« Sie zog Anke zu sich heran. »Er war mit dir zufrieden. Und glücklich. Ein stolzer Vater ...«

»Zu welcher Jahreszeit habt ihr Hochzeit gefeiert?«

Ruta dachte nach. »Im Frühjahr. Das Eis war noch nicht geschmolzen.«

Anke sagte mit Bedacht: »Und ich bin im August geboren.«

»Anke!«

»Du hältst mich für sehr dumm, nicht wahr?«

»Aber nein«, sagte Ruta bekümmert. Zwischen ihr und Anke hatte es nie Geheimnisse gegeben, von diesem einen abgesehen. Sie hatte stets auf alle Fragen der Tochter geantwortet und war nicht ausgewichen.

»Man trägt ein Kind neun Monate«, sagte Anke. Auch das wußte sie von der Mutter. Von wem sonst.

»Ja, ich war schwanger«, gab Ruta widerstrebend zu. »Was siehst du mich so an? Ich war so jung wie du ...« Sie nahm all ihren Mut zusammen, und es brach aus ihr heraus: »Wilk kam gerade aus Westfalen zurück. Ich war verliebt in ihn, obwohl er das Ordenskreuz trug. Da ist es dann geschehen. Als ich sicher war, konnte mir nicht mal mehr die Gidantsche helfen.«

»Und Vater ... Ich meine: Heinrich, der wußte es?«

Ruta nickte. »Er hat es mich nie spüren lassen. Und dich auch nicht. Er hat dich gehalten wie eine leibhaftige Tochter.«

Anke erinnerte sich gut daran, wie scheu und manchmal forschend der Vater sie schon als kleines Mädchen betrachtet hatte. Und nie ein böses Wort. Das war so geblieben. Gab es mal eine Verstimmung mit der Mutter, flüchtete sie zu ihm. Er sprach nicht viel. Sie verstanden sich wortlos. Und nun war er gar nicht ihr Vater …

»Wilk hat es nie erfahren, daß er dein Vater ist«, fuhr Ruta fort. »Er ahnte es. Das hielt ihn viele Jahre fern. Dann, als du größer wurdest, nach dem Krieg, da kam er öfter.«

»Und Vater hatte nichts dagegen?«

»Er hatte keinen Grund zur Eifersucht. Ich war nie wieder mit Wilk zusammen. Das wußte er.«

»Aber Wilk liebte dich immer noch.«

»Das kann schon sein.« Ruta lächelte. »Er war mit seinem Orden verheiratet. Und hatte damit mehr Sorgen als mit einer Frau.«

»Hat er dich nie gefragt, ob er mein Vater ist?«

»Das hat er nicht gewagt. Ich glaube, er hatte vor der Antwort Angst. Dabei hätte ich es niemals eingestanden.«

Anke sah der Mutter in die Augen, in denen noch das Wasser stand. »Nun hast du's zugegeben«, sagte sie weich.

Sofort liefen die Tränen wieder über Rutas Wangen. »Du mußt es wissen. Wenn mir auch noch etwas passiert …« Sie stand auf, schneuzte sich und machte sich am Feuer zu schaffen. »Ich bin froh, daß du es jetzt weißt.«

»Ich auch. Aber wenn niemand sonst davon Kenntnis hat – weshalb versuchen sie, ausgerechnet Vater den Mord an Wilk anzuhängen?«

Diese Frage vermochte auch Ruta nicht zu beantworten. Daina kam mit den Einkäufen vom Markt zurück und berichtete, was sie dort gehört hatte. Nicht alle waren von Heinrich Damraus Unschuld überzeugt. Sogar den Toten im Tyrusmoor bei Prekoll, von dem Stache berichtet hatte, brachte man mit ihm in Verbindung.

»Aus anderer Leute Haut lassen sich leicht Riemen schneiden«, meinte Ruta bitter.

Wenn nur Martin käme, dachte Anke. Als sie jedoch gegen Mittag allein am Feuer saß und es kräftig an die Tür klopfte, erschrak sie fast zu Tode.

»Ich bin's, Martin.« Es war seine Stimme. Mit fliegenden Händen ließ sie ihn ein. »Hast du Nachricht vom Vater?« war die erste Frage.

Betrübt schüttelte Martin den Kopf. »Man läßt niemanden zu ihm. Und mich schon gar nicht. Ich darf nicht einmal die Burg verlassen.«

Ruta kam herein und begrüßte den Ritter mit Zurückhaltung. »Was führt Euch zu uns? Wir haben mit dem Orden nichts zu schaffen, solange er meinen Mann grundlos gefangenhält.«

»Mutter!« mahnte Anke. »Er ist nicht der Orden. Und er weiß, daß Vater nicht Wilks Mörder ist.«

»Könnt Ihr wenigstens dafür sorgen, daß man ihn nicht foltert? Und daß man ihm zu essen gibt?«

Niedergeschlagen senkte Martin den Kopf. »Ich kann nichts tun für ihn. Nur eins vielleicht: den wahren Mörder finden.«

»Seid Ihr deshalb hier?« fragte Ruta vorwurfsvoll. »Wir haben alles gesagt, was wir wissen.«

»Nicht alles«, wandte Anke ein.

Ruta sah sie ärgerlich an. »Was wir miteinander gesprochen haben, ändert nichts daran.«

Anke ließ sich nicht das Wort verbieten. »Du glaubst, Martin sei Wilks Sohn. Dann wäre er mein Bruder.«

Verständnislos sah Martin von der einen zur anderen. »Ich bin nicht Wilks Sohn!« Er begriff. »Du bist seine Tochter?«

Anke nickte stumm. Ruta hob die Hände vors Gesicht. »Willst du meine Schande auf der Straße austrommeln lassen«, sagte sie dumpf.

Martin beruhigte sie. »Wilk war ganz gewiß nicht mein Vater. Doch wenn er Euch so nahe stand, muß es Euch um so wichtiger sein, den wahren Mörder zu finden. Und sei es auf der Burg. Hat er wirklich nie von Feinden dort gesprochen?«

»Das war nicht seine Art. Er hat nur die erwähnt, die er mochte. Euch beispielsweise.«

»Vom Unterkompan hat er einmal gesprochen. Der sei ein ehrlicher alter Spitzbube«, ergänzte Anke.

Martin dachte nach. »Ich muß dahinterkommen, was es mit den Geschäften auf sich hat, die Tigges mit der Burg macht. Und mit Prekoll. Wo steckt er überhaupt?«

»Er ist weggegangen. Wie jeden Tag. Nur etwas früher. Und er will später als gewöhnlich zurück sein.«

Auch das half Martin nicht weiter. »Hat er manchmal Waren hier gelagert? Etwa Wachs?«

Die Frauen verneinten. Es war zu spüren, wie gleichgültig ihnen der Kaufmann war. Martin bohrte dennoch weiter.

»Gab es irgendwelche Umstände oder Besucher, die euch auffielen?«

Wieder antworteten sie mit Kopfschütteln. »Nur dieser eine Mann«, erinnerte sich Anke schließlich. »Vater meinte, es sei der Strandreiter aus Aigeln.«

Martin kannte das Dorf auf der Nehrung. »Und der wollte zu Tigges?« fragte er gespannt.

»Scheint so. Mein Mann hat mit ihm gesprochen.« Ruta versank wieder in Trauer. Sie dachte nur an Damrau. »Wenn ich Euch ein kleines Bündel für ihn gebe«, bat sie nach einer Weile. »Seht Ihr denn gar keine Möglichkeit ... Auch nicht für Geld?« Unter der Schürze zog sie Silbermünzen hervor. Die Häscher hatten beinahe alles Geld mitgenommen. Sie hatte sich an Tigges wenden müssen, und der hatte großzügig einen beträchtlichen Teil seiner Rechnung bezahlt.

Martin überlegte. »Geld könnte helfen«, meinte er dann. »Vielleicht gelingt es mir, die Wache zu bestechen. Das sind Söldner, die verkaufen für einen Gulden ihre Seele.«

In Windeseile hatte Ruta das Bündel in ein Tuch eingeschlagen und reichte es ihm zusammen mit den Münzen.

»Habt ihr auch einen Sperrhaken?« fragte Martin.

»Wozu brauchst du den?« wollte Anke wissen.

»Oder nennt mir einen Schlosser. Ich muß auf der Burg ein paar Türen öffnen.«

Eine fremde Tür zu öffnen, war ein schwerer Frevel. »Wenn man dich dabei faßt ...«, entfuhr es Anke entsetzt.

Ruta sah es gelassener. Nach kurzem Suchen bot sie ihm zwei Haken zur Auswahl. »Tut, was Ihr könnt«, bat sie.

Martin versprach es. Als er sich zum Gehen wandte, fiel sein Blick auf den Hund. »Was ist mit Sunis?«

Anke schneuzte sich. »Er ist schwer verletzt.«

Martin beugte sich zu Sunis nieder, strich ihm über das glanzlose Fell und hob eine Pfote an. »Er ist tot«, sagte er.

24. DER ÜBERFALL

Nicht von ungefähr hatte sich Tigges früh auf den Weg gemacht. Die Zeit drängte. Die Flachsballen und die Tonnen mit dem Wachs füllten den Bauch der »Möwe« zu einem gut Teil, aber am Wichtigsten mangelte es noch immer. Dabei erwachte der Hafen immer mehr, je näher es auf Petri Stuhlfeier zuging. Bis zum Deck beladen lag der »Sperber«, die hochmeisterliche Jacht, zum Auslaufen bereit. In Albrechts oder Erichs Auftrag? Das ging einen Hansekaufmann wenig an. Löste sich der Orden wirklich auf, so würden sich Nachfolger finden, die Geld benötigten.

Bisher waren seine Geschäfte mit den Herren von der Burg reibungslos verlaufen, auch mit denen, die sich nicht als Ordensleute zu erkennen geben wollten. Nur Dittkos Tod im Moor bedeutete einen bösen Ausfall bei den künftigen Lieferungen. Wenn es überhaupt eine Zukunft für diese Art des Handels gab. Es stand schlecht um den Orden, wenn man den Nachrichten aus dem Reich und aus Schlesien trauen durfte. Und auf der Burg nicht minder, seit der stolze Erich endlich abgereist war, um in Koblenz sein Glück zu suchen.

Es war Tigges nie gelungen, herauszufinden, wem im Schloß er trauen konnte und wem nicht. Dem Schäffer nur, soweit es den öffentlich verbürgten Teil der Beziehungen betraf. Er hatte sich daran gehalten. Doch Nauroth war ein kluger Mann gewesen und hatte sich wohl selber einen Reim auf das gemacht, was seine Brüder taten. Und hatte es nicht überlebt. Genau wie Dittko …

Tigges fühlte sich sehr unbehaglich, wenn er daran dachte.

Dazu kam der Hamburger, der ihn bei Tag und Nacht durch seine Leute belauern ließ und dessen Schiffsknechte die der »Möwe« immer wieder in heimliche Gespräche zu verwickeln suchten. Und zu allem Überfluß war da noch dieser Ritter Martin, den kein Denkzettel am Schnüffeln hindern wollte. Um den sollten sich die Herren auf der Burg besser kümmern, statt den harmlosen Damrau in den Turm zu werfen. Wer nur hatte den Elchwirt beim Orden angeschwärzt?

Nein, wenn er es recht bedachte, war auch Memel nicht mehr der Ort für ungehinderte und einträgliche Geschäfte, wie er sie schätzte.

Es hatte so einfach begonnen: Man hatte ihm ein Angebot unterbreitet. Vermummte Gestalten, nur an ihren herrischen Gesten als Ordensmänner zu erkennen, lieferten ihm bei Nacht und Nebel die gewisse Ware und kassierten das Geld. Ob für die eigene Tasche oder in Erichs Namen, war Tigges egal. Mit der Zeit erschloß er sich noch zwei, drei andere Quellen. Der Reichtum lag am Strand herum, man brauchte nur beherzt zuzugreifen. Oder an der richtigen Stelle zu graben, wie Dittko.

Wer hatte den verraten? Wahrscheinlich er sich selber mit seiner allzeit trockenen Gurgel.

Ein bißchen viel Verrat in letzter Zeit. Umsichtig verfolgte Tigges seinen Weg kreuz und quer durch die Gassen, kaufte hier etwas, probierte dort. Und sah sich immer wieder um. Ihm kam es darauf an, daß niemand vorzeitig von seinem Ziel auch nur ahnte.

Ungeduldig erwartete ihn der Fuhrmann Stache mit dem doppelt bespannten Schlitten hinter der Dange, wo sich die Wege nach Schmelz und Miszeiken trennten.

Nicht einmal dem Fuhrmann hatte Tigges mitgeteilt, wohin es gehen sollte. »Hast du Sattelzeug mitgebracht?« vergewisserte er sich. »Und zu keinem darüber gesprochen?«

Stache nickte mißmutig. Er führte nicht gerne solche rätselhaften Aufträge aus, und Tigges mißtraute er seit der Fahrt nach Prekoll erst recht. Das wirkte sich auch auf den Fahrpreis aus.

»Fahr gegen Schmelz«, befahl der Kaufmann. Das lag eine halbe Meile südwärts am Haff. Stache fuhr denn auch aufs Eis und blieb dicht an der Küstenlinie. Rechter Hand erstreckte sich der Nehrungswald. Tigges sah sich immer wieder um, konnte jedoch nichts Verdächtiges entdecken. Auch andere Schlitten waren unterwegs. Fischer zogen ihre Netze aus den Eislöchern.

»Du wirst hinter Schmelz den Braunen ausspannen und für mich satteln«, ordnete Tigges kurz vor dem ersten Ziel an. »Dann kehrst du in den Krug zurück und wartest dort auf mich.«

»Mein Brauner ist kein Reitpferd«, murrte Stache.

Tigges lachte. »Gerade recht für mein Gewicht.«

»Wohin wollt Ihr?«

Darauf gab Tigges keine Antwort, wies nur geradeaus in die weite Landschaft.

Weit hinter Schmelz, als nur noch Eis und ödes Land ringsum lagen, bestieg Tigges mit einiger Mühe den Braunen, wartete, bis Stache den Schlitten gewendet hatte, und ritt dann weiter südwärts. Erst als er meinte, nun müsse der Fuhrmann längst im Schmelzer Krug beim Bier sitzen, trieb er den Braunen im weiten Bogen nach rechts, quer übers Haff. Ganz wohl war ihm nicht dabei, doch das Eis war stark genug, ihn und den schweren Gaul zu tragen.

Er ritt auf die etwa eine Meile entfernte Nehrung zu und verglich die Landmarken: eine Anhöhe rechts, der Libisberg, zwei weitere geradeaus. Auf die hielt er zu. Erwies sich sein Gewährsmann als so zuverlässig wie bisher, erwartete der ihn dort in der dunklen Grickinnschlucht, südlich der Häuser am Schwarzen Ort.

Der Braune in seinem Schaukeltrab brauchte lange bis zur Nehrung. Tigges kam sich auf der weiten Eisfläche wie ein lebendiges Ziel für jeden Armbrustschützen vor.

Endlich erreichte er das Ufer und setzte über den knirschenden Eisrand den Strand hinauf unter die schützenden Bäume. Der Braune dampfte, als wären sie im Galopp geritten. Tigges stieg ab und band ihn an einem Baum fest. Die ganze Angelegenheit war ihm unheimlich. Im Vorjahr hatte der Mann seine Ware selbst bei ihm abgeliefert, doch diesmal war er im »Elch« erschienen und hatte sich diesen abgelegenen Ort für die Übergabe ausbedungen.

Tigges wartete. Die Stunde war ohnehin ungewiß in der nördlichen Einöde, wo sich die neumodischen Uhren nur selten auf den Burgen und bei den reichen Bürgern fanden. Er hatte die seine auch auf der »Möwe« gelassen. Man wußte nie, auf wen man in dieser Wildnis traf und welche Absichten er verfolgte.

Einige Male knackte es verdächtig im Gehölz, aber das konnte gut die Schneelast auf den Bäumen sein. In einiger Entfernung brach ein größeres Tier durch den Wald. Ein Elch? Oder endlich der erwartete Reiter?

Stille. Dann wieherte ganz in der Nähe ein Pferd. Jemand kam direkt auf Tigges zu. Sich zu verstecken, schien ihm sinnlos. Die Stapfen im Schnee verrieten jeden Schritt.

Also blieb er aufrecht stehen und gewahrte zu seiner Erleichterung nur eine einzelne Gestalt, die sich durch das Dickicht und den hohen Schnee herankämpfte. Der Mann bemerkte ihn und winkte von weitem mit der Hand. Mit der anderen hielt er einen Sack geschultert, auf den sich Tigges' begehrlicher Blick richtete.

Sie begrüßten sich stumm, und der Sack, der sich zu Tigges' Enttäuschung eher als ein prall gefülltes Säckchen erwies, wechselte den Besitzer. Tigges griff hinein und fühlte eine Menge kleiner Brocken zwischen einigen größeren. »Das ist nicht gerade viel für den vereinbarten Preis!« murrte er.

Der Ankömmling, ein kräftiger Kerl mit finsterem Gesichtsausdruck, legte erschrocken den schmutzigen Finger über die Lippen. »Wollt Ihr uns beide am Galgen sehen? Was glaubt Ihr, welches Wagnis ich Euretwegen eingehe! Der Vogt ist scharf wie eine Degenspitze, und zweimal kam schon eine Visitation. Alle Dorfbewohner mußten den Eid erneuern, und wir mit ihnen. Ein Körnchen davon in meinem Beutel, und aus ist's mit mir. Und mit Euch gleich dazu, wenn ich das Maul nicht halte.«

»Schon gut, schon gut«, beschwichtigte ihn Tigges flüsternd. »Es ist kaum eine Achteltonne, denke ich. Für den Preis kann ich es fast beim Orden kaufen.«

Der finstere Mann griff an seinen Gürtel, wo ein Messer steckte. »Kauft künftig, wo Ihr wollt. Aber jetzt bezahlt!«

Tigges hob begütigend die Hand und kramte nach den Münzen.

»Nun macht schon!« forderte der andere ungeduldig. »Es sind Reiter auf der Nehrung. Mehr als sonst. Das bedeutet für gewöhnlich nichts Gutes.«

Auch das noch, dachte Tigges. Er überreichte das Geld. Der andere betrachtete mißtrauisch jedes Geldstück einzeln. »Preußische Münze war nicht ausgemacht«, wandte er bei einem ein.

»Besser, als mit Salz vergütet«, entgegnete Tigges. Damit bezahlte der Orden.

Endlich waren sie handelseinig. Der Mann hob noch einmal die Hand. Tigges sagte: »Im nächsten Jahr mit besserer Ware, hoffe ich.« Der andere antwortete mit einem ungewissen: »In einem langen Jahr fallen viele Eicheln von den Bäumen«, und stapfte davon.

Tigges griff seine Ware und ging in seiner Fußspur mit schweren Tritten auf den Braunen zu. Sein Lieferant mochte noch keine zwanzig Schritte weit gekommen sein, als ein dumpfer Laut und ein ersticktes Ächzen Tigges' Ohr erreichten und er sich hastig umwandte. Der Mann war vornüber in den Schnee gestürzt und lag reglos, wie vom Blitz gefällt. Aus seinem Oberkörper ragte eine Lanze.

Tigges stand vor Schreck wie angewurzelt. Einer ersten Eingebung folgend, schob er den Sack weit unter die ausgebreiteten Äste ins Gesträuch und verwischte die Spuren, so gut es ging.

Aber hatte das überhaupt einen Sinn? Wer immer den Strandreiter getötet hatte, mußte nahe genug sein, um auch ihn beobachten zu können. Oder war der Mann nur von einem lautlos herabstürzenden Ast getroffen worden, und er ließ sich von einem Unfall ins Bockshorn jagen?

Vorsichtig spähte Tigges durch das Unterholz auf den leblosen Körper. Nein, es war kein Ast, der ihn gefällt hatte, sondern eine starke, an die sechs Ellen lange Lanze. Sie ragte schräg in den verhangenen Himmel.

Trotz seines dicken Pelzes fror Tigges plötzlich. Hilflos sah er sich um. Nichts. Er horchte. Kein Geräusch. Nur der Wind säuselte zwischen den Stämmen.

Gerade überlegte er, ob er nicht doch seine Ware ergreifen und sich mit dem Braunen auf und davon machen sollte, als hinter ihm eine schneidende Stimme ertönte: »Du bist der nächste, Pfeffersack!«

Tigges war kein Feigling. Jetzt lief ihm der kalte Schweiß den Rücken hinunter, und er stand wie erstarrt. Von vorn, wo der tote Strandreiter lag, näherte sich zu Fuß eine weiß gekleidete Gestalt. Rechts knackte es im Gehölz, und von hinten kam auch jemand, das spürte er. Er wagte nicht, sich umzudrehen.

Der vordere Mann hatte den Toten erreicht, zog mit einiger Kraft die Lanze aus der Leiche und stocherte damit gleichmütig im tiefen Schnee, um sie zu reinigen. Dann erst beugte er sich über den Toten und griff an dessen Gürtel.

Rechts neben einer dicken Eiche erschien eine weitere Gestalt, ein blankes Schwert in der Hand und ebenfalls weiß gekleidet. Beide Männer trugen Helme, Kettenhemden unter den weißen Umhängen und Stiefel, wie Tigges sie von den Kreuzherren kannte.

Der Weißgewandete, der sich ihm von der Eiche her näherte, war bis auf wenige Schritte herangekommen und klappte das Helmvisier herunter. Tigges überlegte, ob und wie er ihn ansprechen sollte, als ihn über der Hüfte ein dumpfer Schmerz traf und sich tief in ihn hineinfraß. Brennende Kälte überströmte seinen Rücken, und gleichzeitig spürte er, wie ihm das Blut über die Hinterbacke in die Beinlinge lief. Er wäre in sich zusammengesunken wie ein tödlich verwundetes Tier, hätte ihn nicht die schneidende Stimme daran gehindert.

»Steh, du Lump!«

Nur mühsam hielt sich Tigges aufrecht und versuchte, den abscheulichen Schmerz zu mißachten. Wahrscheinlich hatte ihm der Kerl, der sich von hinten anschlich und den er noch immer nicht sah, die linke Niere durchstochen.

Als ob es darauf noch ankäme, dachte Tigges in einem Anfall schwärzester Verzweiflung, sie würden ihn so oder so töten, einfach abstechen, wie sie es mit dem Strandreiter getan hatten. Es waren Kreuzherren auf irgendwelchen Abwegen, das verrieten die Bewaffnung und das fehlende Kreuz auf ihren Umhängen.

Und sie töteten, was sich ihnen in den Weg stellte.

Mit einem heftigen Ruck zog der Mann hinter ihm die Waffe aus der Wunde. Langsam sank der Kaufherr in die Knie, wollte sich zur Seite zu drehen und fiel mit dem Gesicht in den Schnee.

Als er wieder zu sich kam, lag er auf dem Rücken, der Kopf tiefer als die Füße. Über ihm bauschten sich die weißen Umhänge; darüber schwebten drei Helme. »Na, endlich«, drang es dumpf aus einem hervor. Tigges wollte sich aufrichten, aber etwas hielt ihn am Hals schmerzhaft zurück. Er blickte auf seine Brust und dann die breite Schwertklinge hinauf bis zu der Hand, die sie gegen ihn ausstreckte.

»Bleib nur liegen, Pfeffersack!« dröhnte es aus dem Helm. »Brauchst in deinem Leben nie wieder aufzustehen.«

Es war die vertraute niederdeutsche Mundart, wie sie überall im Norden des Reiches und bis hinauf nach Bergen und Reval gesprochen und verstanden wurde. Auch von den Kreuzherren. Tigges wunderte sich, daß er noch in der Lage war, über die Sprache seiner Peiniger nachzudenken.

»Was … was wollt Ihr von mir?« ächzte er.

Aus den Helmen prustete ihm Lachen entgegen.

»Wir w-wollen nur dein B-Bestes, Ha-Halunke!« stotterte der eine.

»Ich gebe Euch all mein Geld«, keuchte Tigges ohne jede Hoffnung. »Meinen gesamten Besitz …«

Wieder lachten sie. »Du gibst uns dein Leben. Mehr nicht. Du weißt, daß es verwirkt ist.«

Sie gaben also zu, zum Orden zu gehören. Tigges schwieg und dachte fieberhaft nach. Aber wie er es auch drehte – es blieb eine ausweglose Lage.

»Wie oft hast du deine verbotenen Geschäfte mit dem Verräter gemacht?« Der Sprecher mit der gellenden Stimme wies über die anderen hinweg dorthin, wo wahrscheinlich der Strandknecht in seinem Blut lag.

Tigges schwieg noch immer. Mit stetigem Druck drang die Schwertspitze durch den Pelz bis zu seinem Hals vor.

»Nur heute!« gurgelte er hervor. »Er selbst hat es mir angeboten.«

Das stimmte wenigstens zum Teil und konnte dem Toten nicht mehr schaden.

»Du lügst, du Hund!«

Der Druck des Schwertes ließ nicht nach.

»Auch schon im vorigen Jahr«, röchelte Tigges und schloß die Augen. Es war aus. Er hatte den Hals nicht voll genug gekriegt. Nun folgte die blutige Strafe. Was für ein Unglück, hier in der Wildnis und fernab der Heimat elend zu verrecken.

Ein Mann in den besten Jahren! Er sammelte seine letzte Kraft, griff mit der Hand nach dem Schwert und zerrte es zur Seite. »Bringt mich doch um!« schrie er, so laut er konnte und ohne auf seine blutige Hand zu achten. »Aber wer wird euren Stein dann nach Venedig bringen?«

Er sank zurück und wartete auf das Schwert. Es kam nicht. Er schlug die Augen auf. Die drei Helme waren einander zugewandt. Einer hob die Klappe und blickte auf Tigges herab. »Weshalb gerade nach Venedig, Pfeffersack?« wollte er wissen.

Tigges witterte eine Möglichkeit. »Im Reich ist seit Luther mit Paternostern nicht mehr viel zu verdienen«, stöhnte er. »Das solltet ihr am besten wissen. Und wer zahlt besser als ich?«

Für den Augenblick hatte er gewonnen. Sie ließen ihn liegen und beratschlagten miteinander. Blechern und unverständlich klangen die Stimmen in Tigges' Ohren. Das Wort vom »Hamburger« jedoch, das mehrfach fiel, verstand er allzu gut. Daher wehte der Wind. Er hatte dem Oldehorst von Anfang an zu Recht mißtraut. Der hatte ihn ans Messer geliefert, weil er neidisch auf seinen Handel mit Venedig war.

Unter Qualen versuchte er sich aufzurichten. Wie ernsthaft mochte seine Verletzung sein? Er tastete mit der Hand zur Hüfte, spürte aber nur die Kälte des Schnees. Wenn er nur mit dem Kopf etwas höher gelegen hätte. Vorsichtig versuchte er, seinen schweren Körper zu drehen. Wider Erwarten gelang es ihm allmählich, eine angenehmere Lage zu finden und sich mit dem Rücken gegen einen Baumstamm abzustützen.

»Sieh an, unser Pfeffersack kriecht wie eine Schlange«, tönte es über ihm. »Aber es nützt dir nichts. Wir schlagen dem Untier dennoch den Kopf ab.«

»Was habt Ihr davon, mich zu töten?« fragte Tigges entmutigt.

»Was hätten wir davon, einen üblen Halunken wie dich am Leben zu lassen?« Der Sprecher ließ den Sack, den der Strandreiter Tigges überlassen hatte, vor dessen Augen baumeln und schlug ihm damit ins Gesicht. »Darauf steht der Tod am Galgen, das Gesicht gen Norden gewandt. Das bedeutet von Alters her ewige Kälte und ewigen Durst, Pfeffersack!« Er lachte höhnisch und warf den Sack in den Schnee.

»Tröste dich«, meinte der mit dem Schwert, »auch dein Freund, der Schäffer mußte sterben.«

Tigges hob die rechte Hand. »Er war ein Ehrenmann und wußte nichts davon.« Er wies auf den Sack.

»Na eben. Deshalb eignest du dich ja besonders gut als Schuldiger für seinen Tod! Du bist am rechten Tag in Memel eingetroffen.«

Verzweifelt schüttelte Tigges den Kopf. »Ihr habt schon den Damrau«, keuchte er.

»Du bist besser! Der alte Kracher stirbt auch ohne unsere Hilfe.« Das war wieder die schneidende Stimme. Tigges sah auf. Ein Kerl wie ein Baum, nur die Stimme etwas zu schrill.

»Und du warst in Prekoll, als dort dein Freund und Spießgeselle Dittko starb.«

»Damit habe ich nichts zu tun!«

»So? Für wen sonst hat er im Boden gescharrt wie ein Maulwurf? Und von wem bezog er wohl die Gulden, die er im Krug versoff?«

Mit einer Handbewegung versuchte Tigges, die Sache mit Dittko herunterzuspielen. »Er hat da was im Lehm gefunden, dick überkrustet. Das hat er mir gebracht. Ich habe es ihm halb aus Mitleid, halb aus Wißbegierde abgekauft. Das ist nicht verboten ...«

»Das Gesetz sind wir. Du wußtest, was er ausgegraben hat, und hast es nicht gemeldet.«

»Ich bezahle alles. Alles, hört Ihr? Und ich schweige. Der Hamburger aber wird Euch verraten, wie er mich verraten hat.« Es war Tigges' letzter Trumpf.

Die drei schienen sich uneinig.

»Schweigen w-wirst du sowieso. Und z-zwar für immer.« Das war der Lanzenstecher.

»Und zahlen ebenfalls. Dafür ist gesorgt, wenn wir das Schiff durchsuchen«, sagte der mit dem Schwert.

Tigges schloß die Augen. Was konnte er noch sagen oder tun? Alles schien verloren.

Er bewegte die Lippen. »Der Ritter Martin ...«, entfuhr es ihm halblaut.

»Was ist mit dem?« Die Stimme des dritten, anscheinend des Anführers, klang jetzt weniger durchdringend.

»Er weiß alles«, phantasierte Tigges. »Auch das mit Dittko hat er herausgefunden. Er hat die Leiche untersucht. Das ist ein schlauer Kopf. Er kennt alle meine Geschäfte, und er kennt den wahren Mörder Wilk von Nauroths.«

»Hat er dir das gesagt?«

Tigges nickte schwach, als ginge es mit ihm zu Ende.

»Wer ist es?« Die Stimme gewann wieder die alte Schärfe.

»Namen hat er nicht genannt ...«, flüsterte Tigges.

Ein Fußtritt traf ihn, glücklicherweise in die rechte Seite.

»Ich weiß es wirklich nicht«, wimmerte Tigges. »Er ... macht ein Geheimnis daraus ... Wahrscheinlich will er den Mörder selber fangen. Oder ihn dem Hochmeister ausliefern ...«

Der Lanzenträger sagte: »Der K-Kerl weiß zuviel. Ma-Machen wir ein Ende.«

Tigges schrie auf. »Ich bin ein Handelsmann! Ich kümmere mich nur um meine Geschäfte. Um nichts sonst auf der Welt.«

»Und um Martin, Dittko und wen sonst noch!« Das war die höhnische Stimme des Mannes mit dem Schwert. »Bringen wir es hinter uns. Die Krähen werden sich über den feisten Kadaver freuen.«

»Der Fuhrmann wird mich und sein Pferd vermissen.« Tigges gab nicht auf. Solange er mit ihnen redete und sie mit ihm, war er am Leben. »Die Spur führt hierher.«

Schweigen.

»Wenn wir dich laufen ließen, eiltest du spornstreichs zu deinem Ritter Martin, nicht wahr?« Es war der Ritter mit der häßlichen Stimme, und Tigges' Herz machte schon beim *Wenn* einen Satz.

Der Kaufmann schüttelte heftig den Kopf. »Ich ... steche morgen früh in See. Bis dahin spreche ich mit keinem Menschen in der Stadt. Das schwöre ich, bei allem, was mir heilig ist!«

»Bei deinem Geldsack also«, meinte der Schwertträger nüchtern. »Wolltest du den nicht uns überlassen? Oder hat den etwa auch dein Ritter Martin in Verwahrung?«

Abermals schüttelte Tigges den Kopf. »Vielleicht hat Martin ja selber den Schäffer umgebracht ...«, meinte er schlau.

Der Anführer schluckte den Köder. »Gar nicht mal schlecht. Aber weshalb sollte er das tun?«

Tigges winkte die Ritter näher zu sich heran, als sei seine Stimme zu schwach, um sie zu erreichen. »Es ging ihm um dessen Stelle. Das hat er meinen Leuten im ›Hecht‹ selber erzählt. Er hatte Geld und war dort bei einer Hure.«

Tigges spürte ihre Aufmerksamkeit. Er mußte reden, reden, bis sie nicht mehr daran dachten, ihn zu töten.

»Er hat ein Mädchen in der Stadt«, sagte er.

»Das wissen wir.«

»... auf das der Schäffer ein Auge geworfen hatte«, fuhr Tigges fort. »Martin hat sie ihm ausgespannt.«

Die drei sahen sich an.

»Wenn Ihr mich umbringt, wird er auch nach meinem Mörder suchen. Er glaubt, ich sei sein Freund.«

»Dabei bist du nur selber auf die Dirne scharf.«

Tigges' Stimme wurde dringlicher. »Wenn Ihr mich tötet und Martin nicht, wird er nicht Ruhe geben ... Ich biete Euch hundert Gulden. Hundert für jeden von euch ... Damit könnt Ihr ein ganzes Gut erwerben ...«

Grob fuhr ihn der Lanzenstecher an: »Halt endlich 's M-Maul!«

Sie gingen einige Schritte in die Schlucht hinein. Zitternd sah ihnen Tigges nach. Die Zeit verrann, und er fror. Die Blutung an seiner Hüfte war anscheinend zum Stillstand gekommen. Die Wunde schmerzte. Aber das war jetzt unwichtig. Noch lebte er und beobachtete seine Peiniger. Wie mochte das Urteil ausfallen?

Ein paarmal sah es aus, als seien sie zu einem Entschluß gekommen, doch immer wieder wandte einer etwas ein, bis sich schließlich der Schwertträger aus dem Grüppchen löste und auf Tigges zuschritt. Der war dicht davor, in Ohnmacht zu sinken. Doch der Kerl stieß ihm die Spitze der Waffe nur unsanft in den Oberschenkel und sagte: »Morgen abend nach der Dämmerung. Alles Silber und Gold, das an Bord ist. Versuche nicht, uns zu betrügen. Und halt dein böses Maul geschlossen, Pfeffersack!«

Er stieß noch einmal spielerisch mit dem Schwert zu und wollte sich entfernen.

»Wie soll ich nach Memel gelangen?« rief Tigges ihm nach. »Ich werde hier erfrieren.«

Der Ritter kam zurück und lachte ihm ins Gesicht. »Der Fuhrmann wird dich und sein Pferd vermissen«, sagte er hämisch. »Die Spur führt geradewegs hierher.«

Er betrachtete den Handelsherrn zu seinen Füßen. »Sag ihm, schamaitische Räuber hätten dich überfallen.« Er griff nach Tigges' Gürtel. Plötzlich war da ein Messer, mit dem er geschickt den Geldbeutel abschnitt. Unzufrieden wog er ihn in der Hand. Nur wenige Münzen klingelten darin.

Tigges stöhnte. Der Ritter sah ihn an und trat ihm in einem spontanen Entschluß mit dem Stiefel mitten ins Gesicht. »So sieht es echter aus«, stellte er zufrieden fest und trat noch einmal mit aller Kraft zu.

Tigges fiel zur Seite. Sein Blick streifte den Beutel mit dem wertvollen Stein, der im Schnee liegengeblieben war.

25. JUDAS

Vom Burgtor aus lag die Brücke zur Stadt nicht im Blickfeld der Wache. Darauf hatte Martin seinen Plan aufgebaut, unbemerkt aus dem Schloß zu entkommen. Niemand hatte ihn beachtet, als er im Danzker nach oben verschwunden war, und niemandem war hoffentlich der Strick aufgefallen. Er war an einem Balken im oberen Wehrgang befestigt und hing aus einer der größeren Luken bis knapp über den Boden herab.

Inzwischen ging es auf die Vesperzeit zu, und es erschien Martin besser, sich wenigstens jetzt beim Gebet sehen zu lassen. Im Gewühl einer Gruppe von Knechten, die aus der Stadt zum Schloß zog, überquerte er den zugefrorenen Flußarm, ohne auffällige Fußspuren zu hinterlassen. Er blieb erst unter der Wallmauer zurück, um sich in deren Schutz zu seinem Seil zu schleichen.

Martin bemerkte es schon aus einiger Entfernung: Der Strick hing nicht mehr an der Mauer herab. Und er lag auch nirgendwo im Schnee oder auf dem Eis des Grabens. Also hatte ihn jemand bemerkt und nach oben gezogen. Martin knirschte mit den Zähnen. Wahrscheinlich waren die von Schönberg angekündigten Verteidigungsvorbereitungen schuld an seinem Mißgeschick.

Wollte Schönberg die Burg tatsächlich gegen den Regenten und die ausdrücklichen Befehle des Hochmeisters für Herzog Erich halten? Dann stand Martin hier ohnehin auf der falschen Seite.

Wieder einmal wurde ihm bewußt, wie sehr ihm Wilk mit seinem klugen Rat fehlte. Niemals hätte der sich für den Strohkopf Erich und gegen den Hochmeister entschieden.

Jetzt half das alles nichts, er mußte auf die Burg zurück, und der einzige Weg dorthin führte durch das Tor.

Das war bereits geschlossen, als er es erreichte, und die Wache schien verblüfft über den späten Ankömmling. Einen der beiden Männer kannte Martin als Verwundeten von Heilsberg her. Der stellte sich ihm in den Weg.

»Es gilt ein Verbot des Statthalters, Euch durchzulassen!« sagte er trutzig.

»Auch nicht hinein?« fragte Martin und grinste ihn fröhlich an. »Ich habe nur nach den ersten Schneeglöckchen unter der Mauer geschaut.«

Der Mann wußte nicht recht, was er tun sollte. »Wir müssen es dem Statthalter melden ...«, sagte er unsicher.

Martin tat weiter fröhlich und nickte ihm zu. »Natürlich. Und meldet gleich dazu, daß Ihr mich vorher hinausgelassen habt.«

Die Wachen sahen sich entgeistert an.

»Wie könnte ich sonst nach draußen gelangt sein?«

Der zweite Mann schüttelte den Kopf. »Hier seid Ihr nicht hindurch!«

Mit gespielter Erregung griff Martin an den Gürtel, als trüge er ein Schwert und kein Bündel für einen Gefangenen bei sich. »Willst du mich der Lüge zeihen, Kerl?« fuhr er ihn an. »Und schläfst dabei mit offenen Augen!«

Der zweite Mann wollte aufbegehren, doch der Heilsberger machte eine abwiegelnde Handbewegung und sagte beinahe bittend: »Verschwindet schnell ins Schloß, bevor Euch jemand sieht.«

»Das ist ein Wort.« Martin zwinkerte ihm zu und schob zwei Groschen in die derbe Pfote. »Wir alten Kämpen halten doch zusammen.«

Ein wenig berauscht von dem leicht errungenen Erfolg begab er sich zur Kapelle, wo zu seinem Ärger jedoch nur noch ein paar Pfaffen miteinander schwatzten, als gelte gerade an dieser Stelle kein Schweigegebot nach dem Abendgebet. Verdrossen durchquerte Martin das Kirchenschiff, um nach oben ins Dormitorium zu gelangen. Bevor er etwas unternahm, sollten ihn erst einmal möglichst viele Brüder sehen. Aber auch das Dormitorium war dafür nicht der rechte Ort, wie sich herausstellte. Obwohl es bereits dunkelte, lag nur Siewert auf seiner Schlafstatt und versuchte, seinen lauernden Blick hinter blinzelnden Augenlidern zu verbergen. Martin schnitt ihm eine grimmige Grimasse und verließ den Schlafsaal wieder. Noch immer trug er das für den alten Damrau bestimmte Bündel unter seiner Joppe und wußte nicht so recht, wohin damit.

Er traf die anderen Ritterbrüder in der Konventsstube versammelt. Das war um diese Stunde ungewöhnlich. Und ebenso ungewöhnlich war es, daß sie verstummten und sich alle Blicke auf ihn richteten, als er eintrat.

»Sieh an, der verloren geglaubte Sohn …« Das war Wigamurs höhnisches Krähen. Sein Anhang murmelte beifällig. Martin meinte, die Feindseligkeit mit Händen greifen zu können.

»Wo hast du nur den ganzen Tag gesteckt?« erkundigte sich Cuntz mißtrauisch.

Martin log, ohne zu erröten: »Ich habe mich im Gebet zurückgezogen, wie es sich für einen Sünder gehört.«

»Nicht einmal zur Vesper hat man dich gesehen.«

»Ich faste«, sagte Martin knapp.

»Wer's glaubt …«, höhnte Einhard.

Zu Martins Überraschung wandte sich Bruder Mauritius gegen Wigamur. »Zur Vesper wart auch Ihr noch nicht zurück. Wo seid denn Ihr gewesen?«

Wigamur verteidigte sich hochfahrend: »Wir haben uns ein wenig verspätet bei unserm Ausritt. Es gilt, die Stimmung im Land festzustellen.«

»Die ist allemal feindselig und gegen uns gerichtet, wie jeder weiß. Bruder Martin jedenfalls war in der Firmarie. Dafür verbürge ich mich.«

So viel hatte Mauritius noch nie gesprochen. Und noch nie hatte jemand für Martin gelogen. Wenigstens einen Freund besaß er in diesem Kreis. Er nickte ihm dankbar zu.

»Wozu dann diese ganze Posse?« polterte jetzt auch Cuntz. »Du hättest es gleich sagen sollen, Mauritius.«

»Ihr habt mich nicht gefragt. Es hagelte augenblicklich Anklagen gegen Martin. Es hieß«, er sah Martin scharf an, »du gingest zu den Huren und hättest es auf Wilks Schäfferamt abgesehen ...«

»Weshalb nicht gleich Komtur?« rief Martin dreist. »Oder glaubt hier jemand, daß Erich wiederkehrt?«

Tumult erhob sich. Hier schieden sich die Geister. »Verrat!« schrie jemand. »Man hat im Wehrgang ein Seil entdeckt ...«

»Wer? Du selber?« brüllte Cuntz zurück. »Oder einer von des Miltitz' Leuten?«

Spät in der Nacht und tief zerstritten begaben sie sich einzeln oder in kleinen Grüppchen zur Ruhe. Von Martin war nicht mehr die Rede. Er folgte Mauritius. »Ich bleibe in der Firmarie, wenn es dir recht ist.«

Der Spittler hatte nichts dagegen. Nur als Martin sagte: »Ich muß nur vorher noch etwas Wichtiges erledigen«, hob er die Brauen.

»Im Danzker«, beruhigte ihn Martin. Das konnte Mauritius verstehen, wie er wollte. Es war die Wahrheit.

Den ganzen Abend hatte ihn das Bündel unter der Joppe gedrückt. Er suchte ein Gefäß, füllte es am Brunnen mit Wasser und schlich hinüber zum Danzker. Der Wachtposten hatte sich, wie nicht anders zu erwarten, ein wärmeres Plätzchen in einer Treppennische gesucht und schlief dort im Schein einer Ölfunzel. Dennoch wagte Martin nicht, den Haken zu gebrauchen, um zu Damrau vorzudringen. Er packte den Mann an der Schulter. Der erschrak beinahe zu Tode.

»Nennst du das deinen Dienst versehen?« fragte Martin streng. Der Wächter rappelte sich auf und versuchte, sich zu verteidigen.

»Gib mir den Schlüssel«, forderte Martin und ließ einen halben Gulden in seiner Hand blitzen. Die Augen des Wächters leuchteten auf, doch er schüttelte entschlossen den Kopf.

»Niemand darf zu dem Gefangenen!«

»Nur für ein paar Minuten. Ich muß mit ihm reden. Der Ermordete war mein Freund, verstehst du?«

»Nein. Ihr wollt ihn umbringen, und ich trage dann die Schuld!«

Martin beruhigte ihn, und schließlich siegte die Geldgier. »Wenn es jemand bemerkt, behaupte ich, Ihr habt mich niedergeschlagen«, sagte der Mann und reichte ihm verstohlen die Kerkerschlüssel.

Martin entzündete an der Öllampe eine Kerze, die er diesmal beim Sankt Georg genommen hatte, und tappte die Stufen hinunter. Ein schauerlicher Gestank von Moder und Exkrementen schlug ihm entgegen. Sie hatten Damrau nicht in das tiefste Verlies gesperrt. Am Boden einer vergitterten Nische entdeckte Martin die Elendsgestalt. Er hockte sich nieder und rief Damraus Namen. Erst nach einer ganzen Weile hob der Gefangene den Kopf. »Was quält Ihr mich? Seid Ihr noch nicht zufrieden?«

»Ich bringe Euch Nachricht von Eurer Frau und Eurer Tochter. Und etwas zu essen.« Martin knotete das Tuch auf und schob alles einzeln durchs Gitter.

»Trinken«, bat Damrau schwach.

Der Krug paßte nicht hindurch. Damrau kroch näher, und Martin hob ihm das Tongefäß an den Mund.

»Weshalb tut Ihr das?«

»Weil ich weiß, daß Ihr unschuldig seid.« Ein schwacher Trost für Damrau, das spürte Martin. »Ich werde versuchen, Euch hier herauszuholen«, versprach er trotzdem. Eine Möglichkeit dafür sah er nicht.

Auf seinem Lager in der Firmarie dachte er noch lange an den Alten im Turm, bevor ihn der Schlaf übermannte.

Am nächsten Morgen stand er dennoch früh auf und nahm an allen Gebeten teil. Jeder hielt sich fern von ihm, doch zumindest Cuntz machte ihm ein zustimmendes Zeichen und schob ihm nach dem Frühstück heimlich ein Stück Brot zu. Martin hatte keinen Hunger, Mauritius versorgte ihn. Mit dem Spittler führte er ein langes Gespräch. »Ich habe mich für Albrecht und gegen Erich entschieden«, gab dieser zu. »So, wie es hier zugeht, hat der Orden keine Aussicht, das Jahr zu überdauern. Der Hochmeister ist längst kein katholischer Fürst mehr, und wie man hört, will er die weltliche Herrschaft in Preußen an sich reißen. Da kann jeder von uns ein Amt übernehmen und heiraten, wenn er möchte.«

»Meinst du wirklich, Erich und seine Kumpane geben Memel freiwillig auf?«

»Es wird ihnen nichts anderes übrigbleiben. Was glaubst du, weshalb Schönberg schon seit Tagen den ›Sperber‹ beladen läßt? Vor einigen Nächten haben sie eine riesige Truhe und etliche Tonnen zum Holm hinübergebracht. Sie plündern hier alles aus und überlassen dem Hochmeister die leere Burg.«

Martin fiel es wie Schuppen von den Augen. »Dafür brauchten sie meine Aufstellungen!«

»Das kann gut sein. Aber noch ist nicht aller Tage Abend! Der Preuß ist insgeheim auf unserer Seite, und manch anderer vielleicht auch.«

»Die Truhe – könnte das Wilks gewesen sein?«

Mauritius hob die Schultern. »Es war stockdunkel. Mir ist nur aufgefallen, wie verstohlen sie das Zeug aus dem Danzker wegschleppten.«

»Aber jetzt ist es hell«, sagte Martin entschlossen. »Ich werde mich überzeugen, ob es Wilks Truhe war. Und falls dich jemand fragt: Ich kniete hier die ganze Zeit im Gebet versunken.«

Unbeirrt ging er zum Danzker und stieg die Wendeltreppe hinauf bis zu der mysteriösen Tür im Halbgeschoß. Niemand erwartete wohl eine solche Dreistigkeit am hellichten Tag. Das Schloß ließ sich leichter öffnen als beim ersten Mal. Als er Schritte auf den Stufen vernahm und die niedrige Tür hinter sich zuzog, fiel ihm ein, daß er eine Kerze vergessen hatte. Durch die Ritzen der verschalten Luken im Mauerwerk drang nur spärliches Tageslicht. Martin wußte, wie solche Öffnungen verschlossen waren. Mit einiger Mühe gelang es ihm, die eiserne Klammer hinter den Bohlen zu lösen und die Luke aufzustoßen. Unter ihm lag der schmale Streifen zwischen Wallmauer und Graben, und mit in der Brust aufsteigender Hitze wurde ihm bewußt, daß er sich genau über jener Stelle befand, wo er Wilks Leichnam unter dem Eis entdeckt hatte.

Er zog den Kopf zurück und sah sich in dem Gang um. Jahrzehntealter Schmutz bedeckte den Boden. Ein heller, eckiger Splitter im Staub dicht vor der Luke fiel um so mehr auf. Klopfenden Herzens hob ihn Martin auf. Es war ein Stück des abgebrochenen Arms von Wilks Kruzifix aus weißem Bernstein.

Hier oben also hatte man den Schäffer geblendet und getötet und ihn dann aus der Luke gestürzt in der Hoffnung, daß ihn bis zum Frühjahr niemand fände. Erst beim Sturz war wahrscheinlich sein Genick gebrochen.

Was aber war es, das Wilk verraten hatte oder zu verraten drohte? Es konnte nur mit dem Raum zusammenhängen, in den Martin bei seinem verunglückten nächtlichen Besuch nicht eingedrungen war. Entschlossen steckte er den Bernsteinsplitter in den Beutel an seinem Gürtel, in dem sich noch immer der Stein befand, den er dem Jungen in Prekoll abgekauft hatte. Martin zog ihn hervor und betrachtete ihn genau. Weshalb war er nicht gleich darauf gekommen? Er kratzte mit dem Messer daran und legte die Oberfläche unter der Kruste frei. Als er den Brocken an seiner Joppe rieb, sah er, wie sich feine Fasern aus dem Leinen aufrichteten. Wilk hatte es ihm erklärt: Geriebener Bernstein zieht leichtere Stoffe an.

Er steckte den Stein zurück und stolperte gebückt durch den niedrigen Gang bis zu den Stufen, die er mehr fühlte als sah. Das Licht reichte kaum bis hierher, doch es genügte, um zu erkennen, daß Wilks Truhe nicht mehr in der Nische stand. Und als er sich mit ausgestreckten Händen auf die Bohlentür mit den Eisenbändern zu bewegte, fand er sie zu seiner Überraschung offen. Wie hatte Mauritius gesagt? Eine schwere Truhe und Tonnen. In Tonnen wurde allerlei transportiert. Und in besonderen, den »schmalen« Tonnen der Bernstein, das wertvollste Gut des Ordens. Erichs Leute hatten es heimlich hier gehortet und auf den »Sperber« geschleppt. Bernstein ließ sich überall zu Geld machen.

Möglicherweise auch hier in Memel. Lag nicht Tigges' »Möwe« zum Auslaufen bereit? Und hatte der Lübecker nicht auch von Dittko Bernstein bezogen?

Er hatte das Geheimnis um Wilks Tod gelüftet! Martin richtete sich auf und stieß mit dem Kopf gegen die niedrige Decke. Einen Augenblick stand er und rieb sich die schmerzhafte Beule neben der Narbe, als er von der offenen Luke her ein Knacken vernahm. Er lauschte. Jemand stieß mit dem Fuß gegen die eiserne Klammer, die auf dem Boden lag. Martin drückte sich mit dem Rücken an der Wand entlang bis zu den Stufen, stieg behutsam nach oben und wandte sich beinahe geräuschlos nach rechts, wo die Stufen zum Dormitorium hinunterführten. Als er sich umdrehte, sah er eine Gestalt, die den Gang fast vollständig ausfüllte und das Licht aus der offenen Luke verdeckte.

Martin strauchelte auf der ersten Stufe, fing sich jedoch wieder und war blitzschnell an der Tür zum Dormitorium. Er fand das Schloß, hatte auch den Haken bei der Hand und drückte mehrmals kräftig, bis die Sperre nachgab. Im Nu war er im Schlafsaal und zog die Tür hinter sich zu. Soweit er es in dem Schummerlicht erkennen konnte, hielt sich niemand darin auf. Also führte er den Haken erneut ins Schloß, um die Tür hinter sich abzuschließen. Ob es gelang, wußte er nicht. Es gab ein häßliches Geräusch. Der Haken war abgebrochen. Martin hastete in langen Sätzen zwischen den Lagerstätten hindurch.

Auf dem Weg in die Firmarie begegnete ihm glücklicherweise niemand. Bei Mauritius jedoch ereilte ihn das Unheil in Gestalt von Goswin. Der hatte sich in den letzten Tagen auffällig zurückgezogen und war ausgerechnet jetzt auf die Idee verfallen, Martin mit einem Hühnerschenkel und einem eingelegten Fisch zu erfreuen.

»Ich warte schon ein ganzes Weilchen auf dich«, säuselte der Pfaffe. »Wie ich dich kenne, wirst du Schönbergs Fastengebot nicht allzu ernst nehmen.«

»Todernst«, entgegnete Martin mit steinerner Miene. »Was glaubst du sonst?«

Goswin grinste unsicher. »Ich dachte mir ...«

»Du dachtest dir, du könntest mich mal wieder ein bißchen aushorchen, wie? Hat Schönberg dir den Auftrag gegeben, mich mit Essen in Versuchung zu führen?«

»Aber Martin ...«, stotterte der verwirrte Goswin. »Wie kannst du so etwas von mir denken?«

»Ich denke noch viel Schlimmeres von dir!« fuhr Martin ihn an. »Wer hat dem Statthalter das Gasthaus ›Zum Elch‹ genannt, in dem man Wilk gut kannte?«

»Ich nicht!« rief Goswin voller Inbrunst aus. Man sah ihm die Lüge an der Nasenspitze an.

»Oh doch. Nur du kannst es gewesen sein. Deinetwegen schmachtet jetzt der arme Damrau tief unten im Danzker! Nennst du das eine gottgefällige Tat, du Heuchler?«

Goswin wand sich wie ein Aal im Salz. »Es war ganz anders«, jammerte er und wandte sich, vergeblich um Hilfe suchend, an Mauritius, der ihn angewidert betrachtete. »Ihr müßt mir glauben. Ich habe niemandem je schaden wollen ...«

»Vor Gott zählt nur, was du getan hast. Nicht, was du wolltest«, sagte Martin streng. »Hat Schönberg dich wenigstens ausreichend entlohnt dafür?«

»Ich bin nicht Judas«, flüsterte der unglückliche Pfaffe. »Ich wollte, ich könnte es euch beweisen.«

»Dann nenne uns Wilks Mörder.«

Goswins Augen weiteten sich. »Den weiß ich wirklich nicht«, flüsterte er ängstlich. »Alles ist geheim. Sie haben nur gedroht ...« Die flache Rechte fuhr mit einer unmißverständlichen Geste an seiner Kehle entlang. »Kann ich gar nichts anderes für dich tun?« fragte er bekümmert.

Martin sah ihn an. »Du kannst beschwören, daß du mich hier im Gebet angetroffen hast. Und außerdem wirst du jeden Tag zu Damrau hinuntergehen und mit ihm beten. Das wird dir niemand verwehren.«

»Das tue ich gewiß!« Goswin schien erleichtert. »Ganz gewiß. Du kannst dich auf mich verlassen, Bruder Martin!«

Schon war er an der Tür.

»Aber vergiß ja nicht, dem armen Kerl jeweils einen guten Happen und einen ausreichenden Trunk mitzunehmen.« Martin reichte ihm die Speisen. »Du fängst am besten gleich damit an.«

Demütig nahm Goswin die Mitbringsel an sich.

Martin fiel noch etwas ein. »Bring mir vorher eine Kutte, wie du sie trägst. Und, Goswin«, er sah ihm durchdringend in die Augen, »wenn du darüber sprichst ...« Martin hob die flache Hand und wiederholte Goswins Geste.

26. EIN ANGEBOT ZUM ÜBERLEBEN

Tigges hinkte auf der »Möwe« umher wie von Wölfen gehetzt. Am Morgen war der Kaufherr mit zerschundenem Gesicht und unter gräßlichen Schmerzen auf der Kogge aufgetaucht. Tausenderlei gab es noch zu tun, wenn sie am nächsten Morgen ablegen wollten. Einen früheren Zeitpunkt hatte der alte Reymer rundweg abgeschlagen.

Johann Tigges verdankte sein Leben dem Fuhrmann. Stache hatte sich – weniger aus Sorge um den Reiter als vielmehr aus Furcht vor dem Verlust des ausgehandelten Fahrpreises und seines Braunen – am Nachmittag von Schmelz aus auf den Weg gemacht, um ihn zu suchen. Im dichten Schneetreiben, das mit der Dämmerung einsetzte, fand er den übel zugerichteten und halb erstarrten Tigges am Haffstrand und half ihm mit einem tüchtigen Schluck aus der Branntweinflasche über die ausgestandene Todesangst hinweg. Seine Gedanken darüber, wie ausgerechnet schamaitische Raubgesellen auf die vom Orden stets gut bewachte Nehrung geraten sein sollten, behielt Stache für sich, und den toten Strandreiter in der Schlucht erwähnte Tigges nicht.

Der Lübecker wäre für sein Leben gerne noch am Vormittag durchs Memeler Tief gesegelt, aber weder der Proviant noch die Ladung waren ausreichend verstaut und gesichert, und so mußte er sich seufzend fügen. Umsonst springt nun einmal kein Hund über den Zaun, hieß es bei der Hanse, und wer weiß, wofür es gut war, sich an das Versprechen gegenüber den vermummten Rittern zu halten. Schließlich lag auch der »Sperber« am Holm. Mit der schnellen Jacht wäre es ein leichtes gewesen, die plumpe »Möwe« noch in Sicht der Burg aufzubringen und ihm, Tigges, endgültig den Garaus zu machen.

Außerdem waren da noch die Papiere mit dem Hafenmeister auszuhandeln, endlose Prüfungen, ob der Pfundzoll für die allgemeinen Kriegskosten, das Pfahlgeld für den Hafen und das Windegeld für die Beladung entrichtet waren und die Ladung keinem Verbot widersprach. Seit Tigges in Memel anlegte, hatten sich noch nie Beanstandungen ergeben. Aber wer wußte denn, wieviel seine eigenen Schiffsleute, allen voran der schwatzhafte Rasmus, in den Schenken der Stadt und der Vitte herumposaunt und dem vermaledeiten Hamburger damit Munition gegen den lübischen Widersacher geliefert hatten. Denn daß der ihn angeschwärzt hatte, stand für Tigges außer Zweifel.

Er hätte hundert Hände haben mögen und vor allem nicht diesen bohrenden Schmerz über der Hüfte, um alles so schnell wie möglich ins rechte Lot zu bringen. Da war beispielsweise das Säckchen mit dem Bernstein von der Nehrung, das es zu verbergen galt, denn für die übliche Prozedur fehlte einfach die Zeit.

Als Jörgens ihm von der Planke aus zurief, da sei ein Pfaffe, der ihn unbedingt sprechen wolle, verspürte Tigges nicht die geringste Lust, sich durch irgendeinen geistlichen Herrn aufhalten zu lassen, und winkte verächtlich ab. Ein paar Augenblicke später aber schwang sich der Kuttenträger über die Bordwand. Tigges brauchte nicht zweimal hinzuschauen, um zu erkennen, wer sich unter der Kapuze verbarg. Seine Peiniger hatten also nicht auf seinen Rat gehört.

»Was führt Euch auf mein Schiff?« fragte er abweisend.

Martin schlug die schützende Kapuze zurück. »Ich denke, wir haben noch einiges zu bereden, Tigges.«

»So?« höhnte Tigges. »Wollt Ihr mir erklären, weshalb drei Kreuzherren mich gestern hinterrücks überfallen und um ein Haar getötet haben?«

»Ich möchte wissen, mit wem auf dem Schloß Ihr euren schwunghaften Bernsteinhandel betreibt.«

»Das möchte ich auch wissen«, brummte der Kaufherr. »Ich fürchte fast, mit den gleichen Gesellen, die mich heute noch zur Kasse bitten werden. Ihr könnt gerne auf sie warten. Vielleicht nennen sie Euch Rang und Namen.«

»Seit wann betreibt Ihr dieses Geschäft?«

Tigges grinste breit. »Das geht Euch zwar nichts an, aber Ihr dürft Euch auf dem ganzen Schiff umsehen. Ihr werdet keinen Krümel Bernstein finden.«

»Auch nicht in den Fässern mit dem Wachs, das Ihr so eifrig aufkauft?«

In Tigges' zerschundenem Gesicht regte sich nichts. »Was wollt Ihr damit sagen?«

»Erklärt mir nur, weshalb Ihr unter Deck einen Ofen unterhaltet. Etwa, um das Wachs zu schmelzen und den braunen Stein anscheinend unsichtbar darin zu versenken?«

»Das hat der verfluchte Rasmus ausgeplaudert«, zischte Tigges zwischen den Zähnen.

»Ich wäre auch ohne ihn darauf gekommen, nachdem ich wußte, was Ihr bei Dittko wolltet. Ist es ein einträgliches Geschäft?«

»Einträglich genug, um in Lübeck mein Schäfchen im Trockenen zu haben.«

»Ihr verkauft den Stein nach Venedig.«

»Dort bringt er den doppelten Preis. Soll ich ihn für ein Almosen nach Danzig geben wie der Königsberger Großschäffer im Namen Eures einfältigen Hochmeisters?«

»Und um den Stein zu kaufen, ist Euch jedes Mittel recht. Ob Dittko im Moor ersäuft oder Wilk tot von der Burg gestürzt wird – Hauptsache, Ihr macht Euren Gewinn!«

Was sollte man darauf antworten? Unschlüssig trat Tigges einen Schritt näher zu Martin und packte ihn vertraulich am

Arm. »Hört mir zu«, sagte er mit gedämpfter Stimme. »Daran bin ich nicht schuld. Dittko war so unvorsichtig, mit dem Reichtum zu prahlen, den ihm der Zufall beschert hatte. Und Wilk kam auf dem Schloß dahinter, daß jemand von euch den Stein am Großschäffer vorbei verkaufte. Ich war ebenso betroffen über seinen Tod wie Ihr.«

»Und wer, glaubt Ihr, hat ihn und Dittko umgebracht?«

»Ich sagte es Euch schon: Ihr könnt hier auf sie warten. Sie wollen nur mein Geld, nichts weiter.« Er blickte Martin in die Augen und senkte seine Stimme noch mehr. »Und Euer Leben, falls Ihr Euch nicht vorseht.«

Mit einer schroffen Bewegung entzog ihm Martin seinen Arm. »Es sind Eure Partner«, sagte er verächtlich.

»Und Eure Ritterbrüder«, gab Tigges zu bedenken. »Nehmt Euch in acht. Sie sind gefährlich. Der Orden geht zu Bruch, und jeder denkt nur an sich selbst. Oder glaubt Ihr, sie schicken dem verrückten Erich davon nur einen Gulden hinterher?«

Darauf wußte Martin nichts zu erwidern. Noch einmal packte Tigges seinen Arm und sagte beschwörend: »Hört auf mich! Ihr seid ein kluger junger Kerl. Ich mag Euch trotz allem, was da war. Versteckt Euch irgendwo in der Stadt und kommt im Morgengrauen an Bord. Ich nehme Euch mit nach Lübeck. Und wenn Ihr wollt, auch nach Venedig.«

Martin schüttelte den Kopf. »Ich kann Memel nicht einfach so verlassen ...«

Tigges rang einen Augenblick mit sich. Dann sagte er: »Bringt Anke meinetwegen mit.«

27. NICHT ALLER TAGE ABEND

Diesmal nahm der erschlichene Ausgang für Martin kein glimpfliches Ende. Während Tigges mit seiner wertvollen Fracht ungehindert durchs Tief davonsegelte, setzten die Brüder ihn gleich an der Burgpforte fest und hielten ihn fortan in einem finsteren Gelaß hinter dem Remter »in Bestrickung«, wie sie das nannten. Obwohl ihn Schönberg mehrmals peinlich zu befragen versuchte, sprach Martin kein Wort. Auch nicht über den Kaufmann Tigges und das Geheimnis der »Möwe«.

Anfang März erreichten Balthasar Scheunemann und der junge Sparwein als Boten des Hochmeisters Memel, um endlich die Übergabe der Burg an den Regenten Polenz durchzusetzen. Martin erfuhr es von Goswin, der sich jeden Abend vor die versperrte Tür schlich, um immer wieder zu beteuern, er hätte ihn dieses Mal nicht verraten. Martin gab nichts auf sein Gerede, beauftragte ihn aber, sich insgeheim mit Scheunemann in Verbindung zu setzen. Der erschien auch tatsächlich und vernahm voller Mißtrauen, was ein gewisser Martin ihm hinter verschlossener Tür über die Machenschaften der Komturpartei mitzuteilen hatte. Helfen konnte ihm des Hochmeisters Bote so wenig, wie dem Gefangenen im Danzker noch zu helfen war. Ihn hatte Schönberg im Angesicht der Königsberger foltern lassen, um endlich ein Geständnis aus ihm herauszupressen. Es sollte beweisen, gegen welch tückischen Gegner die Herren auf der Memeler Burg zu kämpfen hatten. Der Beweis mißlang. Auf der Streckbank verließ der letzte Lebensfunke Heinrich Damraus geschwächten Körper.

Martin vernahm es mit ingrimmigem Zorn, unterließ es jedoch, Goswin noch einmal mit einem Botengang zum »Elch« zu beauftragen. Mauritius, der sich anfangs ebenfalls um ihn gekümmert hatte, ließ sich nicht sehen, denn auf der Burg war die offene Auseinandersetzung ausgebrochen, und Schönbergs Partei blieb vorerst Sieger. Die Zahlung allen ausstehenden Solds sowie eine großzügige Zulage für alle Söldner und das Hofgesinde trugen das ihre dazu bei. So war Mauritius selbst gefährdet. Cuntz von Hawkenstein schwieg aus Klugheit oder Feigheit zu allem, während Wigamur und seine Gesellen sich nunmehr freimütig zu Erichs Anhängern bekannten.

Neue Boten vom Regenten des Hochmeisters mit immer dringlicheren Forderungen kamen über die Nehrung, bis es schließlich auch zwischen den Hauptleuten Schönberg und Michael Preuß, der hören ließ, er wolle die Burg an Polenz übergeben, zum Streit kam. Mit Waffengewalt zwang man Preuß von Skloden in Bestrickung. Er bezog das Gelaß neben Martin.

Bischof Polenz drohte an, selbst über Kunzen auf der Nehrung anzureisen, und sandte dem Hochmeister eine ausführliche Klageschrift gegen die aufsässigen Memeler. Albrecht, in Krakau vom polnischen König eben als weltlicher Herrscher mit dem Herzogtum Preußen belehnt, fand die Zeit zu einem geharnischten Schreiben, um der Unbotmäßigkeit endlich ein Ende zu bereiten. Mit aller Schärfe forderte er das mit dem »Sperber« nach Livland entführte Eigentum des Ordens zurück, darunter das Geschütz, »zur Bewahrung des jetzt entblößten Hauses Memel bestimmt, wofern der Hauptmann und Statthalter auf Memel das Schiff, nebst Geschütz und was sie sonst darauf weggeschickt und zurückschaffen und in Gegenwart des Christoph Gattenhofen das Schloß unversehrt und ungeplündert demselben einräumen würden, er ihnen die bisherige Widersetzlichkeit verzeihen, und sie mit allen ihren Hab und Gütern und mit allen Gnaden frei und sicher abziehen lassen wolle«.

Gattenhofen, der neue Sekretär des Herzogs, legte Albrechts Brief bald nach Ostern selbst in Memel vor. In ihm hieß es auch, daß »der letzte Albrecht treu ergebene Mann und wider Ehr' und alle Billigkeit« in Banden gehaltene Preuß unverzüglich freizugeben sei. Diesem eigenhändigen hochmeisterlichen Befehl wagten sich Schönberg und sein Kumpan Tannenberg nicht zu widersetzen. So kam es, daß auch Martin sich an einem sonnigen Frühlingsnachmittag unversehens wieder in Freiheit sah und als erstes die Nachricht empfing, der polnische König habe Albrecht und seine Brüder mit dem erblichen Herzogtum Preußen belehnt.

Goswin, von einem geradezu aufdringlichen Hang zur Wiedergutmachung beseelt, bat Martin dennoch inständig, Memel zu verlassen, war doch gerade erst ein Schreiben Erichs eingetroffen, das dessen Rückkehr ankündigte und neuen Händel erwarten ließ.

Nach den Fastenwochen in der Abgeschiedenheit des steinernen Verlieses verspürte Martin ohnehin wenig Lust, im Schloß zu bleiben. Vom Trappier ließ er sich sein Eigentum aushändigen, zog Kleider ohne das schwarze Kreuz an und verabschiedete sich von Mauritius.

»Du kommst bald wieder«, sagte der Spittler hoffnungsvoll. »Auch hier gehen die alten Zeiten endgültig zu Ende, und der neue Herzog wird seine Rechte zu bewahren wissen.«

Martin war sich nicht so sicher. Er hatte nur ein Ziel, das er so schnell wie möglich erreichen wollte. Erst dann würde er sich auf den Weg nach Königsberg machen.

Cuntz hatte seinen Falko gut gepflegt. Der alte Haudegen hieb Martin zum Abschied kräftig auf die Schulter. »Bist du erst in meinem Alter«, sagte er, »geht's nur noch ums Überleben. Denk daran, und laß dich nicht vor den Karren hoher Herren spannen. Die wissen es: Mit andrer Leute Arsch ist gut durchs Feuer fahren.«

Martin versetzte ihm einen ebenso kräftigen Schlag auf die

Schulter und stieg auf sein Pferd. Cuntz sah ihm sinnend dabei zu und fragte schließlich: »Erinnerst du dich an Prekoll?«

»Aber ja.«

»Da stand ein grauer Klepper im Stall: Wilks Gerwe.«

Martin nickte. »Ich habe es befürchtet. Weshalb hast du geschwiegen?«

Von Hawkenstein hob die Schultern. »Du warst dennoch am falschen Ort.«

»Ich weiß. Wilks Mörder sitzen hier.«

Cuntz zögerte ein wenig, dann sagte er: »Ich habe Wigamur und seinen Genossen nie getraut ...«

Sie sahen sich in die Augen. »Noch ist nicht aller Tage Abend«, sagte Martin und gab Falko die Sporen.

28. DIE RETTUNG

Jeden Morgen und jeden Abend betete Anke, der Herrgott möge ein Einsehen haben und sie aus dieser schrecklichen Lage befreien. Gott half ihr nicht, und im Grunde war er ja auch nicht gemeint. Denn wohin würde der Herrgott ein Mädchen wie sie wohl geleiten? In ein Kloster allenfalls, und das war ihr gleichermaßen zuwider wie die stinkige Schenke, in der sie anfangs mit Dainas Hilfe unerkannt untergekommen war. In Wahrheit setzte sie alle ihre Hoffnungen auf einen irdischen Beistand, der den Namen Martin trug.

Eines Abends, mitten in der Fastenzeit, waren unerwartet drei Männer im »Elch« eingefallen, angetrunken und unschwer als Kreuzherren zu erkennen. Sie hatten Wein vom besten gefordert und waren durch ausfallendes Benehmen und laute Reden aufgefallen, als wären sie gewöhnliche Fuhrknechte. Immer wieder mußte sich Ruta ihrer derben Zoten erwehren, und selbst Daina wurde nicht recht mit ihnen fertig. Zudem verlangten sie, daß die Wirtin oder ihre Tochter sie bedienten, obwohl sie Anke noch gar nicht zu Gesicht bekommen hatten.

Als Ruta schließlich auf ihren Mann verwies, der derlei Dreistigkeit seiner Frau gegenüber gewiß nicht dulden würde, brachen sie in lautstarkes Gröhlen aus und gratulierten ihr roh zu ihrer jungen Witwenschaft. Sei es denn noch nicht bis zu ihr gedrungen, daß der geständige Mörder unter der Folter den Geist aufgegeben habe? Und nun seien sie gekommen, um endlich die mitschuldigen Familienmitglieder zu ergreifen.

Ruta wollte nicht abwarten, wie ernst die Drohung gemeint war. Sie schickte Daina und Anke aus, den Büttel oder die Stadtwache zu ihrem Schutz heranzuholen. Wenn das nicht gelänge, sollten sie sich in Sicherheit bringen.

Die Wache, zwei verkommene Gesellen, weigerte sich selbst gegen Geld und gute Worte, in einen Händel mit den Kreuzherren einzugreifen. Den Büttel fanden sie nach langem Suchen sturzbetrunken und schlafend im Winkel einer Schenke.

»Wir gehen in die Vitte«, schlug Daina vor, »zu meiner Schwester Vida. Die wird uns verstecken.«

»Und meine Mutter?« klagte Anke.

»Die weiß sich selbst zu helfen.«

In jener Nacht schleppten die drei Ritter Ruta Damrau unter mancherlei Handgreiflichkeiten mit auf die Burg, wohl mehr aus Wut, daß sie die Tochter nicht gefunden hatten. Der Hauskomtur ließ Ruta am zweiten Tag frei und gestattete die Beerdigung ihres Mannes. Heimgekehrt, fand Ruta den »Elch« amtlich versiegelt, angeblich, bis die Angelegenheiten und das Erbe ihres Ehemannes vor Gericht verhandelt seien.

Es wurde eine erbärmliche Beerdigung, bei der sie allein mit dem Pfaffen hinter dem Sarg herschritt. Danach machte sie sich schweren Herzens auf den Weg zu ihrer Mutter und ging durch den tauenden Schnee nach Wowerischken.

Eine Woche später traf auch Anke bei der Großmutter ein. So gern sie sonst hierherkam, und so glücklich sie war über das Wiedersehen mit der Mutter, sie hatte doch lange gezögert. An diesem abgelegenen Ort würde Martin sie niemals finden, wenn er noch lebte: Man vernahm so viel Arges vom Schloß.

Martin stand indessen bestürzt vor dem versperrten und versiegelten »Elch«. Sein Erschrecken legte sich nicht, als er nach langem Herumhören endlich den boshaften Hinweis erhielt, man habe Anke zuletzt in der Vitte gesehen.

Der Ort hatte nicht nur für Martin einen üblen Klang. Doch er besann sich der freundlichen Wirtin, die ihn mit Hühnersuppe gestärkt hatte, bevor er niedergeschlagen und beraubt worden war. Auf einen neuen Kampf wollte er sich nicht gerne einlassen, denn nach der langen Haft fühlte er sich keineswegs im Vollbesitz seiner Kräfte. Dennoch ritt er zum »Hecht«.

Die Gaststube war leer. Längst waren die fremden Schiffsknechte wieder auf See und die Fischer bei ihrer Arbeit. Die mütterliche Wirtin erkannte ihn und schlug die Hände vors Gesicht. »Euch hat es wahrlich übel erwischt. Ihr seht ja noch ganz blaß aus.«

Martin beruhigte sie und fragte nach einem schlanken, blonden Mädchen, das sich noch nicht lange in der Vitte aufhalten konnte.

Abweisend schüttelte sie den Kopf. »So etwas dulde ich hier nicht. Fragt ein paar Häuser weiter. Da gehen die Huren ein und aus.«

Das Wort traf Martin. Mit Beklemmung dachte er an Vida. Und dazu Anke ...

Tatsächlich hockte Vida trübsinnig vor einem Becher, als er den verräucherten Raum betrat. Auch sie erkannte ihn gleich wieder und rief freudig: »Hallo, mein Schatz! Dich habe ich lange nicht gesehen.«

»Ich muß dich sprechen«, sagte Martin steif.

Vida erhob sich. »Na, immer zu. Du kennst den Weg.«

Sie ging voran. Martin hielt sie schon in dem schmalen Flur auf. »Ich suche ein Mädchen ...«

»Das hast du schon gefunden«, entgegnete sie und küßte ihn. »Oder bist du etwa immer noch krank?«

Er wehrte ihre Hände ab. »Sie heißt Anke. Aus dem ›Elch‹ in Memel ...«

Vida lachte laut auf. »Das hätte ich mir denken können! Tat immer sehr vornehm, das Fräulein, als wäre sie schon deine hochgeborene Braut. Wann soll denn Hochzeit sein?«

»Wo ist sie?« Martin drückte ihren Arm.

»Tu mir nicht weh. Sie ist verschwunden. Erst vor ein paar Tagen …«

Martin hatte nur noch wenige Münzen im Beutel. Eine davon drückte er ihr in die Hand. »Sag mir alles, was du über sie weißt.«

Vida betrachtete den Groschen verächtlich. »Sie hat mit einem Fuhrmann verhandelt, der gen Ragnit kutschiert«, sagte sie.

Zu ihrer Überraschung küßte Martin sie auf die Wange und war im Nu aus der Schenke. Darauf hätte er auch selber kommen können.

Der Weg nach Wowerischken war unter dem Schlamm nur zu ahnen. Dennoch erreichte Martin das Haus der Großmutter, bevor es gänzlich dunkel wurde. Vor den Augen von Mutter und Großmutter fiel ihm Anke um den Hals.

Er war fest entschlossen, sie mitzunehmen nach Königsberg. Noch einmal wollte er sich nicht von ihr trennen, und hier auf dem flachen Land war sie ohne jeden Schutz. Bis in die Nacht redeten Ruta und er sich die Köpfe heiß, während Anke nur glücklich seine Hand festhielt und schwieg. Wie er sich das vorstelle, wollte Ruta wissen. Den Übergang zur Nehrung beherrschte der Orden, und von der Eisfläche auf dem Haff schwammen nur noch große Schollen auf dem Wasser.

Schließlich riet die Großmutter, an der Minje entlangzureiten bis zu deren Einmündung in die Atmath und dort ein Boot zu nehmen. In Stankischken lebte ihr jüngster Bruder, der würde ihnen helfen, hinüber auf die Nehrung zu gelangen.

Ruta war dagegen, doch Martin und Anke blieben fest. So ritten sie am nächsten Morgen los. Der alte Petras in Stankischken wiegte zwar den Kopf, als er von ihrem Vorhaben hörte, schlug dann jedoch vor, an diesem stillen Abend lieber gleich den Weg nach Süden übers Haff zu wählen und irgendwo bei Labiau an Land zu gehen. Von dort war es nur ein Katzensprung bis Königsberg, von einem Gaul wie Falko leicht an einem Tag zu bewältigen.

Der leichte Nordost trieb sie denn auch ohne jede Schwierigkeit bis in die Deimemündung, wo Bewaffnete sie vom Ufer aus anriefen. Martin gab sich halbwegs zu erkennen. Als sie hörten, woher er käme, forderten sie ihn dringlich auf, sich in ihre Hand zu begeben. Um den abtrünnigen Komtur Erich auf seinem Weg nach Memel festzuhalten, seien alle Truppen alarmiert, und der Regent selbst führe das Kommando.

Auf diese Weise gelangte Martin noch am gleichen Tag vor Polenz, der ihn freundlich empfing und Anke beim weiblichen Gesinde unterbringen ließ. Der Bischof entsann sich Martins Namen aus Scheunemanns Bericht und zeigte sich begierig, Näheres über die Verfehlungen des verhaßten Komtur zu vernehmen, der sich voll dreister Unverfrorenheit direkt auf Königsberg zu bewegte. Die Tore der Altstadt waren bereits geschlossen und die von Erich bevorzugte Herberge des Hannes Pott von Soldaten umstellt.

Erich jedoch, von Spitzeln gewarnt, umging die Stadt und setzte von Schaaken per Schiff übers Haff nach Memel. Seinen Widerstand gab er nicht auf. Nicht einmal, als Herzog Albrecht am Dienstag nach Jubilate, am 9. Mai also, im Triumph in Königsberg einzog und sich huldigen ließ.

Albrecht, vom Grimm gepackt, fackelte nicht lange. Auf einen Brief, der seinen Besuch in Memel ankündigte, hatte Erich mit vorgeschützter Krankheit und neuen Forderungen geantwortet. Der Herzog beriet sich mit Polenz und seinen neuen Räten und zog auch den jungen Ritter Martin hinzu, der jüngst aus Memel eingetroffen war und die Lage dort bestens kannte. Martin war stolz, zum Herzog gerufen zu werden, doch auch entsetzt über das greisenhafte Aussehen des gerade Fünfunddreißigjährigen, der ihn anschielte wie ein Schellfisch.

Nachdem er die Verhältnisse auf der Burg samt der Morde des

Bernsteins wegen geschildert hatte, nickte ihm der Herzog bedachtsam zu. Dann fragte er Martin zu dessen Überraschung nach seinen Plänen.

»Ich werde zurück nach Lemgo ziehen. Vielleicht auch nach Lübeck ...«

»Weshalb bleibt er nicht im Lande?« polterte Albrecht los. »Uns fehlt's an jungem Blut in Preußen. Die Arbeit fängt erst an.«

»Ich will heiraten ...«, wandte Martin ein wenig zaghaft ein.

»Na, um so besser! Das Land braucht Untertanen. Ich werde ihn mit einem Gut belehnen, das für zwei Familien ausreicht. Wäre er damit zufrieden?«

»Sehr zufrieden«, sagte Martin.

Am nächsten Morgen zog Albrecht mit dem gesamten Troß, zu dem auch Martin von Barnhusen-Asseberg gehörte, nach Memel vor die Burg und begehrte Einlaß für sich und seine starke Macht. Erich lehnte ab. Als daraufhin die Krieger Stellung bezogen, lenkte er schließlich ein und ließ das Tor öffnen. In voller Rüstung und mit der blanken Waffe in der Hand trat er dem darüber höchst erstaunten Herzog im Schloßhof entgegen.

»Wie nun, Herr Oheim, wie nun?« fragte Albrecht verwundert, und Erich antwortete: »Oh, Herr Oheim, Ihr tut nicht wohl an mir!«

Zuletzt tat Herzog Albrecht doch recht wohl an ihm und ließ ihn samt seinen Anhängern straffrei ziehen. Martin zuckte es in der Rechten, als Wigamur mit frechem Blick an ihm vorbeiritt, dahinter seine Paladine Einhard und Quirin. »Mordgesindel!« entfuhr es ihm laut.

Der Herzog hob begütigend die Hand.

EPILOG

An dieser Stelle treffen sich einmal mehr Romanhandlung und historische Überlieferung. Erichs und Albrechts Worte bei ihrem letzten Zusammentreffen im Schloßhof von Memel im Mai 1525 sind mehrfach überliefert. Gegen das Versprechen einer jährlichen Zahlung von 400 Gulden, die er immer wieder anmahnen mußte, verließ Herzog Erich Memel »in einem mit zwei Kleppern bespannten Wägelchen«, um zunächst in Braunsberg wegen der Franzosenkrankheit »bei sechs Wochen in der Schmiere zu liegen«. Erst nach Monaten traf er in Koblenz ein, wo er nach mancherlei Querelen Anfang 1532 kaum betrauert starb.

Herzog Albrecht I. herrschte 43 Jahre lang in Preußen. Sein mit ihm vom polnischen König belehnter Bruder Kasimir erlag schon 1527 als verhaßter katholischer Herrscher in Ungarn einer Seuche. Den Markgraf Johann, einen weiteren Bruder und Vizekönig von Valencia, vergiftete seine Gattin, die portugiesische Königswitwe Germaine von Foix, im Juli 1525. Albrechts jüngster Bruder Gumprecht wurde 1528 bei der Eroberung Roms durch Kaiser Karl V. erschlagen.

Herzog Albrecht heiratete zweimal und hinterließ aus erster Ehe eine zänkische, aus zweiter eine blinde Tochter und einen schwachsinnigen Sohn, Herzog Albrecht Friedrich von Preußen (1553–1618), im offiziellen Sprachgebrauch seiner Zeit »Unser gnädiger blöder Herr« genannt und von 1568 bis 1618 nomineller Herrscher im Herzogtum. Von dessen sieben Töchtern, die er mit der ihm angetrauten Marie Eleonore von Jülich-Kleve-Berg zeugte, stammen alle späteren Hohenzollernherrscher und die meisten europäischen Fürstenhäuser ab.

Dafür, daß Herzog Erich von Braunschweig das Bernsteinregal, die wichtigste Einnahmequelle des Ordens, zu eigenen Gunsten mißbrauchte, findet sich in der Literatur kein Hinweis. Es heißt dort lediglich: Das alte Bernsteinregal des Deutschen Ordens (das Anwohnern wie Fremden das Betreten des Strandes mit drakonischen Strafen verbot) wurde nach 1525 mit Strenge wiederhergestellt, wobei Schwierigkeiten mit dem Bernsteinmeister des Ordens, dem Vogt von Fischhausen und dem Bischof von Samland wegen mancherlei Unterschleif und Verfolgung von Diebstählen auftraten.

Erst Friedrich II. lockerte die grausamen Strafen. Das Bernsteinregal bestand bis 1837. Im Haff vor Schwarzort wurde in der zweiten Hälfte des 19. Jahrhunderts Bernstein industriell mit Tauchbaggern gefördert; in der Nähe des Minge-Übergangs bei Prökuls fand er sich in geringer Tiefe in der Erde.

Der Autor dankt Gabriele und Dietrich Dickow in Lüneburg, die ihm den Zugang zu den historischen Materialien erleichterten, insbesondere aber Frau Renate Maczka von der Nordost-Bibliothek, ebenfalls in Lüneburg, für ihre Hilfe bei der Auswertung der umfangreichen Literatur.

J. E.

Frank Goyke

Balthazar Vrocklage

ist verschwunden

Roman

292 Seiten

Gebunden mit

Schutzumschlag

Ein Hansekrimi

Rostock im Jahr 1431. Die Welt ist aus den Fugen: Die wendischen Hauptstädte befehden den dänischen König, England und Frankreich liegen im Krieg, die Hussiten haben den Kaiser und den Papst zu einem Kreuzzug herausgefordert. Auch in den Hansestädten gärt es: Die Handwerker haben den Aufstand gegen das Patriziat gewagt, in Lübeck, Wismar und Rostock hat ein Neuer Rat die alten Ratsherren abgelöst, dabei ist mancher Kopf gerollt ...

Die Hanse